Le Livre de Poche
Jeunesse

Le week-end

Natasha Preston

Originaire du Royaume-Uni, Natasha Preston a découvert sa passion pour l'écriture en partageant une de ses histoires en ligne.
Elle aime écrire des romances et des thrillers.

Du même auteur

- La Cave
- Awake

NATASHA PRESTON

Le week-end

Traduit de l'anglais (Royaume-Uni)
par Axelle Demoulin et Nicolas Ancion

Traduit de l'anglais (Royaume-Uni)
par Axelle Demoulin et Nicolas Ancion

L'édition originale de cet ouvrage a paru en langue anglaise
chez Sourcebooks Fire, an imprint of Sourcebooks, Inc., sous le titre :
THE CABIN

Pour Rachel. Je t'aime, ma chérie !

PROLOGUE

Ils se croient invincibles.
Ils croient pouvoir faire et dire tout ce qui leur passe par la tête.
Ils croient qu'il n'y a jamais de conséquences.
Ils ne me laissent pas le choix.
Il est temps pour eux de payer pour leurs péchés.

1

VENDREDI 7 AOÛT

— Tu as tout ce qu'il te faut, Mackenzie ? m'a demandé ma mère en me regardant fourrer mes affaires dans un sac.

— Je crois. On ne part que pour deux jours.

Deux nuits pénibles à devoir me farcir Josh.

— N'oublie pas de laisser l'adresse et le numéro de téléphone sur le frigo.

— Je ne crois pas qu'il y ait une ligne fixe à la maison de campagne, mais je laisserai l'adresse. Il y a du réseau, de toute façon ; je te préviendrai dès qu'on arrive.

Elle a hoché la tête nerveusement et m'a adressé un sourire forcé.

— Maman, tout ira bien.

— Tu passes le week-end avec quelqu'un que tu n'aimes pas.

— Non, je passe le week-end avec Aaron, Courtney, Megan et Kyle. C'est juste pas de chance que Josh soit là aussi.

Si j'avais pu le « désinviter », je l'aurais fait.

Malheureusement, ce n'était pas possible : la maison appartenait à ses parents. Ce n'était pas raisonnable, non plus. Il nous avait invités à passer le week-end dans la maison de campagne familiale pour fêter la fin des cours. Le Royaume-Uni avait enfin réalisé que l'été était arrivé. À la rentrée prochaine, nous allions partir chacun de notre côté pour étudier à l'université.

— S'il faut venir te rechercher plus tôt…

J'ai secoué la tête.

— Merci, ça ira. Je ne le laisserai pas gâcher un week-end avec mes amis. De toute façon, il faut que j'y aille.

— Je te dépose chez Joshua.

— Non, ça va, maman, je peux y aller à pied.

J'ai attrapé mon sac et j'ai passé la bandoulière à mon épaule.

— À dimanche soir. Je t'aime, lui ai-je lancé en l'embrassant sur la joue.

— Je t'aime aussi, ma chérie. Appelle, si tu as besoin de quoi que ce soit.

— Promis.

Josh habitait à deux minutes de chez moi. J'ai claqué la porte d'entrée et j'ai traversé le jardinet. Nous étions au début du mois d'août et il faisait super chaud. J'étais contente d'avoir enfilé un short et un t-shirt.

Quand je suis arrivée chez Josh, mes amis étaient devant la maison, occupés à charger les sacs dans les voitures. Sérieux, nous ne partions que pour deux nuits, mais on aurait dit que Courtney et Megan avaient fait leurs valises pour une semaine.

— Kenz ! s'est écriée Courtney en courant dans ma direction.

Sa queue-de-cheval rousse se balançait d'un côté à l'autre et ses yeux verts pétillaient d'excitation. Elle était la seule à se réjouir vraiment de ce séjour.

J'ai pris une profonde inspiration pour évacuer mon appréhension et lui ai souri.

— Salut, Courtney. Tout le monde est prêt ?

— Presque. Josh ne va pas tarder, a-t-elle répondu avec un sourire béat. Ne fais pas cette tête, a-t-elle ajouté en voyant mon expression.

Oups. Grillée.

— Désolée, j'ai pas fait exprès. C'est… sympa de sa part de nous inviter dans la baraque de ses parents.

Elle a accueilli mon excuse bidon avec un large sourire.

— Il voudrait que tout soit comme avant.

Est-ce qu'il avait une machine à remonter le temps pour retirer les trucs horribles qu'il avait dits sur mes amis ? Pour ne pas m'avoir fait ce qu'il m'avait fait ? Et ce qu'il continuait à me faire ?

Josh voulait peut-être se rattraper pour toutes ces horreurs – je voulais bien tenter de croire à sa sincérité –, mais nous n'allions pas passer l'éponge facilement. Certaines blessures ont du mal à cicatriser et je n'avais pas l'intention de pardonner à quelqu'un qui ne regrettait pas ses actes et n'avait pas changé de comportement. Courtney avait déjà tourné la page, évidemment, mais elle ne réalisait pas à quel point son petit ami était nul.

J'ai haussé les sourcils.

Courtney a soupiré en écartant la frange de ses yeux.

— S'il te plaît, Mackenzie. Il fait des efforts. Je serais tellement contente si tu en faisais aussi. S'il te plaît…

J'ai poussé un grognement et mes épaules se sont affaissées.

— C'est bon, je serai gentille.

Deux nuits, c'est pas la fin du monde. Tu peux y arriver.

— On fera *tous* un effort, a ajouté Megan en nous rejoignant. Pas vrai, les gars ?

Aaron et Kyle ont acquiescé. Ils étaient prêts à mettre leurs différends de côté… le temps d'un week-end du moins.

— Où est Josh, à propos ? ai-je demandé.

Courtney a levé les yeux au ciel.

— Il est allé chercher son frère. Blake voulait le revoir, alors Josh l'a invité ce matin.

— Oh, ai-je lâché.

— Techniquement, la maison appartient aussi à Blake, donc personne ne peut l'empêcher de nous accompagner, a rétorqué Courtney.

Je ne savais que penser du fait qu'un inconnu se joigne à nous. Nous ne connaissions pas Blake et, s'il ressemblait à Josh, le week-end allait virer au cauchemar.

— L'enfant prodigue nous accompagne, ai-je ricané.

Super. Ce séjour était de plus en plus prometteur.

J'avais déjà vu Blake deux fois, quand leurs parents échangeaient les enfants, mais je ne lui avais jamais parlé. Blake était parti vivre avec son père au moment du divorce. Josh était resté avec leur mère. Les deux frères ne passaient pas beaucoup de temps ensemble, ce qui était sans doute mieux pour Blake, à mon avis.

Courtney a de nouveau écarté sa frange. Elle lui retombait sans cesse devant les yeux, je ne comprenais pas pourquoi elle ne la coupait pas.

— Ce n'est pas vraiment *l'enfant prodigue*.

En tout cas, il était parti vivre ailleurs.

— Pourquoi est-ce qu'il s'incruste à la fête de Josh ? ai-je demandé.

— Il se sent peut-être seul ? a suggéré Kyle en faisant une moue triste.

Courtney s'est appuyée contre la Range Rover d'Aaron :

— Non, il a juste envie de passer du temps avec son frère. Ils en ont envie tous les deux.

Si Blake était du même tonneau que son frère, je rentrerais plus tôt que prévu, c'était sûr. Ça me saoulait déjà de respirer le même air que Josh, alors… Je me suis mise à espérer que Blake soit un imbécile lui aussi, ça m'offrirait une excuse en or pour partir, sans faire de peine à Courtney.

Sous le vent chaud, mes longs cheveux châtains ont balayé ma figure. Je les ai écartés juste à temps pour voir un Mitsubishi Warrior – la seule voiture que je reconnaissais sans voir le logo parce que c'était la passion de Kyle – s'arrêter à ma hauteur.

Nous y voilà…

Josh était assis sur le siège passager et son frère conduisait. Ils avaient tous les deux les mêmes cheveux brun foncé et les mêmes yeux bleus, mais pour le reste, ils étaient complètement différents. Josh n'avait pas hérité de la beauté ; Blake avait tout pris pour lui et était à tomber raide. Grand bien lui fasse…

J'ai détourné les yeux et je me suis dirigée vers la voiture d'Aaron pour mettre le plus de distance possible entre Josh et moi. Dès que je l'apercevais, j'avais envie de le frapper, surtout après ses multiples exigences. Courtney était intelligente, mais dès qu'il était question de Josh, elle était bête à manger du foin.

Josh est sorti du Mitsubishi.

— Salut, les gars ! Vous vous souvenez de mon frère Blake ?

Megan a secoué la tête.

— Non, mais bonjour quand même.

Blake s'est dirigé vers l'avant de son 4×4, s'est appuyé contre le capot d'un air nonchalant :

— Salut.

Il portait de grosses bottines sombres, un jeans foncé et une veste noire. Sa tenue lui donnait une allure mystérieuse et un peu menaçante. Ses cheveux sombres partaient dans tous les sens, comme s'il s'en fichait complètement, alors que c'était sans doute parfaitement calculé. Ses yeux bleu vif ont balayé le groupe pour nous examiner un par un.

Son regard était intense, comme si rien ne lui échappait. Je n'avais pas envie de me faire transpercer par ses rayons X.

— Allez, en route ! ai-je lancé en ouvrant la portière de la voiture d'Aaron et en grimpant à l'intérieur.

Plus vite nous partirions, plus vite nous serions revenus. Rhoo, j'avais l'impression de penser comme mes parents, quand ils essayaient de m'envoyer au lit la veille de Noël, au moment où les aiguilles de l'horloge frôlaient minuit.

Je n'étais pas à plaindre, j'allais passer deux nuits sans adultes en compagnie de mes amis. J'avais toutes les raisons du monde de me réjouir de ce week-end.

— Heu, Mackenzie, tu es dans l'autre voiture avec moi, m'a signalé Courtney.

Mon visage s'est assombri. Je savais ce que cela impliquait.

— Quoi ?

Elle s'est approchée et a passé la tête par la vitre baissée pour qu'on puisse se parler tranquillement.

— Tu fais le trajet avec Josh, Blake et moi.

— Non, pas question.

— S'il te plaît. Je sais que tu es fâchée contre lui et je comprends pourquoi, mais tu peux faire un effort, non ? Vous devriez d'ailleurs profiter du trajet pour régler vos problèmes.

— Non, Courtney, pas question.

— Ce week-end va être complètement pourri, si tu râles contre Josh en permanence.

J'ai froncé les sourcils. Je n'étais pas la seule à ne pas l'aimer. Pourquoi était-ce moi qu'on obligeait à faire un effort ?

— Son frère est chelou, ai-je chuchoté, comme si ça allait faire changer Courtney d'avis.

— Blake ne ferait pas de mal à une mouche.

J'étais à court d'excuses. J'ai poussé un profond soupir.

— C'est bon. Mais s'il m'énerve avec ses commentaires débiles, je change de voiture.

Courtney a levé les mains.

— D'accord, d'accord. Merci.

— On va dans le 4 × 4 de Blake, alors ?

— Oui, ils ont dû décider de prendre le Mitsubishi, je ne sais pas pourquoi.

Courtney s'intéressait aux voitures. Elle reconnaissait toutes les marques et tous les modèles. Moi, je ne remarquais même pas quand un truc déconnait… sauf quand le moteur tombait carrément sur la route.

— C'est Blake qui conduit ?

— C'est son 4 × 4, donc j'imagine que oui.

Elle a haussé les épaules en contemplant Josh d'un air amoureux qui m'a donné envie de la secouer pour lui remettre les idées en place.

— Je vais devant ! ai-je décrété.

Si on m'obligeait à faire le trajet avec Josh, au moins je voulais ne pas être assise à côté de lui. Je savais que je me comportais comme une gamine, mais ça m'était égal. Josh avait franchi la limite et je n'étais pas prête à le lui pardonner. Rectification : Josh avait franchi des milliers de limites.

Je suis montée à l'avant avant que Josh ne puisse dire ou faire quoi que ce soit. Je ne changerais pas de place, il pouvait se brosser. Blake m'a adressé un sourire un peu gêné et a démarré. Il n'avait pas l'air hyper sûr de lui, mais il semblait n'en avoir rien à fiche de ce que les autres pouvaient penser de lui.

— Je viens avec vous, nous a prévenus Kyle.

Courtney a froncé les sourcils :

— Tu es avec Aaron et Megan.

— Vous avez encore de la place pour un passager, non ?

— Kyle, deux dans une voiture et cinq dans une autre, c'est n'importe quoi. On n'a pas envie d'être serrés comme des sardines à l'arrière.

— Putain, Kyle, monte dans la bagnole d'Aaron, s'est énervé Josh en le bousculant pour passer. T'es vraiment pathétique.

J'ai serré les dents. Peu importe avec qui Kyle voyageait, au fond.

Blake et moi étant seuls dans l'habitacle, un silence gênant n'a pas tardé à s'installer tandis que nous attendions que Josh et Courtney grimpent dans le 4 × 4 à leur tour. Je me suis mordillé l'intérieur de la joue et je me suis mise à me triturer les doigts. *Dis-lui quelque chose !* Nous ne nous étions jamais vus. Il allait bien falloir qu'on échange quelques mots. Pour rejoindre ce coin reculé au bord du lac, à l'écart de la ville, nous en avions au moins pour quarante-cinq minutes de trajet.

— Pourquoi tu détestes Josh ? m'a demandé Blake.

Sa franchise m'a étonnée. Mon antipathie pour Josh n'était pas un secret, mais je ne m'attendais pas à ce que son frère m'interroge là-dessus.

— Heu… parce que c'est un imbécile.

Blake a haussé les sourcils et fait la moue, avant de hocher la tête.

— Ouais, je comprends.

— Tu ne le vois pas souvent, si ?

— Pas vraiment. Quand on était petits, mes parents n'étaient pas fichus de s'entendre pour organiser la garde et permettre qu'on se voie. La plupart du temps, quand ils parvenaient à se mettre d'accord, ils nous échangeaient pour un jour ou deux. Je crois que je peux compter sur les doigts d'une seule main le nombre de fois où j'ai vu ma mère en douze ans.

J'ai eu de la peine pour lui. Je n'osais pas imaginer ce qu'il avait dû endurer pendant son enfance. Sa mère devait lui manquer à mort. Moi, c'est ce que j'aurais ressenti en tout cas ; c'est avec ma mère que je discutais de tous mes problèmes. Enfin, de *presque* tous.

— C'est triste.

Il a haussé les épaules.

— Ça se passe parfois comme ça.

— Oui, mais…

J'ai secoué la tête. J'avais du mal à imaginer ne plus voir ma mère tous les jours, même si elle me rendait dingue, par moments. Si sa mère n'avait fourni aucun effort pour le voir, Blake avait dû se sentir abandonné. Josh ressentait peut-être la même chose avec son père ? Waouh, j'avais du mal à imaginer que Josh puisse avoir des sentiments profonds… Il ne s'était jamais montré qu'égoïste et superficiel.

Josh et Courtney sont enfin montés dans le 4 × 4 et je me suis tue. L'ambiance s'est tendue, comme toujours en présence de Josh. Après toutes les horreurs qu'il avait balancées à propos de nos amies Tilly et Gigi, ça m'aurait soulagée que Courtney le quitte. Mais ça lui plaisait, justement, que Courtney ne le largue pas, même quand il traitait ses amis comme de la merde. Salaud.

— Oh, ça ne me dérange pas du tout que tu sois à l'avant avec mon frère, Mackenzie, a ironisé Josh en s'installant dans le véhicule.

J'ai serré les poings. *Ne le laisse pas t'atteindre.*

— C'est ma caisse, mon vieux, et je préfère être assis à côté d'une jolie fille plutôt que de me taper ta sale gueule.

La réplique de Blake m'a fait sourire. J'ai sorti mon paquet de sucettes et je lui en ai proposé une. Ça aurait peut-être dû m'agacer qu'il me considère simplement comme « une jolie fille », mais j'étais trop contente du commentaire sur la sale gueule de Josh. Blake a choisi une sucette à l'orange – mon parfum préféré – et m'a décoché un clin d'œil.

— Tu partages pas, Mackenzie ? m'a demandé Josh.

J'ai pris une profonde inspiration pour résister à l'envie de planter le bâtonnet en plastique dans son globe oculaire.

— Bien sûr que si.

Je lui ai tendu le paquet. Il a pris deux sucettes. Comme il le faisait sûrement pour m'énerver, je n'ai rien dit.

— Allez, tout le monde, un peu de bienveillance, a gémi Courtney. Ce week-end sans parents va être top, alors vous voulez bien vous réconcilier ?

— Tu sais que je n'ai de problème avec personne, mon cœur, a prétendu Josh.

— Ouais, c'est ça, ai-je marmonné en serrant les dents.

J'ai regardé Blake conduire. Son regard se posait de temps en temps sur moi, mais il ne disait pas un mot. J'avais envie de faire sa connaissance, sans trop savoir pourquoi. Il allait pourtant rentrer chez lui à la fin du week-end et je ne le reverrais sans doute jamais.

Il n'empêche qu'il était à tomber et que je me sentais attirée.

Nous sommes arrivés à la maison de campagne sans nous être entre-tués. J'étais fière de mon self-control. Courtney avait réussi à maîtriser Josh en flirtant et en lui faisant écouter de la musique. J'avais hâte qu'elle se rende compte à quel point il était naze. J'espérais être assise au premier rang quand elle le larguerait enfin.

— C'est là ?

J'ai regardé par la vitre l'énorme bâtisse d'un étage. Elle aurait pu accueillir largement dix personnes.

Blake a coupé le moteur et m'a adressé un sourire moqueur.

— Tu t'attendais à quoi ? Au Ritz ?

— C'est incroyable, je ne m'attendais pas à ce que ce soit si grand.

— Il y a trois ans, j'aurais fait une blague sexuelle, a répliqué Blake.

— Et maintenant, tu es mature, c'est ça ?

— Non, mais quand j'ai vu Josh essayer de jouer au grand, je me suis rendu compte que ce genre de réflexion était vraiment sans intérêt.

Je suis sortie du 4×4 avec un sourire sur les lèvres. J'aimais bien Blake et son visage hyper craquant. Tout bien considéré, ce week-end ne serait peut-être pas si pénible que ça. Kyle et Aaron ont sorti des sacs du coffre et les ont balancés sur le sol. Kyle a sorti son téléphone et s'est mis à filmer, comme d'habitude. Il espérait travailler un jour dans le cinéma et j'étais convaincue qu'il ferait du super boulot.

— Souris, Kenz, m'a-t-il ordonné en pointant l'objectif dans ma direction.

Je lui ai tiré la langue et Aaron m'a adressé un geste obscène.

— Super, Aaron, a ironisé Kyle.

Megan admirait la villa. On devinait aux plantes trop hautes et à la peinture écaillée autour des fenêtres que personne n'était venu ici depuis longtemps. Josh et Courtney avaient passé tout le week-end précédent à la préparer, pourtant, mais ils s'étaient contentés de nettoyer l'intérieur.

La maison était installée dans une clairière, bordée par un lac magnifique d'un côté et par la forêt sur les trois autres. Le cadre était splendide. Je ne comprenais pas pourquoi la famille de Josh n'en profitait pas plus souvent.

— Ça te fait plaisir d'être ici ? ai-je demandé à Blake.

Nous avancions vers la villa à un rythme de tortue. Blake traînait les pieds comme s'il n'avait pas envie d'entrer dans la bâtisse.

Il a haussé les épaules et émis un grognement.

— Je suis juste venu pour boire.

Évidemment. Josh a déverrouillé la porte et s'est tourné vers nous. Kyle a levé les yeux au ciel en devinant ce qui nous attendait et je me suis retenue de rigoler. Même si nous avions dix-huit ans – et Blake je ne sais quel âge –, Josh allait nous énoncer les règles.

— Courtney et moi, nous avons bossé comme des dingues pour que la maison soit prête. Je vous demanderai donc de respecter cet endroit et de ne pas le transformer en poubelle.

Je me suis mordu la langue. Qu'il était pompeux. Personne n'allait foutre le souk, il le savait très bien. Courtney se tenait à ses côtés, à la façon d'une châtelaine, ravie d'avoir l'attention de tous. J'adorais cette fille, mais parfois j'avais envie de la gifler pour lui remettre les yeux en face des trous.

Josh a poussé le battant et est entré en passant devant Courtney. *Tu parles d'un gentleman !* Courtney s'en fichait ; elle l'a suivi à l'intérieur comme un *chienchien* à son *maîmaître*.

— Je vais chercher le reste des sacs, a annoncé Aaron en repartant vers les voitures.

Quand je suis entrée, je suis restée bouche bée. *Waouh !* La villa était magnifique, même si elle datait un peu. La vue sur le lac depuis le séjour était à tomber. Les rayons du soleil faisaient scintiller la surface de l'eau. La cheminée était colossale.

Kyle me suivait et enregistrait la scène à l'aide de son téléphone.

— Je vais explorer. Quelqu'un veut m'accompagner ? a demandé Megan en sautillant comme une gamine.

Elle aspergeait son carré court d'une telle couche de laque que ses cheveux bougeaient à peine. Elle avait déjà abandonné son sac au pied de l'escalier. Elle ne prenait généralement même pas la peine de déballer ses affaires.

J'ai tendu un carton de bières à Courtney, qui rangeait les boissons et la nourriture dans la cuisine avant de répondre à Megan :

— Merci, j'ai pas envie de me perdre dans la forêt.

Aaron a laissé tomber une série de sacs en vrac sur le sol.

— Je viens.

Il est parti avant qu'on ne puisse l'en empêcher pour l'obliger à donner un coup de main. Je les ai regardés s'enfoncer parmi les arbres. Le soleil de la fin de matinée se reflétait dans les cheveux blond pâle d'Aaron. Tous deux avaient l'air ravis d'être là et j'allais essayer de les imiter.

Kyle a rangé son téléphone et a secoué la tête.

— Une promenade. Ils sont fous !

Il tenait un pack de six bières dans l'autre main.

— Eh, Blake, où est-ce que je pose ça ?

— Dans le four, a-t-il répliqué avec le plus grand sérieux.

J'ai tenté de me retenir de sourire, sans succès. Je ne savais pas trop ce que Blake était venu faire là. Il ne semblait pas avoir de bons rapports avec Josh et ne semblait pas prêt à faire le moindre effort.

Kyle a esquissé un sourire crispé. J'ai bien vu qu'il se retenait de répondre. Il a plissé les yeux et tourné les talons. Il s'est éloigné en secouant la tête. Kyle était sensible et détestait qu'on se fiche de lui.

Je me suis retrouvée seule dans le salon avec Blake. Encore une fois. J'ai serré les lèvres, je ne savais pas quoi dire. Est-ce qu'il fallait que je parle ? Je trouvais le silence gênant, mais apparemment ça ne le dérangeait pas. Rien ne paraissait l'affecter, en réalité. Blake était calme, détendu. Il agissait comme s'il était dénué de sentiments, à la façon d'un robot. Mais je n'étais pas naïve au point de croire que rien ne pouvait le toucher.

Je me suis décidée à combler le silence.

— Tu… tu venais souvent ici quand tu étais petit ?

Il m'a regardée par-dessus son épaule avec un demi-sourire.

— Tu veux savoir si je viens souvent ?

— Non, si tu *venais* souvent.

Il y avait une grande différence.

Blake s'est tourné pour me faire face. Je ne sais pas s'il voulait m'intimider, en tout cas c'est l'effet que ça a eu. Il avait un air narquois, mais c'était beaucoup moins irritant que chez Josh.

— On venait souvent, avant que nos parents ne se séparent. Après le divorce, la maison est restée vide. Jusqu'à maintenant.

Je ne savais pas quoi répondre.

— Je suis désolée.

— Pourquoi ? Les gens divorcent tout le temps.

Avant que j'aie l'occasion d'ajouter quoi que ce soit, il est sorti. Il ne laissait entrevoir qu'une partie de sa personnalité.

— Une bière, Kenz ? m'a demandé Kyle dans mon dos.

Je me suis retournée avec un sourire moqueur.

— Tu es au courant qu'il n'est que onze heures ?

— Oui et… ?

Il a incliné la tête en attendant que je m'explique.

— Laisse tomber.

J'ai tendu la main et j'ai pris la bière qu'il me proposait.

Kyle et moi nous sommes installés dans le canapé pendant que Josh et Courtney rangeaient les affaires dans la cuisine.

— Tu crois qu'on devrait les aider ? ai-je demandé.

— J'ai offert mes services. Tu sais comment est Josh.

Il voulait tout régenter. Il ne serait pas d'accord avec notre façon de faire. Comme s'il y avait mille manières de ranger des provisions dans un placard ! En même temps, nous étions chez lui et il aimait nous rappeler que nous n'étions que des invités.

— Il va me falloir beaucoup d'alcool pour tenir le coup ce week-end, ai-je décrété.

J'avais promis à mes parents de ne pas boire, évidemment, mais nous étions sans adultes et bien décidés à profiter au maximum. Nos parents croyaient que nous allions nager dans le lac, préparer un barbecue et faire griller des marshmallows sur un feu. Ce n'était pas entièrement faux, nous allions faire tout ça, mais il y aurait de l'alcool.

Kyle a acquiescé et a levé sa bouteille.

— Qu'il coule à flots !

J'ai entrechoqué le haut de ma bouteille contre la sienne et j'ai bu une gorgée. Kyle et moi venions de terminer notre troisième bière quand les autres nous ont rejoints.

— Waouh, sympa, a déclaré Aaron en regardant les bouteilles alignées sur la table du salon.

— Kyle et moi, on a pensé que ce serait bien d'avoir tout à portée de main. Santé ! lui ai-je lancé en levant ma bouteille à moitié remplie.

— Si c'est pour se péter la gueule, autant faire les choses bien, a annoncé Aaron en prenant la vodka Absolut. Allez, tout le monde s'y met. Josh, des verres à shot, mon vieux.

Mon sourire s'est élargi. Je ne buvais pas beaucoup, surtout depuis l'accident, mais j'avais envie de m'amuser. De faire la folle.

— Heu, les gars, que personne ne gerbe chez moi, a répondu Josh de son ton énervant et coincé, style *je vaux mieux que vous*. J'ai aussitôt éprouvé le besoin de boire jusqu'à vomir.

À chaque fois qu'il mettait des limites, je mourais d'envie de les outrepasser, comme une gamine. Je savais que ce n'était pas une bonne idée. Je n'étais pas assez bête pour me prendre une cuite, mais ça ne m'empêchait pas d'en avoir envie.

— Relax, on veut tous passer un bon week-end, a répliqué Kyle.

Josh l'a fusillé du regard, le visage crispé. Il détestait qu'on le contredise.

— Je suis détendu, a-t-il grondé entre ses dents.

Aaron a levé le petit verre qu'il venait de remplir et l'a tendu en direction de Josh d'un air moqueur avant de le vider d'un trait. J'ai souri et j'ai fait pareil. Je l'ai tout de suite regretté parce que Josh a haussé les sourcils et j'ai deviné ce qu'il pensait.

Il n'hésiterait pas à ouvrir sa grande gueule. Heureusement, Aaron a pris la parole avant qu'il ne puisse dire quoi que ce soit, en brandissant une bouteille cette fois.

— Je porte un toast. À un week-end qui tue.

Nous avons tous levé ce que nous avions en main.

— À un week-end qui tue !

2

Après avoir passé près d'une heure à boire, j'ai ralenti ma consommation pour ne pas me retrouver K-O avant le coucher du soleil. Josh et Courtney, l'unique couple de l'équipe, étaient montés dans la chambre des parents, la seule avec un lit double, pour avoir un peu d'intimité, ce qui voulait dire que Josh avait envie de coucher avec Courtney.

Megan et Aaron étaient dans la cuisine. J'entendais mon amie rire d'une vanne qu'il venait de lâcher. Kyle était parti aux toilettes juste avant le départ de Josh et Courtney, des plombes plus tôt. Du coup, je me suis promis de ne plus utiliser ces W-C-là.

Blake a étendu les jambes et a posé ses bottines sur la table basse. Il n'était pas à sa place dans notre groupe. Il trinquait avec nous et se mêlait à la conversation quand il le fallait, mais il ne contribuait pas beaucoup à l'ambiance. La tension entre Josh et lui allait plus loin que l'antipathie que nous ressentions tous pour le petit frère. Ils s'affrontaient du regard dès que l'un des deux disait quelque chose qui ne plaisait pas à l'autre. Ça me mettait mal à l'aise et je ne savais pas où me planquer quand ça se produisait.

C'était évident qu'ils ne s'entendaient pas. Pourquoi Blake s'était-il imposé ?

— Qu'est-ce que tu fais dans la vie ? lui ai-je demandé pour savoir autre chose sur lui que sa boisson préférée.

— Je bosse à gauche à droite, a-t-il grommelé sans daigner me regarder.

J'avais l'impression de parler à un mur.

— T'es pas très bavard, hein ?

Il a posé les yeux sur moi sans même tourner la tête.

— C'est quoi l'intérêt de parler ?

— D'apprendre à connaître les gens, de se faire des amis, de ne pas vivre comme un ermite…

J'ai terminé avec un large sourire qui a adouci son expression.

— Tu me prends pour un ermite ?

— Je me trompe ?

— Oui. Je passe très peu de temps tout seul.

L'étincelle de son regard m'en a dit plus que les mots.

— Tu es avec une fille différente tous les soirs, c'est ça ? lui ai-je demandé d'un air dégoûté.

— Pas *tous les soirs*.

Hum, ça ne me paraissait pas très crédible. À moins qu'il n'ait joué volontairement les timides dans la voiture ? Mais dans quel but ? Il était visiblement fier de pouvoir coucher avec qui il voulait.

Mon estomac s'est noué à l'idée qu'il se tapait plein de nanas, ce qui était complètement ridicule. Nous ne sortions pas ensemble et je le connaissais à peine. J'ai fait la moue.

— On t'a brisé le cœur ou tu n'es pas encore assez mature pour passer à autre chose ?

Il a plissé le front.

— Quoi ?

— Je veux savoir pourquoi tu te sers des femmes.

— Ça ne peut pas être juste parce que j'aime le sexe et que je n'ai pas envie d'une relation sérieuse ?

— En général, non.

Puis une idée m'est venue.

— Oh, t'inquiète, je comprends.

Il a soupiré.

— Tu comprends quoi ?

— Je comprends pourquoi.

Il s'est massé le front d'un air exaspéré.

— Ah, les femmes… Qu'est-ce que tu *crois* avoir compris, Mackenzie ?

— Tu ne veux pas être en couple, à cause du divorce difficile de tes parents. Tu as peur que l'histoire se répète.

Il est resté figé une minute, l'air renfrogné, et j'ai compris que j'avais tapé dans le mille. Mackenzie, un. Blake, zéro.

Le silence s'est installé et je me suis mise à me triturer les doigts. Blake a plissé les yeux.

— Tu racontes n'importe quoi. Je n'ai pas rencontré de fille qui m'inspire l'envie d'avoir une relation exclusive, c'est tout.

— Si tu le dis.

Son regard est devenu froid. *Oups.* Je me suis sentie coupable.

— Désolée, Blake. Je ne voulais pas te vexer.

— Je ne suis pas *vexé*.

Son ton sec prouvait exactement le contraire. Il a planté ses yeux bleus dans les miens et mon cœur s'est emballé. L'ambiance est devenue lourde, j'avais du mal à le supporter. Alors qu'au début, ma présence semblait laisser Blake complètement indifférent, on aurait soudain dit qu'il voulait tout savoir à mon sujet.

Je ne le comprenais vraiment pas, mais il était trop craquant. À côté de lui, les garçons qui me plaisaient jusque-là ressemblaient à des gargouilles. Malgré cette attirance, j'étais embêtée de ne pas arriver à le cerner. Il y avait des gens que j'aimais bien et d'autres que je ne supportais pas, mais au moins je savais à quoi m'en tenir avec eux.

— Tu veux aller faire un tour ? lui ai-je proposé.

— Tu n'as pas l'air d'être le genre de fille à faire des propositions indécentes.

Ses yeux bleus transparents comme l'eau claire avaient retrouvé leur éclat.

— Redescends sur terre, tu sais très bien que ce n'est pas ça que je voulais dire.

Je pensais qu'il refuserait, mais il s'est levé. Comme je ne bougeais pas, il m'a lancé d'un air moqueur :

— Tu ne veux pas aller… quelque part ? C'était une question piège, Mackenzie ? m'a-t-il demandé en agitant les sourcils d'un air suggestif.

Je me suis dressée à mon tour.

— Non, pas du tout ! Je ne m'attendais pas à ce que tu l'interprètes mal.

Ses yeux se sont assombris et il a semblé être ailleurs, tout à coup.

— Il y a beaucoup de choses sur moi qui te surprendraient.

Son ton m'a fait frissonner de désir. Je n'en doutais pas une seconde.

Blake a tourné les talons sans un mot et s'est dirigé vers la porte d'entrée. Je l'ai suivi dehors et j'ai remonté l'allée en me demandant si c'était une bonne idée. Ma mère m'avait appris à ne pas faire confiance aux gens que je ne connaissais pas. La forêt était immense, nous étions à des kilomètres de la ville, la maison la plus proche devait être au moins à vingt minutes de marche et je ne trouvais rien de mieux à faire que me promener dans cet environnement avec un inconnu.

Si on s'enfonçait suffisamment au milieu des arbres, personne ne m'entendrait crier. On pouvait facilement planquer un cadavre là-dedans.

J'ai maîtrisé ma nervosité.

Tu es ridicule. C'est fini pour toi, les films d'horreur.

— Bon alors c'est quoi, tes tares ? m'a-t-il demandé en m'observant du coin de l'œil. Ou est-ce que tu es aussi parfaite que tu en as l'air ?

— Je ne sais pas trop comment prendre ça.

Il a haussé les épaules.

J'étais sûre que son *parfaite* était moqueur. J'étais vraiment loin d'être parfaite. J'avais commis des erreurs et fait une chose que je regrettais plus que tout. J'aurais donné n'importe quoi pour pouvoir revenir en arrière.

— Pas de tares. Je suis bêtement *normale*.

— Pas de secrets bien cachés ?

J'ai trébuché. Ma gorge s'est tellement serrée que j'avais l'impression d'étouffer. Josh lui avait raconté ? Non, c'était impossible. Il n'avait aucune raison de faire ça. Tout déballer à Blake ne lui aurait rien apporté.

— Non, pas de secrets.

— Menteuse, a-t-il marmonné.

Je me suis arrêtée. Il a parcouru encore une dizaine de mètres avant de réaliser que je n'étais plus à côté de lui. Il a tourné la tête et a levé les yeux au ciel d'un air blasé.

— Allez, Mackenzie, tout le monde a des choses à cacher.

— Pas de secrets bien cachés, je te répète.

Sauf que tu mens, me suis-je dit. Qu'est-ce qu'il savait exactement ?

Il s'est rapproché, me clouant sur place d'un regard perçant. Je me suis raidie. Des branches mortes craquaient sous ses bottines tandis qu'il avançait pas à pas. Il ne s'est arrêté que quand il s'est retrouvé presque nez à nez avec moi. J'ai tenté d'ignorer les battements affolés de mon cœur. Sa silhouette musclée et ses yeux lascifs me donnaient envie de m'abandonner dans ses bras.

Je me suis mordillé l'intérieur des joues. Il était à la fois trop près et pas assez collé. *Saleté d'hormones*.

— Les secrets qu'on se cache à soi-même sont les plus dangereux, a-t-il murmuré, comme s'il se parlait à lui-même.

— Je ne cache rien à personne.

— Tu es trop droite.

J'ai réfléchi à sa remarque. Ou du moins j'ai essayé. Je ne comprenais pas ce qu'il voulait dire.

— Quoi ?

— Tu es une fille ouverte d'esprit. Tu supportes que Courtney soit dans le camp de Josh et pas dans le tien, non ?

J'ai hoché la tête.

— Pourquoi ? Pourquoi tu ne la laisses pas tomber ? Arrête d'essayer de sauver ton amitié à tout prix et de rendre toutes les situations parfaites. Les gens te décevront et profiteront de toi. Tu dois apprendre à renoncer. Je le vois dans tes yeux. Tu te démènes pour que ça ne parte pas en vrille, ni pour toi ni pour ceux qui t'entourent. Ça doit être épuisant. Quand est-ce que tu décompresses ? Tu vas péter un câble avant tes trente ans.

Je n'en revenais pas. Comment pouvait-il voir aussi clair en moi alors qu'il ne me connaissait que depuis quelques heures ? De deux choses l'une : soit j'étais super transparente, soit il était doué pour analyser les gens. Peu importe, je ne pouvais pas lui montrer qu'il avait vu juste. J'ai croisé les bras, sans céder de terrain.

— Tu ne sais rien sur moi.

Ça m'énervait qu'il devine des faits dans mon passé qui ne me plaisaient pas, notamment une énorme erreur que j'aurais voulu ne pas commettre. Je compensais cette très mauvaise décision en me comportant comme tout le monde l'attendait, et comme je l'attendais aussi de moi désormais.

C'était épuisant : il avait raison. Et le plus irritant, c'était que Blake, un type que je connaissais depuis deux secondes ou presque, voyait ce que ma famille et mes amis ignoraient. D'accord, il ne savait pas ce qui s'était passé exactement, mais il avait senti que je cachais quelque chose. Je ferais tout pour qu'il n'apprenne jamais de quoi il retournait.

— Je ne connais pas les détails, mais tu as toutes les caractéristiques de l'ado frustrée. C'est aussi évident que si c'était tatoué sur toi.

— Et toi, c'est quoi ton tatouage ?

À mon avis, c'était : *Connard arrogant*.

— Le soleil levant japonais.

— Hein ?

Il a relevé la manche de son t-shirt pour me montrer un tatouage noir représentant un demi-soleil.

Oh, il avait pris ma question au pied de la lettre !

— Qu'est-ce que ça symbolise ?

— Aucune idée, le dessin me plaisait, c'est tout.

D'accord…

— C'est cool.

Il a émis un petit rire et a poursuivi son chemin dans la forêt. Les arbres étaient vert vif et une brise légère agitait les feuilles. Il faisait plus frais ici et, comme une vague de chaleur frappait l'Angleterre depuis quelques jours, c'était agréable.

— Tu connais les autres depuis longtemps ? m'a demandé Blake alors que je trottinais pour le rattraper.

— Oui.

— Kyle et Aaron n'avaient pas l'air ravis que je m'impose pour le week-end. Megan non plus, d'ailleurs.

J'ai haussé les épaules.

— Ça ne les dérange pas. C'est juste qu'ils préféraient la dynamique de notre groupe avant que Josh et Courtney ne soient ensemble. Ils ont tendance à être protecteurs, surtout Aaron. Il ferait n'importe quoi pour ses amis. Il prendrait une balle pour nous, s'il le fallait. Je ne veux pas dire que je ne le ferais pas. Pour te donner un exemple, un soir, un type m'a mis la main aux fesses parce que j'avais refusé de danser avec lui et Aaron l'a mis K-O.

— Ça tient plus du psychopathe que du protecteur, mais c'est toi qui choisis l'étiquette.

— En effet, ai-je répondu, un peu fâchée.

Ça ne me dérangeait pas que Blake échafaude des théories à mon sujet, mais je n'aimais pas qu'il dise du mal de mes copains.

— Dis-moi, un groupe aussi soudé que le vôtre…

Je savais où il voulait en venir.

— Pas moi. Josh et Courtney sont ensemble, comme tu le sais. Aaron et Tilly avaient une relation par intermittence.

— Et toi, tu n'as jamais… ? Pas même une fois ?

— Non. L'amitié entre filles et garçons, ça existe, tu sais.

— Bien sûr, mais ça paraît bizarre. Je connais d'autres bandes de copains et il y en a toujours quelques-uns qui ont couché ensemble quand ils étaient bourrés. Ou au moins qui se sont tripotés.

Oh, charmant.

— Désolée, rien de croustillant dans notre groupe.

Pas dans ce style-là, du moins.

— Waouh, Kenzie, t'es vraiment sage comme une image ! Tu as prévu des jeux de société pour animer la soirée ?

— Non, bien sûr que non. Je regrette si on te semble ennuyeux, Monsieur Fêtard. Tu fais quoi, toi, pour t'amuser ?

Il s'est retourné brusquement, le regard affamé. Il m'a attrapée par les poignets et m'a collée contre un tronc, en m'immobilisant de son corps. J'étais stupéfaite. J'avais envie de me jeter contre lui, de sentir sa peau contre la mienne, son souffle dans mon cou, sa langue dans ma bouche.

Reprends le contrôle, Mackenzie !

Qu'est-ce qui m'arrivait ? Je n'avais jamais ressenti aussi vite ce genre d'alchimie avec un mec. Rectification : je n'avais jamais ressenti *une pareille alchimie*. C'était sa faute. Blake était super beau et son air mystérieux me court-circuitait le cerveau. Je devais faire des efforts pour rester concentrée. Mes jambes sont devenues toutes molles et, s'il ne m'avait pas soutenue, je me serais retrouvée affalée au pied du tronc.

Je me suis forcée à me ressaisir. J'ai dégluti pour tenter d'hydrater ma gorge aussi sèche que le Sahara et j'ai murmuré :

— Le sexe est ta seule distraction ?

Son corps s'est plaqué contre le mien. Je sentais les muscles de son torse. *Arrête.*

— Non. C'est le sexe que je préfère.

Ses yeux en feu me transperçaient, risquant de mettre au jour mes secrets. Il est resté collé contre moi, l'air tendu, comme s'il avait du mal à se contenir. *Je ne peux pas faire ça maintenant. Voire jamais.* Je n'étais pas le genre de personne à désirer tout de suite quelqu'un. Je prenais mon temps, j'avais d'abord besoin d'apprendre à connaître l'autre. Blake me donnait envie de balancer tous mes principes par la fenêtre, des principes que je m'étais pourtant toujours efforcée de respecter.

Il s'est écarté d'un coup. Mes genoux ont flageolé. Je me suis retenue à l'arbre pour rester debout. J'ai secoué la tête pour dissiper le brouillard de confusion et de désir qui m'embrumait les idées.

— Qu'est-ce qu'il y a ?

— Tu ne risques pas de le regretter après ?

— Il y a de fortes chances que si.

Coucher avec le frère de Josh au milieu de la forêt alors que je venais tout juste de faire sa connaissance était une très mauvaise idée.

Malheureusement, je n'arrivais pas à convaincre mon corps : mon cœur battait trop vite et je ressentais une vive chaleur partout.

— C'est bien ce que je me disais. Viens, je vais te montrer la rivière où j'ai poussé Josh et où je lui ai cassé le bras.

Hein ? Ce mec était prêt à me sauter dessus et, la seconde d'après, il jouait les guides touristiques ?

J'ai pris une profonde inspiration pour remettre de l'ordre dans mes idées et cesser de jouer les idiotes de service. J'ai dû à nouveau courir pour le rattraper.

— Tu lui as cassé le bras ?

— C'était un accident. Je suis pas un psychopathe.

3

Deux heures plus tard, Blake et moi étions de retour à la maison, lancés dans un jeu à boire avec mes amis. Il ne m'a pas fallu longtemps pour être à nouveau éméchée… puis complètement saoule. Je connaissais toujours mon nom et celui de la Première ministre, mais j'avais trop bu.

J'ai renversé la tête en arrière et éclaté d'un rire hystérique jusqu'à ce que mes abdos protestent. Tout ce qui était à peine amusant en étant sobre me mettait dans un état d'hilarité exacerbé par l'alcool : j'ai failli mourir de rire quand Kyle est tombé. Il n'est même pas vraiment tombé, il a juste trébuché. Il s'est redressé en regardant autour de lui pour vérifier que personne n'avait été témoin de sa maladresse.

Je pouffais sans retenue.

— Va te faire voir.

Il a aussi balancé un regard noir à Courtney, qui riait aussi.

— Pff, que tu es susceptible, a-t-elle marmonné avant de se coller contre Josh.

Kyle a croisé les bras.

— Susceptible ? Vraiment, Courtney ?

Si elle-même avait trébuché, elle n'aurait pas trouvé ça drôle.

— Fous-lui la paix, a aboyé Josh.

On ne pouvait pas passer une heure sans dispute ? Avant les embrouilles avec Josh, on se prenait rarement le bec. J'ai poussé un grognement en me serrant le ventre. Il était plein : je m'étais empiffrée d'enchiladas et c'était sans doute la seule raison pour laquelle je tenais encore le coup, malgré tout l'alcool que j'avais ingurgité.

Blake a posé les pieds sur la table basse et étendu les bras sur le dossier du canapé derrière moi. Les yeux bleu clair d'Aaron nous ont observés avec méfiance. J'ai refusé de croiser son regard et je me suis recroquevillée : je n'aimais pas être au centre de l'attention.

Ma balade avec Blake m'avait valu quelques haussements de sourcils. Les autres – à part Courtney et Josh – semblaient penser qu'il n'était qu'un sac d'embrouilles, sans doute parce qu'il était le frère de Josh et qu'ils n'avaient pas encore vraiment discuté avec lui. S'ils accordaient une deuxième chance – ou plutôt une dixième – à Josh, ils pouvaient bien en offrir une première à Blake. Aaron était têtu et protecteur, il serait le plus difficile à convaincre.

— Rhhoo, le mal de crâne qu'on va se taper demain matin, a gémi Megan.

Elle n'était pas aussi saoule qu'elle le prétendait. Elle faisait toujours ça. Elle avait appris à feindre de tanguer. Elle n'aimait pas boire au point de perdre le contrôle, mais elle n'aimait pas non plus avoir l'air hors du coup. Elle en rajoutait souvent des tonnes. Dans le fond, je crois qu'elle savait qu'on savait, mais nous jouions tous le jeu en riant de ses bêtises. C'était un peu ridicule.

— Tournée de shots ! a annoncé Aaron en indiquant les verres vides sur la table.

J'avais perdu le compte de ce que nous avions déjà ingurgité. Même si l'alcool coulait à flots, ce n'était rien comparé à *ce soir-là*.

Blake était étonnamment stoïque par rapport à ce qu'il avait avalé. Il devait avoir une solide habitude pour être doté d'une pareille résistance. Quand il s'est levé pour aller chercher de la bière, il marchait parfaitement droit.

Les shots se sont enchaînés et j'ai commencé à me sentir mal. Mon estomac se soulevait et, à chaque fois que j'avalais ma salive, j'avais l'impression que ma gorge s'obstruait. Megan avait apporté une liqueur italienne et nous a obligés à finir la bouteille en disant :

— Si je rapporte cette merde à la maison, ma mère va me renier.

Ça avait un goût de citron et ça brûlait quand on l'avalait. J'avais l'impression de boire du Canard W-C. Nous avons aussi terminé une bouteille de rhum épicé apportée par Aaron.

J'ai poussé un grognement et je me suis étiré la nuque. Mon corps était lourd et je me sentais faible. J'arrivais au stade où on a tellement bu qu'on n'a plus qu'une seule envie : dormir. La pièce tournait autour de moi.

— Vous aussi vous vous sentez bizarres ?

J'aurais un fameux bol, si je ne vomissais pas. Megan a rigolé.

— Tu veux dire « pétés » ?

— Oui, plus ou moins.

J'ai collé les mains sur mon visage. J'avais trop chaud. *Je t'en supplie, ne gerbe pas.* L'idée du vomi remontant dans ma gorge m'a fait paniquer.

— Mackenzie, tu as une tête de cachet d'aspirine, a déclaré Blake en rejetant mes longs cheveux par-dessus mes épaules.

Si je ne m'étais pas sentie aussi mal, j'aurais frémi au contact de sa main frôlant mon cou.

Ma tête s'est mise à tourner encore plus vite.

— Et merde !

Je me suis levée d'un bond, une main plaquée sur la bouche pour foncer vers les toilettes. Heureusement, j'ai réussi à me pencher au-dessus de la cuvette avant que la moitié de l'alcool que j'avais ingéré ne remonte. J'ai posé les paumes contre le mur pour finir de me vider.

Je me suis redressée lentement en gémissant, j'ai tiré la chasse et je me suis brossé les dents. Je suis retournée dans le salon en titubant. Je n'étais pas plus claire, mais je me sentais mieux, maintenant que mon estomac ne tournait plus comme une machine à laver.

— Ça va ? m'a demandé Courtney.

Josh a ricané.

— T'as vu sa tronche ?

Comme je n'avais pas l'énergie de lui adresser une réponse cinglante, j'ai brandi un doigt d'honneur avant de me laisser tomber sur le canapé.

Blake m'a décoché un sourire sincère qui m'a fait fondre.

— Tu te sens mieux ?

— Mmm. Je vais juste fermer les yeux une minute.

Ne bouge pas le moindre muscle. Si j'arrivais à rester aussi immobile qu'une statue, les vagues de nausée se calmeraient. J'ai fermé les paupières et j'ai senti le sommeil me gagner.

— Je vais me coucher, nous a avertis Megan. Je suis crevée et je vais avoir droit à la méga gueule de bois demain.

J'ai hoché la tête sans rouvrir les yeux, avant de me gifler mentalement. *Pas bouger, Mackenzie*.

— Heu, Megan, on dort tous ici cette nuit, lui a rappelé Josh.

C'était l'idée de Courtney qu'on dorme tous ensemble au rez-de-chaussée, comme si nous organisions une soirée pyjama. Qu'est-ce que ça pouvait lui fiche, l'endroit où on s'écroulerait ? Et évidemment, Josh la soutenait. Pas parce qu'elle était sa copine, mais parce que ça donnait l'impression qu'il était un super petit ami. Megan aurait aussi bien pu dormir dehors, ça n'était pas son problème.

— La ferme, Josh, a-t-elle répliqué en se forçant à bafouiller un peu.

— Allez, Megan, t'étais d'accord, a protesté Courtney.

Josh a posé la main sur la cuisse de Courtney et s'est penché vers Megan.

— T'es pas chez toi, au cas où tu l'aurais oublié.

Aaron a manqué de s'étouffer.

— Comment elle pourrait l'oublier ? Tu nous le rappelles toutes les cinq minutes !

— Tu es invité, Aaron, alors tu fais ce que je dis quand je le dis !

— Putain Josh, qu'est-ce que ça peut te foutre où on dort ? est intervenu Blake.

Merci ! Il y avait au moins *une personne* raisonnable.

— Va à l'étage si tu en as envie, Megan, lui a dit Blake.

J'ai rouvert les paupières juste à temps pour voir Megan tirer la langue à Josh et monter l'escalier d'un pas peu assuré. Blake n'a rien dit, même si la scène semblait l'amuser.

Tu craques pour Blake. C'était vrai. Beaucoup plus que je n'aurais dû.

Aaron était assis par terre, le dos appuyé contre le bord du canapé.

— C'est quoi ton problème ? a-t-il demandé à Josh. Tu te comportes comme un gros connard, depuis la mort de Tilly et de Gigi.

Avant aussi. Je me suis roulée en boule. Je n'avais pas envie de discuter de mes amies décédées avec Josh. J'entrais dans une rage folle quand je pensais à ce qu'il avait dit et à ce qu'il avait fait. On peut être content de ne pas être mort, mais se réjouir de la disparition des autres, c'est inacceptable. J'ai serré les dents.

— Tu n'aurais pas oublié un détail ? a grondé Josh. C'est toi qui as largué Tilly juste avant.

Le regard d'Aaron s'est assombri.

— Tu sais quoi, Josh ? Va crever ! Je te jure que si tu prononces encore son nom, je te tue !

Je m'attendais à ce qu'Aaron se lève aussitôt et se jette sur Josh. Mais il est resté assis. Est-ce qu'il était trop saoul pour bouger, lui aussi ? Ça ne suffisait pas à l'arrêter, d'habitude.

J'ai soupiré et je me suis passé les mains sur la figure. Les soirées finissaient toujours en dispute et j'en avais marre.

— Arrêtez ! a crié Courtney. Tout de suite !

J'ai serré les poings. Pourquoi ne voyait-elle pas comment Josh était vraiment ? Comment est-ce qu'elle ne se rendait pas compte que c'était lui l'instigateur ?

Aaron a secoué la tête et a terminé sa bouteille de bière. J'avais envie de me lever pour quitter la pièce, mais j'étais incapable de bouger. Même mes paupières pesaient une tonne. Je me sentais horriblement mal et je devais avoir une tête atroce. Le salon tournait autour de moi et j'avais l'impression que mes bras et mes jambes étaient hyper légers, comme si j'allais me mettre à flotter. Je me suis installée confortablement, la tête posée sur un coussin et je me suis endormie.

Quand j'ai été réveillée par l'humain le plus courageux de la planète, j'ai cru que quelques minutes seulement s'étaient écoulées.

Je ne suis pas de bonne humeur quand on me tire du sommeil. Ça avait intérêt à valoir carrément la peine.

— Quoi ? ai-je grogné.

La première chose que j'ai vue, quand j'ai ouvert les yeux à contrecœur, c'était l'expression amusée de Blake.

Son regard s'est illuminé et il a souri.

— Ton t-shirt.

Je me suis redressée sur un coude et j'ai vérifié : j'avais toujours mon t-shirt, je ne comprenais pas ce qu'il voulait dire.

— Quoi ? Qu'est-ce qu'il a ?

— Il est…

Il a passé un doigt le long de ma hanche, à l'endroit où mon t-shirt s'était relevé de quelques centimètres, exhibant un morceau de peau. *Oh*. J'ai essayé de respirer normalement, mais tous mes sens étaient aux aguets. Je ne voyais que son regard intense. Son after-shave boisé et super masculin me titillait les narines. Son doigt qui traînait sur moi me chatouillait et me coupait le souffle.

J'ai regardé autour de moi pour voir si quelqu'un d'autre était éveillé. Kyle et Aaron ronflaient étendus par terre. Courtney et Josh avaient disparu, ils étaient sans doute à l'étage. *Hypocrites*.

— Tu m'as réveillée pour toucher mon ventre ? ai-je demandé le plus calmement possible.

— Non, je t'ai réveillée pour voir si tu me connaissais depuis assez longtemps pour que je t'emmène au lit.

Non, pas du tout, mais je sentais toute logique sauter par la fenêtre. Je n'avais encore jamais désiré un garçon que je connaissais à peine. Avec Blake, tout me semblait différent.

Mes sourcils se sont haussés par réflexe, mais les battements de mon cœur se sont accélérés. J'essayais en vain de convaincre mon cerveau que Blake m'était un étranger. Avant que je puisse répondre, ses lèvres se sont posées sur les miennes et j'ai perdu toutes mes facultés de raisonnement. Je me suis laissé conduire à l'étage.

SAMEDI 8 AOÛT

J'ai entrouvert les yeux et l'atroce lumière matinale m'a éblouie. Les murs jaune vif de la chambre augmentaient encore la luminosité. J'ai passé les mains sur mon visage en grognant. J'avais l'impression de m'être fait renverser par un bus. J'avais mal à la tête et, quand je déglutissais, c'était comme si j'avalais des poignées de sciure. Le pire, c'est que, cette fois, je n'avais pas été réveillée par Blake. Mes gueules de bois étaient moins horribles, d'habitude. J'avais beaucoup bu la veille, mais pas au point de me sentir à l'article de la mort. Depuis quand est-ce que je tenais aussi mal le coup ? Blake était couché sur le côté, un bras et une jambe sur moi. Il avait l'air paisible. S'il avait des soucis la journée, ça ne dérangeait pas son sommeil, de toute évidence.

Je l'ai regardé dormir en me mordillant la lèvre. Je n'étais pas fière de moi. Je n'avais jamais couché juste pour un soir et je n'avais aucune idée de ce que j'étais censée faire le lendemain matin. Je savais que la conduite à tenir était de filer au plus vite, mais dans le cas présent, c'était impossible. Nous passions le week-end dans cet endroit reculé et je n'avais pas de voiture.

Oh non ! C'était fait. J'avais eu un coup d'un soir ! J'ai tenté de me calmer. *Rien de grave. Tu es adulte maintenant. Ça arrive tout le temps à ton âge. Oui, mais pas à moi.*

Pourquoi est-ce que j'avais couché avec Blake alors que je ne le connaissais même pas depuis vingt-quatre heures ?

La ferme. Ce n'est rien. Tu as le droit d'être attirée et de t'amuser.

Je devais me ressaisir. Je ne pouvais pas revenir en arrière et ça ne servait à rien de flipper ou de rendre cette situation plus gênante qu'elle ne l'était. Nous avions juste cédé à notre désir et nous étions tous les deux des adultes consentants. Tout irait bien. De toute façon, je me sentais trop mal pour continuer à psychoter.

J'ai voulu me redresser, mais je me suis laissée retomber sur le matelas. Mon estomac était tout retourné et je n'avais pas la moindre énergie. Il me fallait un verre d'eau, une aspirine et je devais vomir l'alcool qui barbotait encore au fond de mon estomac.

Plus jamais. Jamais, jamais, jamais.

J'avais réveillé Blake à force de m'agiter. Il a retiré la main posée sur moi et s'est frotté le visage. J'ai piqué un fard à cause de la situation.

— Je vais mourir, a-t-il grommelé.

— Bienvenue au club.

Il m'a souri.

— Comment tu fais pour ne pas avoir une tête de déterrée le matin ? Tu as l'éclat de quelqu'un qui vient de faire l'amour, ça m'excite.

Sérieux ?

— Comment tu peux avoir envie de sexe alors que tu te sens super mal ?

— Tu t'es déjà regardée dans un miroir, Mackenzie ?

Sa remarque m'a désarçonnée. Je ne pensais pas être si jolie que ça, mais j'aimais bien qu'il me voie comme ça. Tout le monde aime se sentir unique et mon ex ne m'avait jamais fait de tels compliments. Je me sentais soudain sexy et valorisée. C'était agréable, même si j'avais transgressé mes propres principes.

— Je…

Je quoi ? Qu'est-ce que je voulais dire ? Blake a émis un petit rire, s'est redressé et s'est penché pour ramasser son jeans.

— Il faut que je mange et que je boive un café fort. Tu sais ce que les autres ont prévu pour aujourd'hui ?

J'ai suivi son exemple : j'ai attrapé mes vêtements et j'ai commencé à m'habiller. J'ai jeté un coup d'œil dans sa direction pour être sûre qu'il ne me regardait pas. Raté, il me fixait.

— On va au lac pour nager. Aaron veut faire un barbecue à midi et le soir on a prévu un feu de bois.

Blake s'est immobilisé.

— Vous comptez allumer un feu en plein milieu de la forêt ?

— Un petit. On ne va pas faire cramer les arbres.

— Pas exprès en tout cas. Je superviserai.

— Supervise tant que tu veux. Je suis sûre qu'Aaron sera ravi de ton aide.

— Ce n'est pas avec lui que j'ai envie de passer du temps.

Waouh !

— Tant mieux.

Blake a plongé les yeux dans les miens. S'il continuait à me regarder comme ça, j'allais exploser. J'avais déjà trop chaud. Il s'est penché pour ramasser son t-shirt et l'enfiler. Son dos était aussi musclé que ses abdos. Il devait passer pas mal de temps à faire du sport. On n'avait pas un corps pareil sans bosser.

— Alors tu vas passer toute la journée au lac ?

— Oui. Tu viendras aussi ?

J'ai à nouveau rougi. J'espérais ne pas avoir l'air trop collante, mais j'avais envie de rester le plus possible avec lui. Même s'il ne faisait pas partie de notre bande, c'était l'occasion de devenir tous amis, s'il s'en donnait la chance. Moi, j'avais déjà saisi l'opportunité : la nuit passée avec lui en était la preuve. Blake était sûr de lui et attentionné, c'était une combinaison qui me plaisait beaucoup.

— Oui, je viendrai. J'espère tout de même qu'on pourra s'éclipser un moment.

J'ai boutonné mon jeans, puis j'ai croisé les bras.

— Tu es insatiable.

En réalité, j'étais ravie.

Blake s'est approché lentement de moi. Je n'ai pas bougé, bien décidée à ne pas lui montrer l'effet qu'avaient sur moi ses yeux électrisés par le désir. Il m'a déshabillée du regard.

— C'est ta faute.

Je m'apprêtais à lui dire de laisser tomber le petit-déjeuner quand j'ai senti la nausée monter. Il fallait que je mange pour absorber les restes d'alcool. Je devais garder la tête froide. Ce serait très facile de me laisser envoûter par Blake, mais c'était dangereux.

— Je suis sûre qu'on aura des tas d'occasions de s'éclipser. Maintenant, il faut que je mange quelque chose de bien gras ou je vais me sentir mal toute la journée.

Je n'arrivais pas à croire que c'était vraiment moi qui voulais quitter cette chambre, mais après ce que j'avais avalé la veille, je n'avais pas le choix.

Blake a fait le tour du lit et m'a attrapée par les bras.

— OK, vendu. Je n'ai pas envie que tu te sentes mal toute la journée…

Il a glissé une main le long de mon bras nu pour atteindre ma paume et m'a tirée hors de la pièce.

Nous nous sommes arrêtés au bas de l'escalier pour évaluer les dégâts. Des bouteilles vides, des verres renversés et des papiers de snacks jonchaient aussi bien la table du salon que le sol. Il y avait plus de bouteilles d'alcool que dans mes souvenirs. Pas étonnant qu'on soit dans un état pareil.

Blake était collé contre mon dos, une main sur ma hanche. J'adorais sentir son contact.

— Ça explique le marteau-piqueur dans ma tête, a-t-il murmuré en se penchant pour me mordiller le cou.

Je me suis retournée et je lui ai donné une petite tape en riant. Mauvaise idée. Le mouvement rapide a aggravé mon mal de crâne. En revanche, le sourire enfantin de Blake m'a fait fondre.

Ça non plus, ce n'était pas une bonne idée. Je ne devais pas m'emballer. À la fin du week-end, Blake allait retourner chez son père et je n'avais aucune idée de quand je le reverrais. *Si je le revoyais*.

Une porte s'est ouverte et refermée à l'étage. Je suis passée derrière Blake pour regarder qui c'était. Megan s'est engagée dans l'escalier, l'air aussi mal en point que moi.

— Kenzie ? Je crois que je vais mourir.

Ça m'a fait rire.

— Toi aussi, hein ?

— Putain, quelle quantité d'alcool est-ce qu'on a ingurgitée ?

Elle s'est lourdement appuyée contre la rampe pour descendre les dernières marches. Elle n'avait pas bu énormément, mais plus que d'habitude.

— On vieillit, ai-je plaisanté. On ne tient plus le coup.

Kyle était étalé sur le sol, la bouche grande ouverte, la respiration lourde. Ses cheveux noirs en pétard ressemblaient à un nid d'oiseaux. Aaron était à côté de lui, endormi en position fœtale. Ils n'avaient pas l'air d'avoir mieux supporté l'alcool que nous. Ils étaient tous les deux exactement là où Blake et moi les avions laissés la veille.

Blake nous a contemplés avec une curiosité qui m'intriguait. Contrairement à ce qu'il m'avait raconté, je le soupçonnais de ne pas avoir beaucoup d'amis. C'était dommage car, derrière sa façade d'indifférence, c'était un mec génial. D'après ce que j'en avais vu, en tout cas.

— Où sont Josh et Courtney ? a demandé Megan.

J'ai haussé les épaules.

— Je n'entends personne d'autre, j'imagine qu'ils dorment toujours. Rhoo, Megan, il me faut une aspirine d'urgence.

Tout à coup, Kyle a ouvert les paupières et écarquillé les yeux en voyant Aaron si près de lui. Je me sentais tellement mal que je n'ai même pas eu la force de rire quand il l'a repoussé et qu'Aaron s'est réveillé avec un cri de surprise.

Aaron a relevé la tête, l'air complètement dans le gaz.

— Quoi ?

Il s'est frotté les yeux en grimaçant.

— Putain !

— Je vais faire du thé. Quelqu'un en veut ?

Ma proposition a été accueillie par des grognements d'approbation et une moue dégoûtée de Blake. J'ai souri en repensant à ce qu'il souhaitait quelques minutes plus tôt.

— Du café pour toi, Blake.

Je suis entrée dans la cuisine. Ma tête tournait encore et je flottais dans une sorte de brouillard. Une immense flaque rouge dansait devant mes yeux. J'ai cligné très fort des paupières.

Tu délires. J'ai rouvert les yeux et j'ai regardé le sol. Il m'a fallu un moment pour comprendre ce que je voyais. Du sang épais s'étendait de derrière l'îlot central jusqu'au milieu de la cuisine.

J'ai étouffé un cri. Il y avait tellement de sang. Mon cœur s'est emballé et j'ai été prise de vertige. L'odeur métallique m'a empli les poumons et m'a fichu la nausée. Je me suis mise à trembler. Qu'est-ce que… ?

— Courtney ?

Mes oreilles bourdonnaient tellement que j'entendais à peine le murmure de ma voix.

Non, ne t'évanouis pas, Mackenzie. Quelqu'un est arrivé derrière moi.

— Qu'est-ce que… a marmonné Kyle en me contournant. Merde. Ne bouge pas, Kenz.

Blake nous a rejoints.

— Qu'est-ce qui se passe ?

Malgré l'ordre de Kyle, j'ai contourné l'îlot et mon estomac s'est soulevé.

— Non !

J'ai plaqué une main sur ma bouche en sentant la bile remonter dans ma gorge. Courtney et Josh gisaient sur le carrelage dans une immense flaque de sang.

4

J'ai fermé les yeux. *Quand tu les rouvriras, tu verras autre chose*. Le cœur au bord des lèvres, j'ai entrouvert une paupière. La scène n'avait pas changé. La quantité de sang était impressionnante. Courtney et Josh étaient toujours couchés sur le sol, immobiles.

Megan a poussé un hurlement qui ne semblait pas humain.

Ce n'est pas vrai. Je suis en train de rêver. C'est la seule explication.

— Courtney, ai-je murmuré à nouveau.

Ma voix s'est noyée dans l'océan des sanglots et des cris de Megan.

— Josh !

Ils n'ont pas répondu. Mon esprit tournait à cent à l'heure. Comment ? Qui ? Pourquoi ? Mon corps m'a paru glacé sous l'effet du choc. Mes doigts ont agrippé le plan de travail, mes ongles se sont enfoncés dans le bois. J'étais figée sur place, incapable de détourner le regard.

Oh mon Dieu. Oh mon Dieu. Fais quelque chose ! Aide-les ! Adam s'est laissé tomber à genoux. Ses bras ont survolé Josh comme s'il voulait le toucher, sans oser le faire.

— Merde ! a-t-il lâché. Faut faire quelque chose ! Appelez une ambulance !

Je me suis dit qu'il était trop tard. Les lèvres habituellement rouges de Courtney étaient rose pâle et la peau de son visage avait pris une teinte terne et grise. Une traînée de sang séché descendait de son oreille vers le carrelage.

Mon pouls battait à tout rompre.

Ils sont morts. Ils sont morts ! Non, non, non, non ! Je me suis agenouillée à mon tour, sans prêter attention aux autres qui se disputaient pour décider ce qu'il fallait faire. *Ce n'est pas possible.* Les paupières de Courtney étaient closes, comme si elle dormait. Elle n'était peut-être pas morte ? Ma meilleure amie avait peut-être encore une chance de s'en tirer ? Si je parvenais à lui faire ouvrir les yeux, elle pourrait rester en vie. *Tout va bien se passer*, répétais-je en boucle dans ma tête.

— Courtney, réveille-toi.

J'ai tendu la main et écarté les cheveux roux de son visage. Elle détestait quand sa frange tombait devant ses yeux. Où étaient les secours ?

— Il nous faut une ambulance tout de suite ! ai-je lancé à mon tour. Que quelqu'un appelle à l'aide. Il nous faut de l'aide.

Je tournais en boucle.

— Elle a besoin d'aide. Par pitié ! Oh mon Dieu, à l'aide !

J'ai entendu quelqu'un se laisser tomber à côté de moi.

— Kenzie ?

C'était Megan.

— Elle n'est plus là, Kenz. Il faut… je ne sais pas.

Elle m'a tirée par le bras. J'ai cru que mes jambes allaient se dérober sous moi, mais j'ai trouvé la force de me relever.

— Qui a fait ça ? ai-je sangloté.

J'ai plaqué une main contre ma bouche, prise d'un haut-le-cœur. *Arrête de regarder !* Je ne voulais plus voir cette scène atroce, pourquoi est-ce que je n'arrivais pas à en détourner les yeux ?

Kyle s'est exclamé :

— Elle a raison. Où est-il ?

La terreur m'a noué le ventre. L'assassin était-il encore dans la maison ?

Blake a dégluti en regardant le visage de son frère. Les yeux de Josh étaient révulsés, derrière ses paupières ouvertes. Il ressemblait exactement à l'idée que je me faisais d'un cadavre.

— Où est qui ? a murmuré Blake.

— Le salaud qui vient d'assassiner nos amis ! a craché Aaron en réponse.

Il n'était plus là, tout de même ? Personne n'est assez bête pour commettre une horreur pareille et rester sur place. Impossible. Mais si c'était le cas ?

— Nous *devons* partir, a tranché Megan en me tirant par le bras.

Oh oui, au plus vite.

— Venez, a repris Megan. Nous ne sommes pas en sécurité ici. Quelqu'un est entré dans la maison. Nous devons partir. Tout de suite.

— Personne ne va nulle part ! a crié Aaron. Kyle, appelle la police. Megan et Kenz, sortez de cette pièce, et Blake… tu ne quittes pas la maison, compris ?

J'ai vu Blake se redresser. Son visage s'est durci et ses yeux se sont rétrécis.

— Pourquoi tu dis ça ? Pourquoi tu me traites à part ?

Aaron a haussé les sourcils comme pour signifier : *C'est évident, non ?*

— Oh ça va, pas besoin d'être un génie pour comprendre.

— Comprendre quoi ? a demandé Blake, furieux.

Megan m'a serré la main si fort que j'ai senti mes os craquer. Je savais où Aaron voulait en venir. Il était convaincu que Blake était l'assassin.

— Un délinquant s'incruste dans notre week-end et on se réveille avec deux cadavres, putain ! a répliqué Aaron d'un ton sec. Qu'est-ce que je suis censé en déduire ?

Non. Blake n'aurait jamais fait un truc pareil. Je ne savais pas pourquoi Aaron le considérait soudain comme un délinquant. Nous n'avions aucune raison de soupçonner Blake. Il n'était pas grand fan de Josh, mais nous non plus. « Solitaire » ne voulait pas dire « criminel ».

Blake s'est avancé et ne s'est arrêté que quand son torse a touché celui d'Aaron. Il a incliné la tête sur le côté.

— C'est mon frère qui est étendu sur le carrelage. Alors, fais gaffe à ce que tu dis, putain.

— Arrêtez ! suis-je intervenue en me glissant entre eux.

J'en avais marre de cette dispute. Ma meilleure amie était morte. Comment avaient-ils les idées suffisamment claires pour se bagarrer ? Je me suis frotté les yeux.

— Qu'est-ce qui te prend, Aaron ? Ça ne sert à rien. Arrêtez, tous les deux.

Je me suis tournée vers Kyle.

— Appelle une ambulance !

Kyle a acquiescé d'un mouvement de tête et m'a montré le téléphone collé à son oreille. Il était d'un calme étonnant.

Je me suis à nouveau mise à genoux.

— Il faut faire quelque chose ! À votre avis, combien de temps s'est écoulé ? Aaron, tu as appris les premiers soins. Essaie. S'il te plaît.

Dans le fond, je savais que c'était inutile, mais il nous fallait au moins tenter le coup.

— Je ne peux pas. Mackenzie, je ne peux pas la ramener à la vie.

Essaie quand même. La logique me disait que c'était impossible. Évidemment. Ils étaient tous deux froids comme la pierre et aussi blancs que des fantômes. Ce n'était pas comme s'ils venaient de s'écrouler au sol. Ils étaient morts. Mais quels monstres étions-nous si nous ne tentions pas de les ranimer ? Le sang de Courtney et de Josh tachait mon jeans aux genoux, la toile en était imbibée et le bleu avait viré au pourpre foncé. J'ai toujours adoré les films d'horreur. Je trouve que les réalisateurs exagèrent souvent avec l'hémoglobine, mais la flaque de sang était si vaste que j'avais l'impression d'être dans une scène gore.

— Il y a tellement de sang, ai-je murmuré en caressant les cheveux de Courtney, la vue brouillée par les larmes.

Son visage était toujours aussi parfait, en dehors du sillon séché près de son oreille. La flaque partait de sous sa poitrine et s'étendait vers ses jambes. Je distinguais à peine quelques entailles de plusieurs centimètres au bas de son abdomen.

— Vous croyez qu'ils sont morts avant ? C'est ça, hein ?

Ma voix s'est brisée et j'ai éclaté en sanglots. Est-ce qu'elle avait beaucoup souffert ?

Aaron est venu à côté de moi et m'a caressé le dos pour me réconforter.

— Avant quoi ? m'a-t-il demandé comme s'il parlait à un bébé.

Ça m'a fait du bien. Aaron était généralement plus protecteur qu'empathique.

— Avant de…

J'ai pris une profonde inspiration.

— Avant de perdre tout leur sang.

— Ça suffit, m'a-t-il ordonné avec douceur. Lève-toi, Mackenzie.

Il m'a tirée pour me remettre debout et m'a serrée contre lui. Il avait autant besoin d'être consolé que moi. Qu'elle soit morte vite ou non ne changeait rien au fait que Courtney était décédée dans des circonstances atroces. Comme Josh.

Ils étaient morts. Partis pour toujours. Mon cœur s'est brisé quand j'ai réalisé que je ne parlerais plus jamais à ma meilleure amie. J'ai collé le poing contre ma bouche, à nouveau prise de haut-le-cœur. Aaron m'a guidée vers les toilettes.

Ses doigts se sont enfoncés dans mon bras quand je me suis laissée tomber sur le sol. Il a soulevé la lunette des W-C juste à temps pour que je vide le contenu de mon estomac. Encore et encore. Agrippée au rebord en faïence, j'ai vomi jusqu'à ce qu'il ne reste rien.

Quand j'ai terminé, je me suis mise à sangloter et je me suis effondrée contre le mur. J'avais les poumons en feu. C'était tellement douloureux que j'avais l'impression d'avoir été poignardée moi aussi, dans la région du cœur. J'avais perdu ma meilleure amie et j'étais terrorisée. C'était incroyable, surréaliste.

— Tu veux rester ici ?

Morte de peur, je lui ai agrippé la main.

— Je… je ne veux pas rester seule. Ne me laisse pas, s'il te plaît.

— D'accord, d'accord. Allez, viens.

Il m'a aidée à me relever. Mes jambes étaient en coton. J'ai ouvert le robinet pour me rincer la bouche. L'arrière-goût de bile et d'alcool me donnait encore envie de vomir.

— Laisse-moi t'emmener dans le salon.

— Non, je veux être avec les autres.

Nous devions rester groupés. Il le fallait. Je lui ai pris la main et je m'y suis cramponnée comme si c'était mon seul espoir de survie. Aaron a acquiescé et nous sommes allés tout doucement rejoindre le reste du groupe.

Ne regarde pas. Mon estomac s'est soulevé quand nous sommes entrés dans la cuisine. J'ai lâché Aaron et je me suis appuyée contre un meuble. De là où j'étais, je ne voyais pas les corps allongés et je ne tenais pas à ce que ça change. L'image serait imprimée pour toujours dans ma mémoire ; je n'avais pas besoin de regarder à nouveau.

— La police et l'ambulance sont en route, nous a informés Kyle, le téléphone toujours à l'oreille.

« Je ne sais pas, a-t-il grommelé dans son portable. Aucun des deux ne respire… Leurs corps sont froids. Ils sont morts. J'en suis sûr ! » s'est-il emporté.

Il a pâli et a fermé les paupières.

Personne ne savait quoi faire. Nous étions complètement paumés. Je ne m'étais jamais sentie aussi impuissante de ma vie.

Si j'avais pu remonter le temps, je serais allée suivre ce cours de premiers soins avec Aaron. Non, si j'avais pu revenir en arrière, je n'aurais rien bu la veille, tout simplement. Je les aurais protégés. Comment avions-nous pu dormir pendant qu'ils se faisaient tuer ? Un de nous aurait dû rester sobre. *Nous sommes trop nuls*.

Aaron était à côté de Megan. Il a passé un bras musclé dans son dos. Kyle fixait Courtney, les yeux écarquillés, encore sous le choc. Je refusais de faire comme lui. J'en avais déjà assez vu pour être hantée par ce souvenir durant le reste de mes jours.

Je me sentais faible, ma tête tournait et j'avais l'impression d'être à deux doigts de m'effondrer à nouveau. Je savais qu'il fallait que je mange, mais j'avais peur de ne rien pouvoir avaler sans que cela ressorte aussitôt. Je me suis concentrée pour respirer lentement.

— Pour quelle raison peut-on faire une chose pareille ? a gémi Megan.

Elle a toussé en essayant de reprendre son souffle. Elle était au bord de l'hystérie. J'aurais dû être dans le même état, et pourtant je me sentais vide, engourdie. Est-ce que c'était du déni ? Je savais qu'ils étaient morts, mais comment ? Pourquoi ? C'était impossible que ça se soit passé ainsi, juste sous notre nez.

— Mackenzie, a chuchoté Aaron en tournant le dos à Megan et en me faisant signe de le suivre.

J'ai secoué la tête.

— Je… je…

Qu'est-ce qu'il y avait à dire ? Rien ne pouvait arranger la situation. Rien.

— Chut, je sais.

Il m'a prise par le bras et je l'ai laissé me conduire vers le canapé du salon, en compagnie de Megan.

Quelqu'un a secoué la poignée de la porte d'entrée juste au moment où je m'asseyais. J'ai sursauté. C'est seulement à ce moment-là que j'ai remarqué les gyrophares. *Ouf ! Les secours sont là.*

Des coups ont été martelés sur le battant.

— Police ! Ouvrez !

Blake s'est précipité pour tourner la clé dans la serrure. Je ne me souvenais pas d'avoir vu l'un de nous fermer la veille.

Les policiers sont entrés. Aaron, Blake et Kyle leur ont tout de suite expliqué ce qui s'était passé.

Ils ont commencé leur récit en même temps ; leurs voix se sont chevauchées, leurs lèvres bougeaient à toute allure, créant un vacarme incompréhensible.

Un grand policier avec des cheveux sombres coupés ras et un costume-cravate noir a levé la main.

— Calmez-vous. S'il vous plaît. Où sont-ils ?

Son ton était autoritaire.

— Dans la cuisine, a répondu Blake après avoir respiré à fond. Je vais vous montrer le chemin.

— Restez ici, les filles, nous a conseillé Kyle en s'adressant à Megan et moi, avant de suivre les autres.

J'ai fait ce qu'il demandait parce que je n'aurais pas supporté de revoir Josh et Courtney dans cet état. Je me suis penchée pour me coller contre Megan, dans l'espoir de trouver du réconfort. J'avais envie d'être avec ma mère.

— Qu'est-ce qu'ils font, à ton avis ? ai-je demandé à Megan.

Elle a secoué la tête. Ses mains posées sur ses genoux tremblaient.

— Je ne sais pas. Où est-ce qu'ils vont les emmener ? À l'hôpital ?

À la morgue. J'ai serré les paupières à cette idée.

— Probablement.

Je ne connaissais pas la marche à suivre dans ce genre de situation.

Pour me changer les idées, j'ai posé les yeux sur la cheminée et j'ai regardé les dernières flammèches lutter pour ne pas s'éteindre. Il s'était mis à faire plus frais hier soir et les garçons avaient allumé un feu. La lueur orange pâle avait presque disparu et la température du salon avait un peu baissé.

Une policière aux cheveux tirés en arrière s'est agenouillée devant nous.

— Je suis l'inspectrice Julienne Hale. Vous pouvez m'appeler Julie. Comment allez-vous, toutes les deux ?

J'ai secoué la tête. Comment étions-nous censées répondre à cette question ? Megan a étouffé un sanglot qui paraissait douloureux.

— Il faut que je vous pose quelques questions.

Nous n'avons rien dit. J'ai tenté de parler, mais quand j'ai ouvert la bouche, rien n'est sorti.

— Comment est-ce que vous vous appelez ?

— Mackenzie Keaton. Et elle, c'est Megan Haydock.

Megan n'était pas en état de répondre. Elle a enfoui sa tête dans ses genoux, le corps secoué de sanglots silencieux.

— Est-ce qu'il y a quelqu'un d'autre dans la maison ? ai-je enchaîné. Je n'ai entendu personne forcer la porte. J'aurais entendu cela, non ? On n'a pas regardé, on était trop…

… *préoccupés par nos amis morts*. J'ai fermé les yeux en sentant une vague de nausée m'assaillir.

L'inspectrice a souri et a posé une main sur la mienne.

— Ralentis, Mackenzie.

— Pourquoi on ne les a pas entendus ? Courtney a une voix qui porte et ses cris…

Julie m'a serré la main.

— Je suis désolée. Nous pouvons reprendre la discussion un peu plus tard. Vous avez subi un terrible choc. Prenez le temps de vous remettre.

— Vous trouverez le coupable, hein ?

— Nous ferons tout notre possible.

Ce n'était pas la réponse que j'attendais. Mes amis gisaient sur le sol, le corps entaillé à plusieurs endroits, et la police allait se contenter de *faire son possible* ?

Blake est revenu dans le salon pour se poster près de la cheminée. Il a passé une main dans ses cheveux déjà en bataille. Du peu que j'avais vu, je devinais qu'il ne manifestait pas beaucoup ses émotions, en dehors de son sourire narquois. Je n'avais donc aucune idée de l'impact que la mort de Josh pouvait avoir sur lui. J'avais envie de me lever et de le rejoindre pour le consoler, mais je n'avais aucune énergie. J'avais l'impression d'avoir des muscles en plomb.

— Blake, ai-je murmuré doucement.

Il ne m'a pas regardée, mais a incliné la tête sur le côté pour indiquer qu'il m'avait entendue.

— Ça va ?

Il n'a pas bougé et n'a pas répondu. Qu'est-ce qu'il pouvait bien répondre, de toute façon ?

— Nous devons attendre ici, nous a annoncé Kyle en entrant dans le salon, suivi d'Aaron.

Kyle s'est assis à côté de moi. Julie est allée dans la cuisine en nous laissant avec un policier en uniforme qui devait être chargé de veiller sur nous.

Pendant très longtemps, personne n'a ouvert la bouche. Nous étions effondrés. Des ambulanciers et d'autres policiers – il m'a semblé qu'ils étaient cinq en tout – sont passés devant nous, mais nous n'avons pas bougé. J'avais l'impression d'être en plein cauchemar. Je n'arrivais pas à réfléchir. Rien n'avait de sens. Qui aurait voulu faire du mal à nos amis ? Pourquoi ne s'en prendre qu'à eux deux ? Pourquoi pas aux autres ? Et pourquoi n'avions-nous rien entendu ?

— On dormait pendant que tout ça s'est passé.

Dit à voix haute, cela paraissait encore plus incroyable.

— Vous croyez qu'ils... nous ont appelés... à l'aide ? ai-je fini par demander.

— Ne pense pas à ça, m'a conseillé Kyle en me prenant dans ses bras.

Je me suis collée contre lui en me laissant enfin aller. Il m'a caressé les cheveux et j'ai craqué. J'ai éclaté en sanglots en m'accrochant à lui. Kyle a reniflé. Nous avons continué à nous serrer l'un contre l'autre. Il m'a répété à l'oreille :

— Ça va. On va bien.

Mais ça n'allait pas et nous n'allions pas bien du tout non plus.

Je me suis écartée et je lui ai adressé un sourire maladroit.

— Je suis là pour toi aussi.

Kyle se montrait fort, mais c'était un mec sensible. Il avait besoin de soutien, autant que nous.

Nous n'avons plus prononcé un mot, tandis que la police faisait son travail. La porte de la cuisine était fermée, nous ne voyions plus ce qui s'y passait et on nous avait interdit d'y retourner. C'était une scène de crime, désormais. L'accès à l'étage était interdit aussi, nous ne pouvions pas récupérer nos affaires. Les policiers ne voulaient pas qu'on aille où que ce soit. Est-ce qu'ils cherchaient quelque chose de précis dans nos sacs ?

— Je veux rentrer à la maison, a murmuré Megan, les poings serrés. Je n'en peux plus de rester ici.

C'était pareil pour moi, mais nous n'avions pas le droit de quitter les lieux.

— Comment est-ce qu'on n'a rien entendu ? ai-je répété.

Même saouls, nous aurions dû remarquer que quelqu'un entrait par effraction et poignardait deux de nos amis.

— Est-ce que quelqu'un se souvient d'avoir entendu quelque chose ?

Personne n'a répondu. Chacun était plongé dans ses pensées. J'ai fouillé ma mémoire, mais je n'avais pratiquement aucun souvenir après la dispute entre Josh et Aaron, quand Aaron avait hurlé à Josh qu'il le tuerait s'il prononçait encore le nom de Tilly. Je ne comptais pas raconter cette anecdote à la police. Je savais qu'Aaron ne le pensait pas, mais la police risquait de voir les choses autrement.

Blake, qui était assis dans le canapé, s'est levé d'un bond. Tout le monde l'a regardé et le policier baraqué chargé de nous surveiller s'est tourné vers lui, pour lui rappeler sa présence.

— On ne pouvait pas être saouls au point de ne pas être réveillés par un meurtre, putain ! s'est énervé Blake. Ce n'est pas possible.

— Et pourtant, personne n'a rien entendu ! a tranché Kyle d'un ton sec.

— Je le sais très bien, Kyle. Ce que je ne comprends pas, c'est *pourquoi*. Ou plutôt *comment*.

La porte de la cuisine s'est ouverte et le grand policier au costume-cravate et aux cheveux ras s'est approché de nous d'un air autoritaire.

— Il va falloir qu'on ait une petite discussion.

Nous nous sommes regardés en vitesse. Le policier a pris place devant la cheminée. Il avait réussi à attirer l'attention de tout le monde. Il a fait claquer sa langue avant de décréter :

— Commençons par les politesses. Je suis l'inspecteur Wright. Maintenant, venons-en aux faits. La porte. Elle était fermée à clé ce matin quand vous nous avez ouvert, c'est bien ça ?

— Oui, a répondu Aaron, le front plissé.

— Hum, a fait Wright. La porte de la cuisine donnant sur l'extérieur est verrouillée également. Quand est-ce qu'elle a été fermée à clé ?

— Hier soir, me suis-je souvenue. Courtney s'en est chargée avant qu'on ne commence à boire. Pourquoi ?

— Merci.

Wright s'est tourné vers Blake :

— Monsieur Harper, les seules portes qui permettent d'accéder à la maison sont celles-ci, c'est bien ça ? a-t-il demandé en indiquant l'entrée principale d'un geste du menton, et celle de la cuisine.

— Oui, a confirmé Blake.

— Bien. Comme il n'y a pas de traces d'effraction et que les deux portes étaient fermées à clé, soit le meurtrier avait une clé soit… ça ne nous laisse qu'une autre possibilité.

J'ai froncé les sourcils.

— Quoi, « ça » ?

— Un ou plusieurs d'entre vous ont assassiné vos amis.

Il a mis les mains dans le dos.

— Alors… qui veut passer aux aveux ?

Mon cœur a cessé de battre. Je l'ai regardé bouche bée.

5

— Non, a fait Megan, refusant de croire à la bombe que venait de larguer Wright.

Je refusais d'y croire, moi aussi. Mes amis n'étaient pas des assassins. Même si nous avions tous des choses à reprocher à Josh, aucun de nous ne souhaitait sa mort. Et Courtney était gentille, drôle, fidèle. C'était la meilleure amie qu'on puisse imaginer. Personne ne la détestait. Le coupable ne pouvait pas être parmi nous. C'était un meurtre crapuleux. Ce n'était pas possible autrement.

— Non. Vous devez poursuivre votre enquête, ai-je protesté. L'assaillant a dû rentrer par ailleurs. Blake, tu connais cette maison mieux que personne…

Blake a pris une profonde inspiration. Il avait l'air terrorisé.

— Ils ont inspecté les portes, Mackenzie. Il n'y a pas d'autre moyen d'entrer.

— Ce n'est pas possible ! ai-je insisté en me tournant vers l'inspecteur. Et les fenêtres ?

— Elles sont toutes fermées et ne peuvent pas s'ouvrir de l'extérieur. Personne n'a pu entrer sans effraction et rien n'a été forcé.

— Non, je vous en supplie, continuez à chercher.

— La police n'a pas besoin de continuer à chercher, Mackenzie. Nous savons qui est le coupable, a décrété Aaron en fixant durement Blake.

— Tu es dégueulasse, Aaron.

Josh était le frère de Blake. Il avait plus à perdre que n'importe lequel d'entre nous. Ça ne pouvait pas être lui.

Kyle s'est posté à côté d'Aaron pour le soutenir.

— C'était qui alors, Kenz ? Allez, tu nous connais tous. Le coupable est un de tes amis ou… l'inconnu chelou ?

Blake a croisé les bras sans rien dire. Aaron lui avait lancé une accusation terrible et Kyle venait de le charger aussi. À sa place, je me serais défendue et j'aurais remis les pendules à l'heure.

— La police émet une hypothèse et vous vous montez déjà les uns contre les autres ? suis-je intervenue.

J'ai levé les bras au ciel, excédée. Je pensais mieux connaître mes amis que cela et j'imaginais que notre amitié était plus forte, surtout. J'ai poursuivi sur ma lancée :

— Vous voulez bien arrêter de vous accuser les uns les autres pour qu'on puisse découvrir ce qui est vraiment arrivé à Josh et Courtney ? Votre comportement est écœurant. Nous devons nous serrer les coudes, pas nous tirer dans les pattes.

— Elle a raison, a renchéri Megan. Je n'arrive pas à croire que vous fassiez un truc pareil.

Je sentais le regard de Blake sur moi, mais je ne me suis pas retournée. Je refusais d'envisager que j'avais couché avec un assassin. Ce n'était pas possible.

— Bon, a commencé l'inspecteur, même si tout ça est très intéressant, il faut que vous montiez dans les voitures de patrouille.

Il nous observait minutieusement en prononçant ces mots. Je me sentais nue sous son regard inquisiteur. Il était persuadé que le coupable était parmi nous, c'était évident.

— Nous allons nous rendre au poste où nous pourrons vous poser quelques questions et prendre votre déposition. Ensuite, mes collègues et moi allons retourner chaque centimètre carré de cette maison… et vous fouiller aussi.

Sur ces belles paroles, il est sorti.

J'étais sur une chaise dans une petite salle d'interrogatoire aux murs rose pâle. Je mordillais ma lèvre inférieure. Une femme policier m'avait apporté des vêtements de rechange. Je portais un pantalon de survêt gris et un t-shirt blanc. Mes habits avaient été envoyés au labo. Même si je n'avais rien fait et que je collaborais à cent pour cent, j'avais l'impression d'être une criminelle.

L'inspecteur Wright et une jolie collègue, qu'il m'avait présentée comme l'inspectrice Lancer, étaient assis à une table en face de moi. J'avais refusé la présence de mes parents ou de qui que ce soit, parce que je ne voulais pas donner l'impression d'avoir quelque chose à cacher.

Wright a incliné la tête.

— Mackenzie, racontez-nous ce qui s'est passé hier soir.

Je me suis penchée en avant et j'ai posé les bras sur la table froide.

— Je ne sais pas. Nous avons tous bu. Nous avons bu beaucoup, même. La dernière chose dont je me souviens, c'est Blake qui m'a réveillée alors que je m'étais endormie sur le canapé…

J'allais devoir avouer que nous avions couché ensemble. Je trouvais cela gênant. J'ai passé la langue sur mes lèvres sèches.

— Nous sommes montés. J'ai dormi dans la chambre de Blake. Le matin, nous nous sommes réveillés et nous sommes descendus pour préparer le petit-déjeuner. C'est à ce moment-là que nous avons trouvé… ce que nous avons trouvé.

— Où étaient les autres quand Blake et vous êtes montés ?

— Megan a été la première à aller se coucher dans une chambre. Aaron et Kyle ont dormi par terre dans le salon. Josh et Courtney ont dû se rendre dans la chambre de Josh pendant que je dormais sur le canapé. Ils n'étaient plus dans le salon quand Blake et moi l'avons quitté. Je suppose qu'Aaron et Kyle sont restés là au lieu de se chercher une chambre pour éviter une nouvelle dispute avec Josh.

— Une dispute ?

— Heu, oui. Megan et Josh n'étaient pas d'accord sur l'endroit où dormir et Blake a dit à Megan de monter si elle le voulait. Aaron a tenu tête à Josh aussi.

— Ils en sont venus aux mains ?

— Non, bien sûr que non. C'était juste verbal.

— Sur quoi portait la dispute ?

— Entre Megan et Josh ?

L'inspecteur a cligné des yeux, comme si j'avais posé une question stupide. Il y avait eu deux disputes. Comment étais-je censée savoir de laquelle il parlait ?

— Oui, celle entre Megan et Joshua.

— Courtney voulait que tout le monde dorme en bas. Comme Megan voulait un lit, Josh lui a déclaré qu'on était chez lui et qu'elle devait dormir là où il l'avait décidé. Blake est intervenu pour dire à Megan d'aller dormir à l'étage. Ce n'était rien, je vous assure.

— La dispute entre Joshua et Aaron était terminée ?

Je me suis mordu la lèvre et j'ai regardé l'enregistreur posé à côté de Wright sur la table.

— Au début, Aaron défendait juste Megan, mais après Josh a parlé du fait qu'Aaron avait largué Tilly avant l'accident.

J'ai froncé les sourcils en essayant de me souvenir avec précision. Était-ce bien cela ?

— Je crois ne pas me tromper. Il sort ça de temps en temps. Je ne sais plus exactement ce qu'ils ont dit, mais ils ont crié et Courtney leur a demandé d'arrêter.

— Et puis ?

— Nous avons recommencé à boire.

— Pourquoi est-ce que Courtney voulait que tout le monde dorme en bas ? a-t-il insisté.

J'ai haussé les épaules.

— Elle voulait qu'on boive tous jusqu'à s'écrouler. Mais je crois que ça lui était égal, au fond, si quelqu'un avait envie d'aller se coucher.

— Alors que Joshua, non ?

— Josh, c'est Josh.

C'était. Les sourcils broussailleux de Wright se sont soulevés.

— Qu'est-ce que ça veut dire exactement ? Comment était Joshua ?

— Il n'en avait rien à fiche de personne, à part lui. Il aimait bien se donner de l'importance et nous étions censés lui être reconnaissants parce qu'il organisait des week-ends comme celui-ci.

J'ai baissé les yeux vers la table.

— Et celui au parc d'attractions.

— C'est celui qui s'est terminé par un accident de la route ? Trois personnes sont mortes ce jour-là, Tilly Moss, Giana Beaumont et le chauffeur du camion, c'est bien ça ?

— Oui, ai-je murmuré. Comment le savez-vous ?

Tilly et Gigi étaient à l'arrière du mini-van quand un camion nous avait emboutis.

— C'est une petite ville, Mackenzie.

Je le savais. Quoi qu'il arrive et où que ça se passe, tout le monde était toujours au courant. L'inspecteur s'est penché vers moi et a posé les coudes sur la table.

— Joshua a organisé le week-end qui a entraîné la mort de deux de vos amies.

— Je vois où vous voulez en venir. Mais personne ne tient Josh pour responsable. C'était un accident.

Nous lui en voulions juste pour la façon dont il nous avait traités et pour ce qu'il nous avait dit *après*.

— Comment pouvez-vous être sûre que vos amis sont du même avis ?

J'ai serré les dents avant de répondre.

— Ne pas pardonner, c'est une chose. Tuer, c'en est une autre. Aucun de mes amis n'est capable de ça.

Il a soupiré.

— Ça ne laisse que vous, alors.

Est-ce que l'inspecteur me croyait coupable ? Mes mains sont devenues soudain moites.

— Non, je ne ferais de mal à personne. Ce n'est pas moi, je le jure.

— Parlons un peu de votre relation avec Courtney Young. Depuis combien de temps étiez-vous amies ?

Je me suis hérissée en l'entendant utiliser l'imparfait.

— Presque huit ans. Nous nous sommes rencontrées à onze ans.

Nous étions assises l'une à côté de l'autre en classe et nous sommes devenues amies tout de suite. Nous étions toutes les deux fans des livres tirés de la série *Twilight*, des films romantiques pour ados, et nous aimions les garçons. J'aurais donné n'importe quoi pour retourner à cette époque de préadolescence.

— Et depuis lors, est-ce que vous vous êtes brouillées ?

— Quelques fois. Nous ne restions jamais fâchées longtemps. Je crois que notre record sans se parler, ça a dû être deux ou trois jours.

Le record allait être battu, désormais. J'ai enfoncé les ongles dans mes paumes pour détourner la douleur qui me déchirait la poitrine. Je n'entendrais plus jamais Courtney rire. Ou chanter comme un chat qu'on égorge. La pauvre, elle faisait tout son possible pour être la nouvelle Britney Spears, mais son rêve ne deviendrait jamais réalité.

L'inspecteur a noté quelque chose et j'ai cru qu'il allait me poser des questions sur le même thème, mais il a changé de sujet :

— Depuis combien de temps est-ce que Joshua et Courtney étaient ensemble ?

— Un an et demi, je crois.

— Vous n'avez pas l'air emballée par cette relation. Pourquoi ?

— Comme je vous l'ai déjà dit, Josh est… *était* égoïste. Il étouffait Courtney. Elle était beaucoup plus extravertie et sûre d'elle avant d'être avec lui. Après leur rencontre, elle n'avait plus sa propre voix ni sa propre opinion. Elle se contentait de soutenir ce qu'il affirmait. Elle méritait mieux que lui.

Wright a paru étonné par ma remarque.

— Ça ne veut pas dire que je souhaitais qu'il lui arrive malheur, ai-je complété.

Pas à ce point-là, en tout cas.

— Qu'est-ce qui s'est passé après la mort de Tilly et Giana ? D'après ce que j'ai compris, c'est à ce moment-là que la dispute a commencé.

— Ce n'était pas vraiment une dispute. Josh a fait des remarques déplacées, c'est tout.

— De quel genre ?

— Il a dit qu'au moins ce n'étaient pas Courtney et lui.

— Ce n'étaient pas Courtney et lui qui étaient morts dans l'accident ?

J'ai acquiescé.

— Oui. J'étais soulagée que les autres n'aient rien, mais je ne comprenais pas comment il pouvait placer la vie de quelqu'un d'autre en dessous de la sienne. Comme si la vie de nos deux amies comptait moins. Il a dit aussi que c'était la faute de Gigi, s'il y avait eu l'accident, parce qu'elle avait trop bu pour conduire et que Courtney avait dû la remplacer au volant. En gros, selon lui, elle méritait de mourir.

— Et vous le détestiez à cause de ça ?

J'ai joué avec le bord de mon t-shirt. Je n'avais tué personne. Pourtant, l'inspecteur Wright n'arrêtait pas de me guider vers la conclusion contraire. Il voulait que j'avoue un acte que je n'avais pas commis. J'avais envie de dire la vérité, mais j'avais peur.

— « Détester », c'est un mot très fort. Je ne lui souhaitais pas de mal. En revanche, je souhaitais qu'il rompe avec Courtney et qu'il sorte de nos vies.

— Vous en aviez vraiment *très* envie ?

— Je ne l'ai pas tué !

Pourquoi est-ce qu'il ne m'écoutait pas ? Je ne me sentais pas bien. Wright a fait la moue et m'a accidentellement soufflé son haleine dans la figure. Un mélange de tabac froid et de menthe.

— Je ne dis pas que vous avez tué Joshua. Vous savez qui l'a fait ?

— Non, je vous jure que non. En revanche, je peux vous assurer que mes amis ne sont pas violents, je le sais.

— Hum. Durant ce dernier week-end, vous aviez chacun une chambre pour vous ?

— Non. Megan et moi en partagions une. Les autres étaient seuls.

Je n'ai pas rappelé que j'avais passé la nuit dans celle de Blake.

— Vous avez défait vos valises dès votre arrivée ?

— Oui.

— Et les autres ?

Je n'en sais rien. Je ne suis pas leur mère !

— Je ne sais pas. Megan, non, en tout cas. Elle ne vide jamais ses sacs.

— Hmm.

Que voulait dire ce « hmm » ?

— Qui avait les clés de la maison ?

— Josh.

— Il était le seul ?

— Je ne sais pas. Blake les avait peut-être, c'est sa maison aussi.

J'avais envie de lui demander pourquoi il posait cette question, mais quelque chose m'en a empêchée. Wright était intimidant. C'était un homme de pouvoir. Il était grand, musclé et avait l'air de quelqu'un à qui on ne la fait pas. Il ne se prenait pas pour de la merde. Il a rétréci les yeux comme s'il voulait me suggérer qu'il savait déjà qui était le coupable et qu'il attendait juste que nous craquions pour confirmer ses déductions.

Il a incliné la tête.

— Vous avez passé toute la nuit avec Blake ?

— Oui.

— Il était encore là quand vous vous êtes réveillée ?

— Oui, je me suis réveillée la première.

Il a hoché la tête.

— Qu'est-ce que vous avez mangé pendant votre séjour ? Vous avez cuisiné ?

Le brusque changement de sujet m'a perturbée. Je n'avais jamais été interrogée par la police, jusqu'alors.

— Nous avons préparé des enchiladas tous ensemble.

Il me fixait du regard pour voir si je disais la vérité.

— Vous avez tous participé ?

— Oui, tout le monde a donné un coup de main.

Quelle importance ?

— Et les boissons ? Laissez-moi deviner, vous avez tous préparé les verres pour tout le monde aussi ?

— Oui, ai-je répondu avec lenteur.

Quelque chose m'échappait. J'ai fermé les paupières et je me suis massé les tempes. Merde, pourquoi est-ce que je n'arrivais pas à réfléchir comme un inspecteur ?

— Donc vous avez tous bu, vous vous êtes endormis et, quand vous vous êtes réveillés, Joshua et Courtney étaient…

— C'est ça, me suis-je empressée de confirmer avant qu'il ne puisse compléter sa phrase.

Nous savions tous qu'ils étaient morts.

— Pas un bruit pendant la nuit, hein ?

— Non.

— Joshua et Courtney ont été poignardés des dizaines de fois et vous n'avez rien entendu ?

J'ai pris une profonde inspiration pour chasser la nausée qui remontait.

— Non, je n'ai rien entendu.

Croyez-moi, je vous en prie. Il a haussé ses sourcils, épais comme des chenilles poilues.

— Bon, je crois que c'est tout pour le moment. Vous pouvez retourner dans la salle d'attente avec les autres.

Déjà ? C'était moins long que je ne l'avais imaginé. Il m'a adressé un demi-sourire. Oh, il n'en avait pas du tout fini avec moi. Je me suis levée et j'ai quitté la pièce, impatiente de retrouver mes amis. Je suis sortie la tête haute, d'un pas confiant pour leur montrer que je n'étais pas intimidée, ce qui me donnait peut-être l'air coupable.

— Ça va ? m'a demandé Blake.

J'ai fait non de la tête en serrant les bras autour de moi.

— Pas trop.

Megan était lovée dans un fauteuil, roulée en boule ; Kyle avait passé un bras derrière ses épaules et la berçait comme un bébé. J'ai souri à Blake pour le remercier et je me suis agenouillée devant mon amie.

— Megan ?

Elle tremblait de tous ses membres.

— Elle n'a pas dit un mot depuis qu'elle est sortie de l'interrogatoire, m'a expliqué Kyle. Comment ça s'est passé ?

— Il pense que le coupable est parmi nous.

Blake était allé s'appuyer contre le mur, de l'autre côté de la pièce. Il a regardé par la fenêtre, comme s'il était seul.

Kyle a suivi mon regard.

— Il a peut-être raison, a-t-il murmuré.

J'ai plissé les yeux. Nous ne pouvions pas nous dresser les uns contre les autres. Au contraire, nous devions rester soudés jusqu'à ce que la police découvre l'auteur de ces crimes. Je m'apprêtais à défendre Blake quand Wright est arrivé.

— Nous allons aussi vous faire passer un test pour les drogues, Mackenzie, a-t-il déclaré comme s'il m'annonçait que le thé était servi.

— Quoi ? Mais pourquoi ?

Il ne m'en avait pas parlé. Ils avaient déjà emporté les vêtements que nous portions ce soir-là et toutes les affaires que nous avions prises pour le week-end. Je pensais que les tests étaient finis.

Il a frotté son menton couvert de poils de barbe dru.

— C'est une procédure standard, surtout quand deux ados ont été assassinés et que cinq autres présents sur place affirment ne se souvenir de rien. Asseyez-vous, mademoiselle Keaton, monsieur Harper. Je reviens dans une minute.

Il est reparti dans le couloir.

Blake s'est affalé dans un fauteuil en skaï, le regard perdu dans le vide. Je me suis installée entre Megan et lui.

— J'ai l'impression d'être encore en train de rêver, a murmuré Megan.

— C'est un cauchemar, oui, ai-je renchéri.

Aaron a relevé la tête.

— Ils t'ont dit ce qu'ils cherchaient, avec ces tests ?

— Non.

— Je n'ai jamais passé de test de drogues. C'est de la folie, ce qui nous arrive, ai-je décrété.

Je me demandais s'ils détectaient toutes les substances ou juste les plus courantes.

— Tu as vu ta mère ? ai-je demandé à Megan.

Elle a secoué la tête en pleurant.

— Je… je crois qu'ils sont tous là, ils ont été prévenus, mais nous ne pouvons pas les voir tant que ce n'est pas terminé.

Sa voix était chevrotante.

Blake s'est levé et s'est à nouveau approché de la fenêtre. Il s'est appuyé sur le rebord, l'air perdu dans ses pensées. Il allait bientôt affronter ses parents, qui devraient faire bien plus que le soutenir dans cette épreuve : ils venaient de perdre un fils.

Wright a passé la tête dans la salle d'attente.

— Megan, venez avec moi.

Megan m'a jeté un regard qui semblait dire *souhaite-moi bonne chance* ou *à l'aide* et a suivi l'inspecteur, les épaules voûtées. Pour la millième fois, je me suis repassé le film des événements de la veille. Je ne me souvenais de rien après m'être endormie dans la chambre de Blake. Je n'avais été dérangée par aucun bruit. Pourtant, on doit sûrement crier quand on se fait poignarder. Quand Courtney voyait une araignée, ses hurlements auraient suffi à ranimer une personne dans le coma. J'étais sans doute fatiguée après avoir bu et passé du temps avec Blake… mais à ce point-là ?

La porte s'est ouverte. C'était Wright, une fois de plus. Il a appelé Kyle et Aaron. Pourquoi n'envoyait-il pas un policier ? Il voulait tellement tout contrôler qu'il faisait le sale boulot lui-même ?

Je me suis enfoncée dans mon siège et j'ai fermé les yeux. Cela me faisait flipper de ne me souvenir de rien. Ce n'était pas bon pour nous. Mais je n'arrivais pas à croire que nous ayons été drogués. Il n'y avait personne d'autre dans la maison. À moins que cela ne se soit fait avant notre départ en week-end ? Certaines bouteilles d'alcool étaient déjà ouvertes. Mais qui nous aurait drogués ?

— Blake, ça va ? lui ai-je demandé quand nous nous sommes retrouvés seuls.

— Non. Josh et moi…

Il s'est tourné dans ma direction. Mon cœur s'est serré. Son regard était vide, il avait l'air hanté, comme s'il avait mal quelque part. Josh et lui, quoi ?

— Dis-moi, Blake…

— Ça va tuer ma mère. Elle aurait préféré que ce soit moi.

J'ai cligné des yeux, abasourdie. D'accord, Blake avait décidé de vivre avec son père, mais cela ne voulait pas dire que sa mère ne l'aimait pas autant que Josh.

— Non, ce n'est pas vrai.

Il a plissé le front, désespéré, et a poussé un gros soupir. Il le pensait vraiment. Il était persuadé que sa mère préférait son frère et aurait mieux aimé qu'il soit mort à la place de Josh.

— Elle ne souhaiterait pas ta mort.

— Peut-être pas. Mais elle souhaiterait vachement moins celle de Josh.

La porte s'est de nouveau ouverte.

— Blake, suivez-moi, a ordonné Wright.

Nous n'avions pas eu assez de temps pour discuter. J'aurais voulu convaincre Blake qu'il faisait erreur. Mais l'inspecteur ne nous accorderait pas une minute de plus. Blake est sorti sans ajouter un mot et sans se retourner. J'ai appuyé la tête contre le mur. Qu'est-ce que je fichais ici ? J'avais envie de voir mes parents. Ma mère était capable de régler n'importe quelle situation. Mais pas celle-ci…

Quand mon tour est venu, on m'a conduite dans un couloir puis une petite pièce avec une table d'hôpital.

— Asseyez-vous, s'il vous plaît, ça ne prendra pas longtemps, m'a dit une dame sans se présenter.

— Merci.

J'ai obtempéré et je me suis mordillé la lèvre.

— Tendez votre bras sur l'accoudoir.

Mes yeux se sont écarquillés.

— Vous allez me faire une prise de sang ?

J'avais peur des aiguilles et j'évitais les piqûres comme la peste. Malheureusement, je savais que je n'y échapperais pas cette fois. De quoi aurais-je l'air si je refusais ?

— Oui. Allez, tendez votre bras, s'il vous plaît.

J'ai obtempéré et me suis agrippée à l'accoudoir. J'aurais dû demander que ma mère ou mon père assiste à cette prise de sang, même si je savais que ce n'était pas très douloureux.

— Qu… qu'est-ce que vous cherchez ?

— Des drogues, a-t-elle répondu d'un ton qui laissait entendre à quel point ma question était stupide.

N'étaient-ils pas obligés de préciser, si on demandait ? Je n'ai pas insisté. J'avais envie de rentrer à la maison, de retrouver mes parents. Le week-end festif entre amis avait tourné à un double meurtre sanglant, puis à l'interrogatoire de police. J'avais hâte que la journée se termine.

L'aiguille s'est enfoncée dans ma peau. J'ai retenu ma respiration et j'ai fermé très fort les yeux en imaginant la pointe plonger dans ma veine. Ça piquait. Ce n'était rien comparé à ce qu'avait subi Courtney. J'ai avalé la grosse boule qui se formait dans ma gorge. Est-ce qu'elle avait souffert longtemps ? Est-ce qu'elle avait fini par souhaiter que la mort vienne ?

— C'est bon, a conclu l'infirmière en retirant délicatement l'aiguille et en posant un coton et un pansement sur mon bras. C'est terminé. Vous pouvez rejoindre vos amis dans la salle d'attente. Je crois que vos parents sont arrivés.

— D'accord, merci.

Je me suis empressée de retrouver Aaron, Kyle et Megan. J'ai pris place à côté de celle-ci, qui tremblait à nouveau, et je me suis frotté les bras. J'avais froid, tout à coup.

— Où est Blake ?

Megan m'a répondu en indiquant d'un geste un bureau.

— Il est au téléphone avec son père. Il est à Hong Kong apparemment et il essaie de trouver un vol retour.

— Son frère vient de mourir et il ne semble même pas bouleversé, a fait remarquer Aaron en le fixant au travers de la porte vitrée. Ça en dit long, non ?

— Il est sous le choc, comme nous, l'ai-je défendu.

Comment Aaron pouvait-il juger Blake ainsi ? Il n'y a pas un comportement précis à adopter quand on perd un être cher. Tout le monde réagit à la peine et au deuil différemment. J'étais moi-même étonnée d'être si calme. Quand Tilly et Gigi étaient décédées, j'étais à ramasser à la petite cuillère. Mais je les avais vues mourir. Nous rentrions chez nous en blaguant et en jouant au jeu des plaques de voiture, celui pour lequel j'ai toujours été nulle, quand un véhicule nous a emboutis. Je me souviens du bruit du métal qui s'écrase et des hurlements de mes amis. Il y avait des éclats de verre partout, ils se collaient à ma peau. Tout s'est déroulé au ralenti jusqu'à ce que la voiture s'arrête. J'ai entendu Tilly crier avant de se taire pour toujours et Gigi murmurer quelque chose d'inintelligible avant de fermer les yeux une dernière fois. J'étais assise devant elles, mais je ne pouvais pas les atteindre. Ma ceinture de sécurité s'était bloquée et j'avais la tête qui tournait. J'ai tenté de bouger pour les aider, sans y parvenir.

Cette fois, c'était différent. La mort de Josh et de Courtney n'était pas accidentelle… et mes amis et moi étions les premiers suspects. Je ne pouvais pas faire mon deuil pendant que la police m'interrogeait et que le tueur était en liberté.

Nous étions en état de choc. Blake autant que nous.

Aaron a ricané.

— Pourquoi est-ce que tu essaies toujours de voir le bien chez tout le monde ?

Qu'est-ce qu'il y avait de mal à ça ? Aaron, lui, éjectait les gens de sa vie sans problème. Je ne voulais pas être comme lui. Chacun a droit à une première et une seconde chance.

— C'est pathétique, Mackenzie, a conclu Aaron d'un air suffisant.

— C'est bon, là ! est intervenu Kyle.

Aaron a soupiré :

— Merde, je suis désolé, Kenz. Je n'aurais pas dû dire ça. La confiance n'est pas une mauvaise chose…

Je voyais bien à sa mâchoire crispée qu'il lui en coûtait de s'excuser. Aaron était têtu et avait horreur de reconnaître ses torts.

Wright est réapparu.

— Vous pouvez partir, mais ne quittez pas la région, car je vais devoir m'entretenir avec vous très vite.

Il a tourné les talons et a disparu. C'était fini ? J'étais sûre qu'il allait encore nous garder pour de nouveaux interrogatoires. Ses méthodes étaient étranges et perturbantes.

Je me suis levée et j'ai pris une profonde inspiration. Qu'est-ce que mes parents allaient penser ? Ils me croiraient quand je leur dirais que je n'avais pas tué Josh et Courtney, mais est-ce qu'ils seraient convaincus comme moi que nous étions tous innocents ? Ils faisaient confiance à mes amis, bien sûr, mais cette confiance avait des limites. Pour traverser cette épreuve, il fallait que mes parents soient à mes côtés et me croient quand je leur assurerais que je connaissais parfaitement mes amis.

Aaron et Kyle sont sortis les premiers ; Megan est restée à la traîne, hébétée. Mes mains se sont mises à trembler, dès que j'ai vu nos parents à la réception en pleine conversation avec deux policiers. Mon père semblait très énervé et prêt à écarter ceux qui tenteraient de l'empêcher de venir me récupérer. L'inaction et l'impuissance devaient le rendre dingue. Ma mère avait les yeux rouges et sa peau pâle était parsemée de plaques violettes à force d'avoir pleuré. Nos regards se sont croisés et j'ai dégluti nerveusement.

— Oh, Mackenzie ! s'est-elle exclamée d'une voix émue.

J'ai titubé vers elle. Mes jambes avaient du mal à me porter et je me suis écroulée dans ses bras.

— Chhhh, tout va bien, ma chérie, a-t-elle murmuré en me caressant les cheveux.

Je me suis agrippée à elle et je me suis effondrée.

6

LUNDI 17 AOÛT

Mes amis et moi étions au centre de l'attention. C'était ainsi depuis neuf jours, depuis que Josh et Courtney avaient été sauvagement assassinés. Ma chambre avait été fouillée et j'avais répété mille fois ma version des faits.

Chacun est censé bénéficier de la présomption d'innocence jusqu'à ce qu'il ait été déclaré coupable. Pourtant, à chaque fois que je sortais de chez moi, les gens que je croisais me dévisageaient en murmurant des réflexions du genre : « La voilà », « C'est impossible que ce soit elle la coupable » ou, au contraire, « C'est souvent les plus gentils, tu sais ». Des dames qui prenaient le thé depuis des années avec ma mère pour préparer les opérations caritatives traversaient soudain la rue pour m'éviter quand elles me voyaient. Me rendre compte que des voisins qui m'avaient vue grandir me considéraient désormais comme une meurtrière était horrible. À leurs yeux, nous étions tous coupables. Des rumeurs délirantes couraient sur nous. La plus répandue était que nous avions soigneusement préparé notre forfait et que nous nous serrions maintenant les coudes pour nous couvrir.

Ce lundi-là, Éloïse, la mère de Josh, nous accueillait chez elle pour la veillée funéraire. Comme nous la connaissions depuis des années, j'étais persuadée qu'elle nous savait innocents, mais les autres membres de la famille de Josh semblaient nous juger et échafauder des hypothèses. Megan m'a agrippé le bras. Depuis que nous avions franchi la porte, dix minutes plus tôt, elle évitait les regards. Son comportement à lui seul la rendait suspecte et cela lui était égal.

J'avais imaginé que la police voudrait garder les corps de Courtney et de Josh assez longtemps, mais ce n'était pas le cas. Ma mère était convaincue que le processus de deuil et de reconstruction ne pourrait commencer qu'une fois les adieux prononcés. Je n'étais pas du même avis. Les obsèques étaient l'occasion de dire au revoir, mais après il fallait recoller les morceaux de sa vie et trouver un moyen d'accepter l'absence de la personne disparue. Le plus dur restait à faire. J'avais eu beaucoup de mal à tourner la page après la disparition de Tilly et Gigi. J'avais d'ailleurs l'impression d'être la seule de notre bande à ne pas m'en être encore entièrement remise.

— On n'aurait pas dû venir, a murmuré Kyle en balayant la pièce du regard.

Il était sur les nerfs.

Je me suis redressée de toute ma hauteur.

— Nous avons autant le droit d'être là que n'importe qui. Nous n'avons rien fait de mal. Même si nous n'étions pas super fans de Josh, c'était le petit ami de Courtney. Nous devons lui rendre un dernier hommage, nous aussi.

— Sa famille n'a visiblement pas envie qu'on soit là, a marmonné Kyle entre ses dents.

— Nous resterons juste le temps de montrer à Éloïse et Blake que nous sommes là pour eux.

— Nous devrions observer Blake d'un peu plus près, a décrété Aaron.

J'ai levé les yeux au ciel.

— Ah oui ? Pourquoi ?

— Qui est le coupable le plus probable, Mackenzie ?

J'ai haussé les épaules.

— Je n'en sais rien. Un fou qui errait dans la forêt est entré et…

Kyle a soupiré.

— Personne n'est entré, Kenzie. Aaron a raison. Ça ne peut être que Blake.

— Ce n'est pas lui, Kyle.

— Pourquoi pas ? Et qu'est-ce qui se passe entre vous deux, d'abord ?

Je me suis humecté les lèvres avant de répondre. Je n'avais pas envie de leur expliquer que j'avais passé la nuit avec Blake. J'allais devoir finir par l'avouer, mais ce n'était pas le moment. Ils pensaient que c'était lui le tueur et cela ne ferait sans doute qu'ajouter à leur soupçon s'ils savaient que nous étions sortis ensemble. J'aurais probablement droit à des commentaires sous-entendant qu'il avait manigancé ça pour avoir un alibi.

— Quoi ?! Rien du tout. Josh était son frère. Désolée si je ne le crois pas capable de tuer son propre frère.

J'ai serré les dents. Pourquoi préféraient-ils croire que c'était lui plutôt qu'un inconnu ?

— Ils n'étaient pas proches et Blake n'appréciait visiblement pas Josh, a fait remarquer Megan.

— Alors que nous, on trouvait que c'était un type génial, ai-je ironisé. Ne discutons pas de ça ici. Après les funérailles de Courtney après-demain, nous devrions organiser un truc en son honneur, ai-je proposé pour changer de sujet. Elle n'aurait pas voulu quelque chose de formel.

La veillée funèbre de Josh était déjà difficile à supporter. Je ne savais pas comment j'allais tenir le coup pendant les obsèques de Courtney. Je ne parvenais pas à admettre que je ne la reverrais jamais. Comment allais-je vivre sans ma meilleure amie ? Aux funérailles de Tilly et Gigi, Megan, Courtney et moi nous étions soutenues mutuellement. À présent, il n'y avait plus que Megan et moi et, même si elle faisait des efforts, celle-ci était trop égoïste pour être un véritable soutien.

— On peut s'en aller bientôt ? S'il vous plaît ? a supplié Megan.

Ses cheveux bougeaient quand elle parlait – elle avait dû avoir la main moins lourde sur la laque, sans doute parce qu'elle s'en fichait de sa coiffure dans des circonstances pareilles.

— Nous devrions rester encore un peu, pour Josh. À moins que sa mère ne nous demande de partir.

Le père de Josh et Blake n'était pas là. Il n'avait pas réussi à rentrer à temps de son voyage d'affaires à cause d'un problème à la douane. J'étais vraiment mal pour lui qu'il rate la cérémonie en hommage à son propre fils. Éloïse aurait pu attendre. C'était un manque de considération. Elle aurait dû faire passer Josh avant sa haine pour son ex-mari. Je voyais bien que Blake aurait aimé que son père soit là. Il restait dans son coin, comme s'il connaissait mal le reste de la famille.

Du coin de l'œil, je l'ai vu se lever et quitter la pièce.

— Je reviens dans une minute, ai-je annoncé.

Blake m'avait à peine dit un mot depuis mon arrivée et je voulais avoir une conversation au sujet de sa mère et de la façon dont il encaissait la mort de Josh. C'étaient des sujets qui méritaient plus que des réponses laconiques ou des grognements.

Je l'ai retrouvé dans l'entrée, où il examinait un grand collage de photos sous verre.

— Je n'apparais que sur trois photos, a-t-il déclaré sans se retourner.

Il devait y en avoir au moins soixante et il avait raison : elles montraient toutes Josh, mais lui en était quasiment absent.

— Je suis désolée.

— Tu n'as aucune raison de l'être, Mackenzie. C'était le chouchou de ma mère, depuis toujours. Même avant le divorce. C'était son petit Joshie, le bébé. Elle lui a tout donné, il ne restait pratiquement rien pour moi.

Le ton de sa voix m'a surprise. Je n'avais pas réalisé à quel point sa rancune était profonde. Il semblait persuadé que sa mère ne l'aimait pas.

J'ai regardé autour de moi pour voir si personne ne nous avait entendus, mais nous étions seuls. Ses paroles auraient rendu mes amis encore plus suspicieux. Ce n'était pourtant pas parce qu'il nourrissait de la rancune envers sa mère et son frère qu'il était l'assassin. D'ailleurs, éliminer Josh n'aurait pas aidé leur mère à aimer plus Blake… et la mort de Courtney ne collait pas avec ce mobile.

— Elle t'aime, Blake. Maintenant que Josh n'est plus là, vous devez vous soutenir, elle et toi.

— Pour quelle raison ?

J'ai eu le souffle coupé par la dureté de ses yeux bleu foncé.

— Elle n'a jamais été là pour moi. Jamais.

— Vous avez tous les deux perdu quelqu'un. C'est l'occasion de vous rapprocher. Que Josh ne soit pas mort pour rien.

— J'ai l'impression d'être à l'enterrement d'un inconnu, dans la maison d'un inconnu.

Il a plissé les yeux.

— Josh et moi, nous nous connaissions à peine. Je ne veux pas avoir de contacts avec ma mère.

Il a tourné les talons et est reparti dans le salon, me laissant sans voix. Comment pouvait-il dire une chose pareille ? Je ne croyais pas qu'il s'en fichait. Il n'aurait pas eu l'air aussi furieux si ça avait été le cas.

Une main m'a caressé le dos. J'ai sursauté.

— Kenz, a chuchoté Aaron.

J'ai pivoté vers lui, encore sous le choc des paroles de Blake.

— Oui ?

— Je sais que tu vas encore péter un câble en disant que Blake est innocent, mais je te demande de m'écouter.

J'ai levé les yeux au ciel.

— Ça devient lassant, Aaron.

— S'il te plaît.

J'ai soupiré et je lui ai fait signe de se lancer.

— Tu savais que Blake avait été renvoyé de son ancien lycée ?

— Et alors ?

— Parce qu'il s'était battu.

J'ai serré les poings.

— C'est fréquent, les bagarres au lycée. C'est pas une raison pour le condamner.

— Tu ne trouves pas ça un peu étrange que Blake, le fils bagarreur, se pointe soudain et que, le lendemain, on se réveille et… on tombe sur ce carnage ?

— Non. Je crois qu'il y avait quelqu'un d'autre. Quelqu'un qui leur en voulait, qui a trafiqué la nourriture et les boissons pour qu'on n'entende rien. Certaines bouteilles étaient déjà entamées et ce n'était pas difficile de droguer ce qu'on a mangé.

— Je comprends que tu ne veuilles pas y croire. Moi non plus je n'ai pas envie d'imaginer que Blake est le coupable, mais quelle autre piste sérieuse a-t-on ? On sait qu'il n'y avait personne d'autre dans la maison. Tu veux bien au moins envisager cette hypothèse ?

J'ai fait non de la tête.

Aaron a poussé un soupir de défaite.

— Retournons-y.

Je suis passée devant lui et je l'ai entendu marmonner :

— Tu te réveilleras bientôt.

Je l'ai ignoré. Il pouvait penser ce qu'il voulait, cela ne changerait rien à ce que je savais, ce que je ressentais au plus profond de moi. Je n'aurais jamais fait suffisamment confiance à un tueur pour passer la nuit dans son lit.

Nous avons rejoint Kyle et Megan, à l'écart de l'assemblée. Des dizaines de paires d'yeux nous ont suivis, mais je refusais de me retourner. Je savais que je n'y lirais que de la haine et des accusations sans fondement. Je ne connaissais pas tout le monde, mais même les gens les plus proches me traitaient comme une pestiférée.

— On reste encore un petit peu, a murmuré Kyle en serrant Megan contre lui.

Blake est entré dans le salon avec un verre contenant un liquide ambré. Il a bu une gorgée et grimacé, puis s'est assis entre sa mère et nous. Il avait à peine parlé à qui que ce soit depuis notre arrivée. J'avais remarqué que sa famille ne faisait pas beaucoup d'efforts non plus, à part ses grands-parents paternels.

— Tu peux au moins nous promettre que tu seras sur tes gardes si tu le vois ? m'a demandé Aaron en jetant un coup d'œil à Blake.

Mon cœur s'est serré et l'agacement que je ressentais à cause de ses théories à propos de Blake s'est atténué. Aaron s'inquiétait pour moi.

— Il ne m'arrivera rien, lui ai-je assuré.

— Promets-le-moi, Mackenzie.

— C'est promis.

— Et tu m'appelleras si jamais tu as besoin de moi ou si tu ne te sens pas en sécurité ?

J'ai froncé les sourcils.

— D'accord.

Comment allais-je pouvoir les ramener dans le camp de Blake… et dans le mien ? Nous étions dans le même bateau. Aaron s'est éloigné pour aller parler à Greg, un cousin de Josh avec qui il était ami parce qu'ils avaient joué dans la même équipe de foot au lycée. J'avais l'impression d'être tiraillée dans deux directions, obligée de choisir un camp, alors que nous aurions dû être solidaires !

J'ai tourné la tête vers Éloïse. Elle examinait une photo de Josh dans un cadre posé sur la petite table à côté d'elle. Elle me brisait le cœur. J'avais envie de m'approcher d'elle pour la réconforter, mais que peut-on dire à une mère qui vient de perdre son fils ? En plus, je ne la connaissais pas particulièrement bien.

Blake observait sa mère. Il avait l'air déchiré, perdu. Je ne comptais pas laisser tomber. Il avait de la peine et je n'accepterais pas qu'il me repousse.

Je suis allée m'asseoir près de lui.

— Hé.

Malgré ce que racontaient Aaron et Kyle, j'étais convaincue de l'innocence de Blake. Il était peut-être l'outsider de notre groupe, mais cela ne faisait pas de lui un assassin.

Il a posé les coudes sur ses genoux.

— Elle ne me regarde même pas, a-t-il décrété, comme si notre conversation dans l'entrée n'avait jamais eu lieu.

Je ne savais pas quoi répondre.

— Hier soir, quand je lui ai demandé si elle voulait que je lise son texte à sa place, elle m'a regardé comme si…

Il a soupiré.

— Je ne sais pas comment l'expliquer. J'ai vu dans ses yeux qu'elle n'enterrait pas le bon fils.

— Ne dis pas ça.

— C'est la vérité. Je ne lui en veux pas. Je ne l'ai pas choisie. Je voulais vivre avec mon père et Josh voulait rester avec elle.

— Ça ne veut pas dire qu'elle t'aime moins.

Il s'est tourné vers moi.

— Le verre est toujours à moitié plein dans ton monde, hein ?

Sérieux ?

— Il te paraît à moitié plein ?

— Tu t'efforces toujours de rester optimiste. C'est pour ça que tu n'acceptes pas qu'un de tes amis ait tué mon frère, a-t-il argumenté en indiquant d'un mouvement du menton le coin où les autres étaient rassemblés. Josh et Courtney sont morts, mais si tu peux prouver que tes copains sont innocents… alors, le verre est à moitié rempli.

— Tu es vraiment trop cynique, même dans ces circonstances. Il faut s'entourer de gens en qui on a confiance et rester positif même quand tout paraît négatif. Il y a bien quelqu'un à qui tu fais confiance ?

— Moi.

— Ça ne compte pas.

Il a redressé le dos et a haussé les épaules.

— Alors non.

— C'est triste.

— Si on n'a confiance en personne, on ne peut pas se faire avoir. Tu l'apprendras un jour à tes dépens, a-t-il conclu avant de se lever.

Kyle avait raison. Nous n'aurions pas dû venir. Je suis allée dans la cuisine chercher mon sac pour que nous puissions partir sans tarder. Il était temps.

— Lequel d'entre vous a fait le coup ? a craché Pete, l'oncle de Josh, dès que je l'ai croisé dans la cuisine.

Pete et mon père étaient amis. Son regard haineux m'a fait d'autant plus mal.

— Lequel d'entre vous a tué mon neveu, bande de salauds ?

J'ai reculé jusqu'à ce que mon dos touche le plan de travail en marbre. Est-ce qu'il allait me frapper ? Il était rouge de rage et ses yeux étaient écarquillés. De l'écume blanche s'est formée au coin de ses lèvres.

— Ce n'est pas un d'entre nous, Pete, je vous le jure. Nous n'aurions jamais fait de mal à Josh ou à Courtney.

— Et vous avez le culot de venir à ses funérailles !

— Nous n'avons rien fait de mal.

— Dites la vérité, a-t-il grondé entre ses dents. Dénoncez-vous à la police.

— Pete, je vous en prie…

— Non !

Son agressivité m'a fait tressaillir. Il avait l'air tellement furieux que je n'avais aucune idée de ce dont il était capable.

— Ça ne peut être que l'un d'entre vous. Si vous aviez un minimum de respect, vous prendriez vos responsabilités et vous mettriez un terme à la souffrance de notre famille. Josh mérite que justice soit faite.

Courtney aussi.

— C'est ce que je souhaite, moi aussi. Mais vous faites erreur, Pete. Je vous jure que nous sommes innocents.

— Ton blabla ne signifie rien pour moi, Mackenzie. Ma sœur ne voit peut-être pas ce que vous avez fait à son fils, mais moi, si. Vous paierez.

— Hé ! est intervenu sèchement Kyle.

Je me suis retournée et je l'ai vu dans l'embrasure de la porte de la cuisine.

— Ça suffit !

Il a passé un bras autour de ma taille et m'a attirée contre lui, d'un geste protecteur.

— Je suis désolé que vous ayez perdu votre neveu. Nous, nous avons perdu deux amis. Nous n'y sommes pour rien.

— Vous n'êtes qu'une bande de menteurs. Vous pourrirez en enfer pour ce que vous avez fait !

— Pete ! me suis-je exclamée.

Cela ne lui ressemblait pas du tout. J'avais l'impression d'avoir reçu un coup de poing dans le ventre. L'homme qui me faisait rire avec ses plaisanteries quand j'étais petite se montrait soudain haineux.

— Je comprends que vous vouliez trouver un coupable. Moi aussi. Mais nous ne leur avons rien fait.

Je n'étais pas sûre qu'il me croirait un jour. Je pouvais clamer mon innocence un million de fois, il était tellement obnubilé par les informations de la police qu'il n'y voyait plus clair.

— Fichez le camp, nous a-t-il ordonné en détachant les mots. Ne remettez plus jamais les pieds ici.

— Viens, m'a chuchoté Kyle en m'entraînant hors de la cuisine.

Aaron et Megan, dans le couloir, avaient tout entendu et étaient sous le choc.

— On y va.

Je n'ai pas vu Blake avant de partir. Un coup d'œil rapide dans le salon en sortant m'a confirmé que personne ne savait que Pete avait pété les plombs. C'était déjà ça.

— Qu'est-ce qu'on va faire ? ai-je demandé pendant que nous marchions vers la voiture de Kyle.

Aucun n'avait de réponse à donner. Nous savions très bien que, tant que le coupable ne serait pas démasqué, nous étions tous suspects.

7

MERCREDI 19 AOÛT

— Qu'est-ce qu'il fiche ici ?

Le visage baigné de larmes de Kyle s'est durci. Les sourcils froncés, il regardait une silhouette derrière les arbres dénudés qui bordaient le cimetière. Les arbres étaient morts depuis des années et n'avaient jamais été arrachés. Cela rendait l'ambiance morbide, ce qui convenait à merveille au lieu.

Je me suis retournée. L'inspecteur Wright se tenait à distance, pour indiquer qu'il n'assistait pas à l'enterrement. Avec son costume et sa cravate noirs, il avait pourtant parfaitement l'air à sa place. Mais c'est à nous qu'il s'intéressait, pas à ce trou dans la terre, dans lequel le cercueil de Courtney allait bientôt descendre.

J'ai été parcourue par un frisson de dégoût. Il fallait qu'il se pointe aujourd'hui ! Comment osait-il se servir des funérailles de Courtney pour son enquête, alors que nous étions réunis pour dire au revoir à notre amie ?

Je voulais que la cérémonie se passe bien et soit ponctuée par les interventions de tous ceux qui l'aimaient. La présence de Wright me rappelait la scène de crime et j'avais déjà du mal à tenir le coup sans cela.

— Il ne peut pas nous accorder un jour de répit ? s'est offusquée Megan.

Il n'était pas venu aux obsèques de Josh. Je ne comprenais pas pourquoi il nous épiait à l'enterrement de Courtney.

— Il essaie de coincer l'assassin, Megan.

J'ai sursauté en reconnaissant la voix de Blake. Il s'est mis devant nous et a tourné la tête vers l'inspecteur.

— Il faut bien qu'il garde un œil sur ses suspects préférés.

— Qu'est-ce que tu fais ici ? lui ai-je demandé.

Courtney n'était rien pour lui, je ne m'attendais pas à le voir.

— Je lui rends hommage au nom de mon frère. J'ai décidé de rester un peu avec ma mère. Elle est effondrée.

J'ai cligné des yeux, stupéfaite par cette nouvelle. Après les propos qu'il avait tenus aux funérailles de Josh, j'étais persuadée qu'il allait partir le plus vite possible.

— J'essaie de l'aider, mais je ne sais pas trop gérer les femmes émotives.

— Je suis désolée, Blake.

Il a haussé les épaules.

— C'est rien.

— Écoute, après la cérémonie, on va tous au terrain de basket. Tu veux venir ?

À en juger par la façon dont Aaron me fusillait du regard, il n'avait pas envie que Blake soit là, mais ce n'était pas à lui de décider.

Blake a plissé le front.

— Je croyais que la réunion se faisait au club ?

— Oui, c'est juste que nous avons décidé d'organiser autre chose. Nous passions beaucoup de temps au terrain. Nous buvions pas mal là-bas. L'endroit nous semble plus… approprié.

Blake s'est mordillé la lèvre avant de répondre.

— OK. Merci.

Mon cœur s'est légèrement accéléré quand il a accepté. Blake était dangereux pour moi. Je l'aimais bien : il pouvait me rendre malheureuse. J'avais un peu l'impression de courir après un futur chagrin d'amour, mais j'étais incapable de m'en empêcher. Un sourire de Blake suffisait à me faire fondre.

Moi, je pouvais compter sur mes amis, mais Blake habitait dans une autre ville, il ne connaissait personne à part sa mère et elle n'était pas en état de le soutenir, en ce moment. Ses parents étaient en deuil. Blake avait beau être du genre mystérieux et solitaire, il avait besoin que quelqu'un soit présent à ses côtés. J'avais envie d'être cette personne, même si je me rendais bien compte que ce n'était pas une bonne idée de m'investir à fond alors que je le connaissais finalement très peu, juste parce qu'il m'attirait.

J'ai reporté mon attention sur la maman de Courtney, occupée à raconter une anecdote. Elle rappelait que sa fille exigeait son histoire préférée avant le coucher : *Le Petit Chaperon rouge*. Enfant, Courtney raffolait tellement de ce conte que sa mère devait le lui lire tous les soirs. Les larmes me sont montées aux yeux. C'était le dernier « bonne nuit » qu'elle adressait à Courtney.

J'ai pris une inspiration tremblotante. À chaque mot qu'elle prononçait, je sentais le poids de la perte de sa fille, du deuil de son enfant unique.

— Ce n'est pas juste, ai-je murmuré en pleurant.

Rien de tout cela n'aurait dû arriver. Mon cœur s'est brisé quand le cercueil a disparu sous la terre. J'ai plaqué une main sur ma bouche pour réprimer un sanglot.

Blake a glissé un bras autour de ma taille.

— Ça va aller, m'a chuchoté Aaron en jetant un regard noir à la main de Blake. Je te le promets.

Je me suis collée au torse musclé de Blake. J'avais besoin d'être consolée. Blake s'est raidi, mais après une fraction de seconde, il m'a serrée très fort.

Quelle horreur d'enterrer à nouveau une personne que j'aimais, si jeune et avec tant de potentiel. L'épreuve avait déjà été horriblement dure lors des funérailles de Tilly et Gigi. Je n'aurais jamais imaginé revivre un événement aussi triste aussi vite. Nous avions passé tant de temps enfermées toutes les cinq dans une de nos chambres, à écouter de la musique et à attribuer des notes aux garçons selon nos critères de beauté. Passer de cinq à trois avait été difficile. J'avais mis une éternité à m'habituer à ne plus entendre Gigi et Tilly rire ou me taquiner. À présent, j'allais devoir m'habituer à ne plus être qu'avec Megan.

— On peut y aller maintenant ? ai-je demandé quand la famille de Courtney a commencé à jeter de la terre sur le cercueil.

J'avais l'impression que mon cœur était écrasé sous un énorme poids et je ne savais pas combien de temps je pourrais encore tenir.

— D'accord, a répondu Kyle.

Il a reniflé et a indiqué du menton le sentier couvert de dalles jaunes qui menait au parking.

— Allons dire adieu à Courtney d'une façon qui lui aurait plu.

— Vodka et bière ? s'est étonné Blake. Classe.

Megan lui a jeté un regard méchant.

— Qu'est-ce que tu veux boire ?

— Une bière.

Elle lui a tendu une bouteille. Blake avait raison : le choix était cliché, pour des ados qui se retrouvent dans les parcs. On avait passé beaucoup de bons moments ici, à jouer à des jeux stupides. Tout était si simple avant que la mort ne vienne frapper notre bande, quand nous étions encore au grand complet. Cette période insouciante me manquait.

Nous nous sommes assis en cercle sur l'herbe à côté du terrain de basket désert, laissant un espace pour Courtney. Nous n'étions pas prêts à la laisser partir.

— Est-ce que chacun d'entre nous devrait dire quelque chose ? ai-je demandé. Ce n'est pas ce qu'on est censés faire ?

Aaron a opiné de la tête avant d'avaler une gorgée de bière et de déclarer :

— Et si nous disions quelque chose sur les deux ? Je commence. Courtney était l'une des plus belles filles que j'aie jamais connues. Pourtant, elle ne la ramenait pas. Elle était modeste et ça ajoutait à son charme. Josh…

Aaron s'est interrompu en riant.

— Josh avait décroché une fille bien trop canon pour lui et il le savait.

— À moi, a décrété Megan.

Elle s'est éclairci la gorge. On aurait dit qu'elle aurait préféré être n'importe où et faire n'importe quoi d'autre plutôt que de parler de nos amis disparus. Elle n'était pas la seule.

— Pendant la première année de lycée, je ne m'entendais pas avec Courtney. J'avais l'impression qu'elle essayait de m'écarter de Mackenzie, Tilly et Gigi. C'est quand mon petit ami m'a larguée que j'ai réalisé à quel point je me trompais.

Megan s'est humecté les lèvres.

— Mackenzie était en vacances ; Tilly et Gigi étaient occupées. Courtney m'avait envoyé un texto pour me proposer qu'on se voie et je lui ai raconté ce qui m'était arrivé. Elle a débarqué chez moi vingt minutes plus tard avec du chocolat et un DVD. C'était une vraie amie. Elle va trop me manquer.

Megan s'est tue un instant et a fait la moue.

— Quant à Josh… Josh a dit des choses horribles et débiles qu'il devait regretter. Ce n'était pas un monstre. Je m'en veux de ne pas avoir réglé nos différends. On aurait peut-être *tous* pu avoir une meilleure relation avec lui.

Megan aurait voulu arranger les choses avec Josh ? Je ne souhaitais pas sa mort, mais ce qu'il avait dit et la façon dont il nous avait traités étaient inacceptables.

Megan a tourné la tête vers moi. Mon tour était venu. J'ai posé mon gobelet de vodka dans l'herbe devant moi.

— Je ne sais pas par où commencer. Il y a tant de choses que je pourrais dire, que j'ai envie de partager. Comment résumer des années d'amitié en quelques mots ?

Aaron m'a serré la main pour m'encourager. J'ai soupiré.

— Bon, je me lance. Courtney et moi étions inséparables au lycée. Je me souviens qu'à chaque rentrée nous étions surexcitées quand on découvrait qu'on avait presque tous nos cours ensemble. Elle était toujours là pour moi, elle ne me jugeait pas… elle ne jugeait personne d'ailleurs. Je n'aurais pas pu rêver meilleure amie et je n'arrive pas à croire qu'elle ne vieillira pas avec nous.

J'ai cligné des yeux pour chasser mes larmes.

— On devait louer un appart toutes les trois – tu te souviens, Megan ? On allait se prendre une coloc classe dans un beau quartier.

Megan a baissé la tête :

— De préférence, avec vue sur un terrain de foot pour mater les joueurs en train de courir en short, a-t-elle précisé.

— Ah oui, j'avais presque oublié, ai-je confirmé.

J'ai ri et essuyé la larme qui venait de rouler sur ma joue. C'était l'idée de Courtney. Megan et moi, on s'en foutait un peu, tant que nous étions dans un coin sympa. Courtney, quant à elle, rêvait de devenir une WAG, une compagne de footballeur, comme Victoria Beckham ou Georgina Rodriguez, si cela ne marchait pas avec Josh. J'avais espéré que son rêve devienne réalité. Courtney avait la pêche, elle était extravertie et avait suffisamment confiance en elle pour sortir avec qui elle voulait… jusqu'à Josh, en tout cas.

— Et Josh ? a demandé Blake un peu brutalement. Tu ne comptes pas parler de lui ?

Mon estomac s'est noué. Je n'aimais pas mentir : je n'allais pas prétendre qu'il était merveilleux. Mais il avait disparu et je devais trouver quelque chose de positif à ajouter.

— Bien sûr que si, Blake. Josh et moi, nous n'étions pas toujours d'accord, mais je n'ai jamais souhaité qu'il lui arrive malheur.

Blake s'apprêtait à dire quelque chose, quand l'inspecteur Wright s'est assis à la place restée libre à côté de lui. D'où est-ce qu'il sortait ?

— On peut vous aider ? a demandé Kyle.

— Oui, en me disant lequel d'entre vous a assassiné vos amis.

Il nous a fixés un à un de son regard dur.

— Non ? Tant pis, j'avais envie de tenter le coup quand même.

Il a entrelacé ses doigts.

— Je viens de recevoir les résultats de vos tests de drogue.

— Alors ? a voulu savoir Aaron.

Wright était arrogant. Son assurance excessive donnait l'impression qu'il se prenait pour le maître du monde. J'avais l'intuition qu'il en savait plus sur l'affaire qu'il nous l'avait dit et qu'il attendait le bon moment pour faire ses révélations. Il devait avoir les données du labo depuis plusieurs jours.

— Les résultats sont positifs pour le Rohypnol.

Je suis restée bouche bée en entendant cela.

— Quoi ? La drogue du viol ?

Wright a esquissé un sourire moqueur.

— Celle-là même, Mackenzie. Vous la connaissez ?

— Tout le monde en a entendu parler.

Le sujet faisait souvent l'actualité. D'ailleurs, à chaque fois que je sortais, mes parents me sermonnaient en me répétant de ne jamais laisser mon verre sans surveillance. Nous entendions souvent ces histoires de femmes qui se réveillaient après avoir été droguées et violées et n'avaient pratiquement aucun souvenir de ce qui s'était passé.

Mon sang s'est glacé. On avait été drogués !

— Quelqu'un a trafiqué nos verres, s'est emporté Blake, furieux. Qui a fait ça ?

Wright a haussé les épaules.

— J'espérais que l'un d'entre vous pourrait me donner la réponse, mais je ne suis pas très optimiste à ce sujet.

— Une seconde, ai-je déclaré. Tous les résultats sont positifs ?

— Oui.

— Même ceux concernant Josh et Courtney ? a insisté Aaron.

— C'est exact. Étrange, non ?

J'ai entrevu une lueur d'espoir.

— Alors ça prouve que c'est quelqu'un d'autre qui les a tués.

Nous étions innocentés. Nous avions tous été drogués et le tueur en avait profité. Aucun de nous ne pouvait avoir fait le coup si nous étions tous KO. Pas étonnant que je me sois sentie aussi groggy au réveil !

— Ça ne change rien, Mackenzie. Ça prouve juste que ce meurtre a été bien préparé. Qu'il était prémédité. Celui d'entre vous qui a du sang sur les mains s'est donné du mal pour masquer ses traces. Je suis impressionné. Se droguer soi-même – après les deux meurtres, évidemment – et se cacher parmi ses amis, c'est une idée de génie. Mais même si vous êtes malins, je trouverai lequel d'entre vous est responsable.

Il s'est relevé.

— À très bientôt.

Un long silence s'est abattu sur notre groupe après le départ de l'inspecteur. Nous étions sous le choc. Je n'arrivais pas à imaginer que l'un d'entre nous soit un meurtrier, de surcroît aussi calculateur.

— Ce type accuse sérieusement l'un d'entre nous d'avoir drogué les autres ? s'est énervé Kyle. D'avoir tué Courtney et Josh ? Puis d'avoir dissimulé les preuves ?

— Il est fou, a tranché Aaron. Il ferait mieux de chercher le vrai coupable au lieu de lancer des accusations absurdes !

Tiens, Aaron pensait que Blake était innocent, à présent ? Megan a secoué la tête, les yeux pleins de larmes.

— Quelqu'un a prémédité ce double crime. Pourquoi tant de haine ? Courtney était tellement… Elle…

Megan n'a pas réussi à terminer sa phrase, mais je savais ce qu'elle voulait dire.

Quelqu'un désirait la mort de Courtney et de Josh au point de planifier leur assassinat. Le tueur était même allé jusqu'à nous droguer pour parvenir à ses fins. Josh énervait beaucoup de monde, mais pas Courtney. Nous devions tirer cela au clair et prouver notre innocence.

— Est-ce que l'un d'entre vous connaît quelqu'un qui avait un problème avec Josh et Courtney ? ai-je demandé. Même si c'est une bêtise, il faut qu'on en parle.

Wright rêvait de nous coller les meurtres sur le dos. Sa dernière hypothèse tiendrait la route devant un tribunal s'il trouvait des preuves tangibles ou un mobile. Je refusais qu'un de mes amis porte le chapeau.

Personne n'a répondu. Cela m'a irritée. J'étais donc la seule à vouloir tirer cette affaire au clair ? Ils ne comprenaient pas ce qui allait se jouer si on ne trouvait pas le vrai coupable ? Nous allions faire l'objet de tous les soupçons jusqu'à la fin de nos jours. Je n'avais aucune confiance en Wright. J'étais convaincue qu'il mettait bien moins d'énergie pour retrouver le tueur que pour nous arracher des aveux.

— Allez ! Aidez-moi ! On peut y arriver. On les connaissait mieux que personne. Vous savez ce qui va se passer si on ne trouve pas qui a fait le coup ?

— Oui, Mackenzie. On a bien compris que Wright est obsédé par l'idée que l'un de nous est un tueur sadique, a répliqué Aaron. Qu'est-ce qu'on peut faire ? On n'a pas le mode d'emploi pour choper un assassin.

J'ai serré les dents de frustration.

— On laisse tomber et on accepte la situation, c'est ça ?

— Non.

Il a soupiré.

— Je ne sais pas par où commencer.

Peut-être que nous avions besoin d'un avocat.

— On devrait tout d'abord dresser la liste des gens qui détestaient Josh ou Courtney, ai-je proposé.

Avec la personnalité de Josh, cette liste risquait d'être longue. Il avait irrité des centaines de personnes. Bien sûr, elles n'étaient pas toutes prêtes à le tuer pour autant, mais j'étais certaine que le coupable se trouvait parmi les ennemis de Josh.

Je me suis massé les tempes pour tenter de dissiper mon mal de tête.

— Je ne vois personne qui détestait Courtney. Et vous ?

— On commence avec Courtney pour pouvoir passer directement aux gens qui détestaient mon frère, c'est ça ?

a avancé Blake, qui lisait en moi comme dans un livre ouvert.

— Je ne veux pas te vexer, mais…

Il m'a signifié de me taire d'un geste de la main.

— Je comprends, Mackenzie. J'aurais fait pareil. Alors, est-ce que quelqu'un déteste Courtney ? Pas moi. Je la connaissais à peine.

J'ai fait non de la tête. Kyle, Megan et Aaron ont répondu d'un haussement d'épaules. Personne ne voyait qui n'appréciait pas Courtney.

— Je crois qu'il faudrait un bloc de feuilles tout entier pour dresser la liste des suspects du meurtre de Josh, a plaisanté Blake avec un rire amer.

— Je commence, s'est lancé Kyle. Nous avions tous les quatre des comptes à régler avec lui après la mort de Tilly et Gigi, à cause des horreurs qu'il avait proférées. D'un autre côté, nous savons très bien que ce n'est pas un de nous quatre qui l'a tué. Blake aussi avait des reproches à faire à son petit frère. Pas vrai, Blake ?

— C'est exact, mais je ne l'ai pas tué non plus, contrairement à une croyance populaire, a répondu Blake avec un regard appuyé en direction d'Aaron.

— Et le père de Tilly ? a suggéré ce dernier en ignorant complètement Blake.

— Non, il était remonté, mais contre personne en particulier, a déclaré Megan.

Après la disparition de Tilly et de Gigi, leurs parents avaient réagi de façons très différentes. Ceux de Gigi étaient effondrés, mais décidés à en tirer du positif. Ils avaient lancé une association pour venir en aide aux familles ayant perdu un enfant. Le père de Tilly était anéanti et furieux.

— Il a quand même dit qu'il voulait tuer le responsable de l'accident, a fait remarquer Aaron. Nous devrions au moins l'envisager.

C'était vrai : sous le coup de la colère, le père de Tilly avait proféré ces menaces, mais je ne pensais pas qu'il avait la moindre intention de les mettre à exécution. D'un autre côté, nous n'étions pas en position d'éliminer un suspect juste parce que nous n'avions pas envie de le croire coupable.

— Aaron a raison, ai-je tranché. Réfléchissez. Nous étions tous dans le minivan. Nous avons survécu à la collision, alors que Tilly et Gigi y sont restées. Le chauffeur du camion est mort aussi, il n'a pas pu payer pour ses actes. C'est Courtney qui conduisait et c'est Josh qui avait planifié le voyage. Sans compter qu'il s'est comporté comme un salaud par la suite. Le père de Tilly les considérait peut-être comme responsables, tous les deux.

Kyle s'est gratté le menton.

— Je comprends. Il a perdu sa fille. C'est difficile d'imaginer un meilleur mobile que venger la mort de son enfant.

Mon estomac s'est noué. C'était une explication logique.

8

JEUDI 20 AOÛT

— Pourquoi est-ce que tu redécores ta chambre ?

J'étais chez Kyle. Il avait poussé tous ses meubles au centre de la pièce et les avait recouverts de vieux draps pour laisser les murs bleu nuit bien dégagés. Il m'avait appelée un peu plus tôt pour m'expliquer qu'il avait besoin de changement et que sa chambre était trop sombre et déprimante.

Il faisait les cent pas depuis mon arrivée. Je le regardais marcher d'un côté à l'autre en examinant les murs nus. Kyle avait généralement la tête sur les épaules. Cela me rendait mal à l'aise de le voir aussi stressé. C'était un garçon passionné et entier, mais il n'y avait pas de quoi se mettre dans un état pareil pour une histoire de couleur.

Sa nervosité était communicative. J'ai commencé à tapoter ma cuisse.

— Je ne supporte plus ce bleu de merde.

Il a soulevé un pot de peinture vert vif. J'ai souri malgré mon inquiétude. Quelque chose ne tournait pas rond.

— Heu… Kyle ?

Il échangeait une couleur trop voyante contre une autre tout aussi vive. Le bleu presque noir était trop sombre et triste, mais le vert qu'il avait choisi était trop joyeux. Comme s'il voulait à tout prix forcer le décor à paraître positif.

— Tu trouves ça affreux, c'est ça ?

— Non, je ne déteste pas la couleur, mais je ne voudrais jamais la voir sur tous les murs. Tu aurais mal à la tête après dix minutes.

— Je m'en fiche. Il me faut une déco éclatante. Un changement radical.

J'ai pris un des nombreux pinceaux qu'il avait alignés sur sa commode.

— Pour changer, ça change. Bon, ben, allons-y, alors.

Il m'a adressé un large sourire.

— Qu'est-ce que je ferais sans toi ?

— Tu repeindrais ta chambre tout seul, ai-je plaisanté en trempant le pinceau dans le pot de peinture d'apprêt.

— Tu tiens le coup ? C'était… dur, hier.

Il s'est mis à étaler la peinture n'importe comment. Même si ce n'était qu'une sous-couche, je m'appliquais pour que le travail soit régulier.

La journée de la veille avait été l'une des plus pénibles de ma vie. J'avais non seulement fait mes adieux à Courtney, mais cela m'avait rappelé les enterrements de Tilly et Gigi, pendant lesquels je m'étais sentie aussi vide que perdue. Et comme si cela ne suffisait pas, nous avions appris qu'on nous avait drogués. Non, « pénible » n'était pas un mot assez fort.

— C'était *affreux*, mais ça va.

— Menteuse.

Je me suis arrêtée et je me suis retournée vers Kyle.

— Je t'assure qu'en ce moment, ça va.

— Tu te focalises sur la chasse à l'homme. Une fois que le tueur sera retrouvé, tu vas t'effondrer.

Je n'ai pas répondu. Kyle me connaissait depuis l'enfance. C'était l'ami qui me soutenait dès que j'en avais besoin.

— Tu sais, ça m'inquiète, Kenzie. Je ne supporterais pas de te voir à nouveau aussi mal qu'après la mort de Tilly et Gigi.

Je me suis mordu la lèvre pensivement. C'est vrai que j'étais dans un état catastrophique à ce moment-là. Je n'avais pratiquement pas mangé pendant une semaine et j'avais à peine quitté mon lit. C'était tellement difficile d'accepter que je ne les reverrais jamais, que je ne recevrais plus de textos à propos du dernier épisode de *Vampire Diaries*, pour se plaindre qu'un de nos personnages préférés de *The Walking Dead* avait été tué ou pour proposer qu'on aille dîner chez Nando's. J'avais encore du mal. Parfois quand je regardais une série, mon premier réflexe était d'envoyer un message à mes quatre copines. En réalité, moi aussi je me tracassais. Mais j'essayais de me rassurer.

— Ça ira. Je peux compter sur toi, sur Megan et Aaron.

Et Blake. En quelque sorte. Je crois. La liste des gens sur lesquels je pouvais m'appuyer était de plus en plus courte.

— Nous serons toujours là pour toi, a conclu Kyle.

Il m'a ouvert les bras et je me suis pratiquement effondrée contre lui. Je lui ai serré la taille. Nous n'étions plus que quatre, nous devions rester proches.

— Je suis désolé, Mackenzie.

Son corps était secoué de sanglots, comme s'il pleurait en silence. Kyle se montrait toujours fort pour moi. Après la mort de Tilly et de Gigi, il m'avait déniché le meilleur psy pour le deuil, avait veillé avec moi pour m'aider à réviser un examen. Il avait aussi le droit de relâcher la pression de temps en temps.

— Chhhh, tu n'y es pour rien. Ça va aller, ai-je murmuré, en priant pour avoir raison.

Ça va aller était une des phrases que nous prononcions le plus et c'était aussi la plus vraie. Même si nous étions affreusement tristes, la Terre continuait à tourner et on ne s'était pas arrêtés de respirer. La situation paraît horrible pendant longtemps – parfois *très longtemps* – mais on finit par se remettre à fonctionner. Malheureusement, je n'étais pas sûre d'avoir la patience ou l'énergie d'attendre que ce moment advienne.

Kyle s'est écarté.

— Nous devrions nous remettre à la peinture. Je crois qu'il va falloir deux couches de vert.

J'ai acquiescé avec un petit sourire et j'ai repris mon pinceau.

— Kyle, tu es vraiment convaincu que Blake les a tués ?

Son bras bougeait de haut en bas pour étaler la peinture sur son mur. Il a mis du temps à répondre.

— Écoute, Kenz, tu as envie de croire que quelqu'un est entré dans la maison, et moi aussi, je voudrais bien me raccrocher à cette idée, mais ça ne s'est pas passé de cette façon. Donc, oui, je pense que c'est Blake le coupable. Nous ne le connaissons pas et je préfère croire que c'est cet inconnu qui a fait cette horreur, plutôt que quelqu'un que je connais depuis l'enfance. Je comprends que tu aies envie que ce ne soit pas lui, mais à mon avis sa culpabilité est évidente.

Il *fallait* que ce soit quelqu'un d'autre. Je n'avais pas couché avec un assassin. Pourtant, je ne pouvais nier les faits établis par la police. En revanche, je pouvais réfuter l'idée que Blake soit mêlé à la mort de mes amis, car il était innocent. Je devais m'accrocher à cette idée.

— Tu as déjà envisagé que je puisse être coupable ? ai-je demandé en retenant mon souffle.

S'il répondait oui, je serais effondrée.

Kyle a éclaté de rire.

— Tu déconnes ? Mackenzie, tu me demandes de prendre les araignées pour les déposer dehors parce que tu ne veux pas qu'on les tue. Non, je n'ai pas cru un instant que ça pouvait être toi.

J'ai poussé un soupir de soulagement. Kyle a haussé les sourcils.

— Tu crois que ça pourrait être moi ?

— Non. Je ne pense pas que ce soit l'un d'entre nous.

— T'as un crush sur Blake.

C'était une affirmation, pas une question.

Un crush. J'appréciais Blake, pas de doute. Mais parce que je refusais de le croire capable de tuer son frère, tout à coup j'avais un *crush* ? Je n'avais dit à personne dans notre bande que nous avions couché ensemble. Mais je n'avais pas réalisé que c'était évident qu'il y avait quelque chose entre nous. Je ne couchais pas avec n'importe qui. Passer la nuit dans le lit d'un garçon n'était pas rien pour moi et j'avais laissé Blake me convaincre beaucoup trop vite… d'ailleurs, ça ne m'avait pas paru trop rapide du tout. C'était effrayant. La façon dont mon corps réagissait à proximité de lui m'inquiétait. Or, je ne pouvais rien avouer de tout cela à Kyle. Je ne voulais pas raconter à mes amis que j'avais couché le premier soir, parce que mes parents finiraient sûrement par l'apprendre. Nous habitions une petite ville et préserver un secret exigeait des précautions incroyables.

Je me suis soudain rendu compte que je n'avais plus rien dit depuis un moment.

— P… pas du tout, ai-je bafouillé. Kyle, je le connais à peine.

— Pourtant, tu le défends aveuglément.

— Pas *aveuglément*.

— Si. Tu reconnais toi-même que tu le connais à peine. Si ça se trouve, c'est un assassin.

— Ça ne peut pas être lui, ai-je lâché.

— Pourquoi ?

J'ai fermé les paupières et j'ai laissé les mots sortir de ma bouche :

— Parce qu'il a passé toute la nuit avec moi.

Kyle s'est immobilisé.

— Quoi ?

— Ne me juge pas. Il m'a réveillée en pleine nuit, quand j'étais sur le canapé, et, une chose menant à une autre, nous sommes montés. Je n'ai pas vu Josh et Courtney, ils devaient être à l'étage aussi.

— À l'étage ? Kenz, ils ne sont jamais arrivés au premier !

J'ai secoué la tête.

— Non, je l'aurais su s'ils étaient déjà morts.

— Comment ? La cuisine n'était pas visible du canapé. Oh, mon Dieu…

Il s'est passé la main sur le visage.

— Tu comprends ce qui s'est passé ? Blake les a tués et t'a réveillée pour que tu lui serves d'alibi.

— Non… Kyle, non, ce n'est pas ça qui s'est passé.

Ce n'était pas vrai. Blake n'aurait pas profité de moi comme cela, tout de même ?

— Je ne peux pas croire un truc pareil.

— Tu as une autre explication ?

— N'importe qui aurait pu se réveiller n'importe quand et les tuer.

— C'est vrai, mais aucun de nous n'aurait fait ça.

J'ai poussé un soupir frustré.

— On peut parler d'autre chose, s'il te plaît ? Si on peignait ta chambre ?

Kyle a fixé le sol, la mâchoire crispée, puis il a relevé les yeux vers moi.

— OK.

Connaissant Kyle, il devait avoir envie de me sermonner et de me convaincre que sa théorie était la bonne… ou il avait l'intention de demander à Aaron de veiller sur moi et de m'empêcher de voir Blake.

— Merci.

Je ne souhaitais pas me disputer avec lui, pas avec mon gentil Kyle. Pas avec l'ami qui m'achetait mes snacks préférés quand je n'avais pas le moral et regardait des films romantiques avec moi sans ronchonner – enfin, sans *trop* ronchonner.

— Tu as parlé à Aaron ou Megan aujourd'hui ? lui ai-je demandé. J'ai essayé d'appeler Megan ce matin, mais je suis tombée sur sa messagerie.

— Aaron est chez elle. Ses grands-parents sont rentrés d'Italie pour s'assurer qu'elle allait bien, c'est sûrement pour ça qu'elle n'a pas répondu.

Je passerais chez elle le lendemain matin. Si Aaron était avec elle, elle n'avait pas besoin de moi et je ne voulais pas m'imposer alors que sa famille était auprès d'elle.

— Tu penses que le père de Tilly pourrait être le tueur ?

Il avait proféré des menaces, mais Aaron aussi. Notre ami avait dit à Josh qu'il le tuerait s'il continuait. C'étaient des propos tenus sous le coup de la colère, bien sûr. Mais si nous prenions au sérieux les paroles de Lawrence, le père de Tilly, ne fallait-il pas également prendre au sérieux celles d'Aaron ?

Kyle a haussé les épaules.

— Peut-être. S'il avait eu la possibilité de les éliminer sans risque, je pense qu'il l'aurait fait. Il voulait vraiment désigner un coupable pour la mort de Tilly, le pauvre.

— Je sais, mais tuer deux personnes à cause d'un accident de la route, j'ai du mal à y croire.

— Les gens trouvent toujours des justifications. Du genre acheter une chemise dont ils n'ont pas besoin, sous prétexte qu'elle est soldée de trente pour cent, ou boire un dernier verre parce qu'on a beaucoup mangé et que l'alcool sera absorbé.

— Et tuer quelqu'un parce qu'il le mérite ?

— Ben oui.

— C'est n'importe quoi !

— Kenz, je ne dis pas que c'est juste ou que c'est une bonne idée, simplement qu'on a recours à une logique très personnelle pour justifier un tas de décisions débiles. L'autre suspect, c'est Blake, mais je sais ce que tu en penses. On ne va pas se disputer à cause de lui.

Il nous a fallu quatre heures et demie pour appliquer les deux couches de peinture sur les murs de la chambre.

J'avais mal au bras… mal partout. J'avais envie de m'affaler dans un fauteuil.

— Merde, c'est vachement vert, s'est exclamé Kyle en observant avec de grands yeux la couleur trop vive de la chambre.

— Oui, mais je ne la repeins pas avant au moins trois mois, donc tu assumes ou tu la repeins toi-même.

Il a souri.

— Vendu. Avec un peu de chance, quand les meubles seront remis en place, j'aurai moins l'impression de vivre dans une forêt à la Disney.

— J'en doute, mais on va voir, l'ai-je taquiné.

Cela faisait un bien fou de plaisanter après avoir tant pleuré ces derniers jours.

Nous avons retiré les draps des meubles et tout replacé dès que la peinture a été suffisamment sèche. Heureusement, le résultat était moins criard que les murs nus. Mais je n'aurais pas voulu dormir dans cette chambre pour autant.

— Je n'aime pas dire *je te l'avais dit…*

Il m'a donné un coup de coude amical.

— Non, tu *adores* pouvoir le dire. Je voulais du changement, je l'ai eu. Je supporterai cette couleur quelque temps.

— On devrait peut-être peindre trois murs en blanc ? Ça serait moins voyant.

— Oui, peut-être.

— Allez, finissons de ranger, puis tu vas me préparer à manger.

Des coupes de football, des posters et quelques boîtes à chaussures traînaient encore par terre.

Je me suis penchée pour ramasser une boîte, mais le fond a cédé et des photos se sont répandues sur le plancher.

— Merde.

Je me suis agenouillée pour les ramasser.

— Bien joué, a commenté Kyle en se baissant pour m'aider.

Un cliché m'a attiré le regard et mon cœur s'est arrêté net.

— Kyle, qu'est-ce que c'est que ça ? ai-je murmuré.

Je le lui ai tendu, complètement sous le choc.

La bouche de Kyle s'est ouverte pour former un O parfait. Une ombre de panique a voilé son regard, mais il s'est vite ressaisi.

— Oh, ça, ça date d'il y a quelques années.

J'ai examiné le selfie de Kyle en train d'embrasser Courtney. Elle avait les cheveux roux pétant parce qu'elle n'avait pas trouvé la teinture qu'elle prenait habituellement. Je m'en souvenais parfaitement, c'était moi qui la lui avais appliquée – pour la dernière fois – juste avant Pâques, trois mois plus tôt. Ce cliché était récent…

— Kyle, la photo a dû être prise en avril. Les cheveux de Courtney… Qu'est-ce qu'il y avait entre vous deux ?

Kyle et moi, nous nous sommes fixés sans rien dire, puis il a fermé les paupières en soupirant.

— Nous étions ensemble, a-t-il fini par avouer sans rouvrir les yeux.

— Ensemble ? Vous deux ? Depuis quand ? Comment ? Je ne comprends pas.

Il s'est éclairci la gorge et son front s'est plissé.

— On se voyait dans le dos de Josh. En secret. On avait une aventure. Pigé ?

J'en ai eu le souffle coupé. Il y en avait encore beaucoup d'autres, des infos que j'ignorais au sujet de mes meilleurs amis ?

— Putain, mais qu'est-ce qui vous a pris ? Pourquoi Courtney ne m'a rien dit ? Et toi ?

— Sérieux, Mackenzie ? a-t-il marmonné.

— Écoute, Kyle. Courtney et moi, nous nous connaissions depuis l'âge de onze ans et j'aurais vachement préféré qu'elle sorte avec toi plutôt que Josh.

— Oui, ben, moi aussi. Elle ne se décidait pas à le quitter. Elle n'arrêtait pas de dire qu'elle allait le larguer, puis elle reportait toujours pour une raison ou une autre. Finalement, au bout de huit mois, c'est moi qu'elle a largué et elle est restée avec lui.

Mes yeux se sont écarquillés.

— Huit mois ?

L'histoire entre Kyle et Courtney n'était pas une passade, c'était une vraie liaison ! Elle était restée avec Kyle pendant presque tout le temps où elle sortait avec Josh.

— Je ne sais pas quoi penser.

Kyle m'a repris le selfie des mains.

— Ne pense rien. Courtney s'est fichue de moi. J'aurais fait n'importe quoi pour elle. Je l'aimais, mais elle a choisi Josh. Je la déteste de m'avoir fait ça, a-t-il lâché avec une froideur qui m'a glacé le sang.

L'hostilité soudaine de Kyle m'a choquée. Cela lui ressemblait si peu.

— Ne dis pas ça.

Courtney n'aurait pas dû jouer avec ses sentiments et j'étais fâchée qu'elle l'ait blessé, mais c'était notre amie. Et elle était décédée. Cela ne servait plus à rien d'être en colère contre elle.

Il s'est levé et a indiqué d'un geste tout ce qui traînait par terre.

— Bon, j'ai du rangement à faire.

— Quoi ? Tu veux que je m'en aille ? Kyle, je…

J'avais besoin d'explications. Il ne pouvait pas se débarrasser de moi sans que nous discutions de cette révélation.

— Je suis fatigué, Mackenzie, et, franchement, j'ai pas envie de parler de mon histoire avec Courtney.

Je me suis levée à mon tour. Très bien. Je n'en tirerais visiblement pas plus et c'était inutile de rester s'il refusait de parler. De toute façon, j'avais besoin d'être seule moi aussi.

— Je suis désolée qu'elle t'ait fait de la peine.

Kyle m'a fixée de son regard sombre et vide avant de répondre :

— Ça n'a plus aucune importance, maintenant.

J'ai tourné les talons et j'ai quitté sa chambre, impatiente de quitter tout ça. Il était visiblement déchiré par la mort de Courtney, mais je ne pouvais pas m'empêcher de me sentir trahie par leur relation secrète. Et mon ami si heureux, si blagueur et si attentionné avait été remplacé par un inconnu amer et débordant de rancœur.

Je suis allée jusqu'à ma voiture, toujours abasourdie par cette nouvelle. À quel point Kyle détestait-il Courtney parce qu'elle avait choisi Josh ? À quel point détestait-il Courtney *et* Josh ? La veille, je ne l'aurais jamais cru capable de meurtre, mais le Kyle que je venais de découvrir était complètement différent. Le mec furieux que j'avais laissé dans sa chambre – le côté obscur de Kyle – était-il capable de poignarder deux personnes qui avaient été ses amis ? *Une liaison*. Ce n'était pas le genre de Kyle. Il était loyal et avait un grand sens moral. C'est du moins ce que je croyais jusqu'alors.

9

VENDREDI 21 AOÛT

J'ai garé la voiture devant la maison de campagne. Mes mains tremblaient. Je n'étais plus revenue ici depuis le 8 août et je n'avais aucune envie d'entrer. Pourtant, il le fallait. La police devait être passée à côté d'un indice. Cela me rendait dingue de penser que les personnes en qui j'avais le plus confiance pouvaient avoir perpétré un acte aussi atroce. J'étais sûre de trouver un détail utile. Il n'était pas possible de commettre un double assassinat aussi violent et sanglant sans laisser une preuve derrière soi.

Mon téléphone a sonné dans ma poche. Je l'ai sorti de mon jeans et mon doigt s'est arrêté à quelques centimètres de l'écran. Kyle avait déjà tenté de m'appeler à huit occasions aujourd'hui, je l'avais ignoré à chaque fois. Il ne se montrait jamais aussi insistant. Le cœur lourd, j'ai réglé mon portable en mode silencieux.

Le Mitsubishi Warrior de Blake était dans l'allée. Cela ne m'a pas étonnée. Il n'avait pas mille endroits où aller s'il voulait rester à l'écart de sa famille, et cela ne devait pas être facile d'habiter chez sa mère. Il ne pouvait pas rentrer chez son père parce que la police lui interdisait de quitter la région.

La maison était entourée de rubalise, mais la porte d'entrée était ouverte. Blake n'était visiblement pas inquiet de pénétrer dans une scène de crime. Moi non plus. Je suis généralement du genre à suivre les règles, mais c'était impossible, dans le cas présent. Quelqu'un devait découvrir ce qui s'était passé et vite, avant que le meurtrier puisse s'en prendre au reste du groupe.

Je suis entrée en ignorant les battements de mon cœur et me suis approchée du salon. Tout y avait été retourné. Les coussins du canapé étaient par terre, des meubles avaient été déplacés, des cadres photo décrochés du mur et étalés sur la table basse.

Blake était à la fenêtre et regardait dehors. J'ai toussoté pour attirer son attention. Il a tourné la tête dans ma direction et a haussé les sourcils en me voyant.

— Qu'est-ce que tu fais là ? m'a-t-il lancé sur un ton de reproche.

Je me suis redressée, bien décidée à ne pas me laisser intimider. *J'essaie de me prouver que Kyle n'est pas l'assassin et de découvrir le vrai coupable.*

— Et toi, qu'est-ce que tu fiches ici ?

— C'est ma maison. À toi de répondre.

— Je cherche…

Je n'ai pas terminé ma phrase. Je me suis sentie abattue. Qu'est-ce que j'avais imaginé ? Je n'avais pas la moindre idée de comment m'y prendre.

— Je ne sais pas. Tout ce que je trouverai…

Blake a incliné la tête sur le côté.

— Qu'est-ce qui te fait croire que tu vas dégoter des indices qui auraient échappé à des dizaines de policiers ? Ils ont passé toute la maison au peigne fin, Mackenzie. Il n'y a rien à voir ici.

— Ils n'ont pas autant à perdre que moi et nous ne savons pas s'ils ont trouvé quoi que ce soit.

— Tu dramatises.

— Qu'est-ce qui s'est passé ici ? ai-je demandé en ignorant son commentaire.

— La police cherchait sans doute les traces d'ADN de l'assassin. Ils ont le couteau. Il venait de la cuisine.

— Ah bon ?

L'arme du crime ! Elle devait être couverte d'empreintes digitales.

— Et alors ?

— Ben rien. Nous nous sommes tous servis de couteaux pour préparer le dîner ensemble… et d'autres ustensiles aussi, d'ailleurs. Je doute que ça les mène où que ce soit.

— Les empreintes du tueur doivent être dessus aussi !

L'espoir renaissait. Pourvu qu'on trouve d'autres empreintes que les nôtres !

Un sourire moqueur a illuminé les yeux bleus de Blake.

— Bon, qu'est-ce que tu as prévu ? Des chiens pisteurs ?

— Tu vas m'aider ou pas ?

— Je ne te l'ai pas proposé.

— Très bien, Blake, reste là à regarder par la fenêtre, fais comme si je n'étais pas là.

— C'est difficile quand tu me parles.

— Pfff, c'est quoi ton problème ?

Il se comportait vraiment comme un connard.

— Il s'est passé un truc ? ai-je insisté.

— Non, rien. C'est juste que j'en ai marre de cette merde. J'ai envie de savoir qui a tué mon petit frère et j'aimerais bien que tes copains arrêtent de me regarder comme si c'était moi l'assassin.

— Moi aussi je veux savoir qui a tué mes amis.

— Ton amie, a-t-il corrigé. Tu as oublié que tu détestais Josh ?

J'ai serré les poings. Blake essayait de me culpabiliser, alors que j'étais la seule à le défendre.

— D'accord, j'ai envie de savoir ce qui est arrivé à ma copine et à son petit ami. Ça te va comme ça ?

Sans prêter attention à ma réponse, il m'a lancé :

— Par où tu veux commencer ?

J'en avais le tournis. Il me traitait comme un yo-yo : un coup il m'attirait vers lui, un coup il me repoussait.

— T'as décidé de m'aider, maintenant ?

— Ne me fais pas changer d'avis, Mackenzie.

— OK. Désolée. Tu connais la maison mieux que moi. Si le meurtrier n'est pas passé par une des portes, est-ce qu'il a pu entrer par une fenêtre ?

Blake a croisé les bras.

— Elles étaient toutes fermées – solidement fermées – de l'intérieur.

— Je le sais bien, Blake.

— Alors pourquoi est-ce que tu suis cette piste ?

Je l'ai fusillé du regard. J'avais à la fois envie de l'embrasser et de le frapper. Il avait le don de m'irriter et j'étais à deux doigts de péter un câble. Pourquoi étais-je la seule à prendre autant cette affaire au sérieux ? Il fallait que je vérifie toutes les fenêtres, au cas où.

— Oh et puis merde, fais ce que tu veux ! me suis-je énervée.

Blake m'a regardée d'un air étonné. J'ai quitté le salon avant qu'il ne puisse répondre. Je suis entrée dans la cuisine. Cela me semblait le passage le plus logique, pour entrer ou sortir. C'était là que le double meurtre avait été commis et l'assassin avait dû chercher à s'enfuir le plus vite possible.

La vue du carrelage, que j'avais aperçu couvert de sang, m'a donné envie de courir à ma voiture pour rentrer chez moi me terrer sous les draps, mais je ne pouvais pas me permettre cette faiblesse. Je devais affronter la réalité de ce qui s'était passé.

— Mackenzie ?

Je n'ai pas répondu tout de suite à Blake. J'ai poussé la vitre de la fenêtre au-dessus de l'évier. La poignée était baissée et la vitre n'a pas bougé. J'espérais que le mécanisme de fermeture serait cassé et qu'elle s'ouvrirait en forçant un peu. La police devait avoir déjà essayé, de toute façon.

— Quoi ?

J'ai appuyé de toutes mes forces sur le battant.

— Merde !

J'ai frappé la vitre de ma paume.

— Pourquoi elle ne s'ouvre pas ? me suis-je énervée.

— Arrête.

Blake m'a agrippé le bras et m'a tirée en arrière.

— C'est ridicule, elle ne va pas s'ouvrir par magie, Mackenzie, tu vas juste te faire mal.

Une idée m'est venue. J'ai levé un doigt.

— Je ne m'y prends pas dans le bon ordre. Il faut d'abord que je découvre qui est le meurtrier avant de m'intéresser à la façon dont il a procédé.

— D'accord, Sherlock. On commence par quoi ?

Si j'avais été Sherlock Holmes, j'aurais déjà deviné comment ça s'était passé. Dans la réalité, je n'en avais pas la moindre idée.

— Une cachette…

J'ai tourné les talons et quitté la maison. L'assassin avait dû rester tapi quelque part en attendant le moment idéal. J'en étais sûre. Enfin presque. Les pas de Blake ont retenti derrière moi, écrasant les feuilles mortes.

— Tu ne sais même pas où tu vas.

— Personne ne sait où il va avant d'y aller, ai-je riposté en allongeant ma foulée. Si tu me suis juste pour m'embêter, va-t'en, s'il te plaît.

— Tu ne peux pas t'aventurer dans la forêt toute seule.

Je me suis arrêtée et me suis retournée vers lui, furieuse.

— Qu'est-ce que ça peut bien te faire ?

Blake soufflait sans cesse le chaud et le froid. Je ne savais jamais à quoi m'en tenir avec lui.

— Je n'ai rien de mieux à faire, a-t-il avoué.

Il se tenait près de moi et sa proximité m'a fichu la chair de poule et a fait fondre ma colère… presque totalement.

— Menteur.

Il devait y avoir un tas de choses qu'il aurait préféré faire, y compris rien du tout.

Il a plissé les yeux, l'air mécontent.

— Moi aussi, j'ai envie de trouver le tueur. Personne n'est capable de me fournir des réponses, alors pourquoi ne pas suivre l'inspecteur Mackenzie pour voir où ça me mène ? De toute façon, je ne supporte plus de rester à la maison.

J'imaginais facilement à quel point l'atmosphère devait être lourde chez sa mère.

— Je suis désolée.

Il m'a adressé un sourire forcé.

— Qu'est-ce que tu cherches exactement ?

— Une cabane, un abri. Un endroit où l'assassin aurait pu se cacher.

— Tu t'attends à y trouver des vêtements couverts de sang et des papiers d'identité ?

— Je ne m'attends à rien, j'ai juste de l'espoir. Tu peux me montrer des planques éventuelles ?

— Quelques-unes.

Il m'a dépassée et a changé de direction.

— Tu sauras les retrouver au milieu des bois ?

— Quand même, je suis un mec ! a-t-il ajouté en se tournant pour me contempler d'un air narquois.

Je l'ai suivi de près, nous avons slalomé entre les arbres. Plus nous nous enfoncions dans la forêt, plus il faisait sombre et plus j'avais envie de faire demi-tour.

— Tu es certain que c'est par ici ?

— Qu'est-ce que tu crois ? Que je t'emmène au milieu de nulle part pour te trancher la gorge ?

— C'est vraiment pas marrant et je crois que tu ne sais pas où tu vas. On est perdus, mais puisque jamais aucun mec n'admet ce genre de choses, tu tournes en rond en espérant qu'on finira par retomber sur la maison.

Il a soupiré.

— Juste devant toi, tu verras une vieille cabane pourrie. Josh et moi l'avons découverte il y a des années, quand on cherchait l'endroit parfait pour jouer avec nos pistolets à eau.

— Vous aviez besoin d'un toit pour ça ?

— Il nous fallait une base. Toute opération militaire digne de ce nom nécessite une base.

J'ai souri en imaginant Blake gamin en train de courir à travers la forêt en jouant à la guerre. Nous nous sommes remis en route, plus lentement cette fois, approchant de la rivière dont Blake m'avait déjà parlé – il y avait poussé Josh.

— Tu as une fameuse imagination.

— *Avais.* La vie finit par foutre tout ça en l'air.

— Pessimiste.

— Et toi, tu n'es qu'une incorrigible optimiste.

— Jusqu'où va la rivière ?

Il a haussé les épaules.

— Qu'est-ce que j'en sais ? Loin, je suppose.

— Ça offre pas mal d'opportunités à quelqu'un qui voudrait balancer des preuves dans l'eau. Et la forêt est vaste aussi. Tu crois que le meurtrier s'est changé et a caché ses vêtements quelque part ?

— Non, l'assassin est sans doute en train de faire ses courses avec ses fringues imbibées de sang, a-t-il répliqué sèchement.

J'ai plissé les yeux.

— Connard.

— Cette forêt est immense. On peut y planquer ce qu'on veut. Le sol est recouvert de feuilles, il y a moyen d'enterrer pas mal de trucs là-dessous.

— Super. En gros, on n'a *aucun* espoir.

Retrouver des indices semblait impossible. Blake avait raison et il connaissait le coin mieux que moi. Le meurtrier avait pu cacher des objets compromettants dans ces dizaines d'hectares de forêt. Il fallait pourtant que la police trouve des indices pour l'incriminer.

— Tu veux m'expliquer pourquoi on fait ça ? m'a demandé Blake en levant ses sourcils.

Je savais ce qu'il pensait et je commençais à être du même avis que lui. L'idée était idiote et nous perdions notre temps.

— Il faut bien que je fasse quelque chose, Blake !

Qu'est-ce que je pouvais tenter d'autre ? Je ne suis pas du genre à rester les bras croisés, quand les gens que j'aime ont des ennuis.

Il a pointé le doigt devant lui.

— Voilà.

J'ai plissé le front : je ne voyais rien. Puis j'ai fait un pas de plus et j'ai vu un mur en planches.

— On est arrivés ?

— Non, je t'ai emmenée…

— Ça va, c'est bon !

J'ai levé les yeux au ciel en marmonnant :

— Le roi de l'ironie.

Blake a souri de toutes ses dents. Il avait l'art de refouler ses émotions.

Nous nous sommes approchés et je me suis arrêtée. Pas question d'entrer. La cabane avait l'air sur le point de s'écrouler. On aurait dit le genre de baraque qu'on voit dans les films d'horreur et qui donne envie de crier aux protagonistes de ne pas s'approcher.

— Elle me fout les jetons, ai-je lâché en sentant un frisson glacé me parcourir tout le corps.

— C'est juste un vieux cabanon, Mackenzie. Qu'est-ce que tu crois qu'il va te faire ? Te mordre ?

J'ai ignoré sa remarque et j'ai indiqué du menton la porte qui pendait de travers, sur le seul gond du dessus.

Le sourire de Blake s'est élargi.

— Honneur aux dames.

— La ferme, entre.

Je ne comprenais pas comment il pouvait passer son temps à plaisanter alors que ce que nous faisions était sérieux. Et cela m'énervait encore plus que son humour ne me déplaise pas complètement.

— Sauf si tu as la trouille… ai-je ajouté.

Il a levé les yeux au ciel.

— La psychologie inversée, ça ne marche pas avec moi. C'est ton enquête. À toi de passer la première, inspectrice.

— Très bien.

Je me suis redressée pour laisser croire que je me sentais plus courageuse que je ne l'étais et j'ai lancé :

— Mais tu n'as pas de couilles, *princesse*.

Je ne savais pas comment il réagirait à cette insulte, s'il continuerait à se montrer arrogant ou s'il répliquerait de façon mordante. Je n'ai pas attendu de le savoir. J'ai refoulé ma peur et j'ai ouvert la porte. Le sommet du battant était couvert de toiles d'araignée, au contraire du bas – quelqu'un les avait peut-être enlevées récemment. J'ai juste passé la tête à l'intérieur pour jeter un coup d'œil, mais les fenêtres poussiéreuses ne laissaient pas passer assez de lumière.

J'ai tourné la tête. Blake me regardait d'un air suffisant.

— Tu veux que j'y aille en premier, *ma chérie* ?

— C'est une proposition sincère ?

Il s'est mordillé la lèvre en faisant semblant de réfléchir.

— Allez, dégage.

Il a écarté le reste des toiles d'araignée et est entré.

— Qu'est-ce qu'il y a là-dedans ? ai-je chuchoté.

— Y a personne, tu n'as aucune raison de murmurer.

J'ai pris une profonde inspiration pour ne pas m'énerver.

— Qu'est-ce qu'il y a là-dedans, Blake ?

— Que dalle. Viens.

Il aurait pu mentir pour que je tombe sur un truc flippant, mais je lui faisais confiance. Blake avait le don de me rendre dingue, pourtant je savais qu'il ne me mettrait jamais en danger – pas un vrai danger en tout cas. En revanche, il était capable de me faire entrer dans une pièce contenant un squelette pour me flanquer la frousse.

J'ai fait un petit pas et j'étais encore dans l'embrasure quand une odeur de moisi m'a piqué les narines. Blake a essuyé une vitre fendue avec sa main. Un rai de lumière a pénétré le petit espace.

L'intérieur de la cabane était couvert de poussière, de terre et de toiles d'araignée. Le sol était jonché de paquets de chips et de bouteilles vides.

— On ne va rien trouver.

Blake s'est gratté la nuque.

— Si tu t'acharnes à chercher un autre coupable, je te suis.

— Mais ? ai-je complété, sentant qu'il n'avait pas tout dit.

— Mais je crois que c'est un de tes amis.

J'ai secoué la tête.

— Non, ce n'est pas possible. Aucun d'eux n'aurait jamais fait une chose pareille.

— C'est ce qu'ils veulent que tu croies.

— Non, il faut que je poursuive les recherches. Tu veux bien regarder la date de péremption des emballages ? Il y en a peut-être des récents.

— Qu'est-ce que ça prouverait ?

J'en sais rien !

— S'il te plaît, Blake.

C'était comme chercher une aiguille dans une botte de foin. Fouiller des déchets était absurde, mais je voulais absolument trouver des preuves de la présence d'un intrus.

Blake a levé les paumes en signe d'abandon.

— D'accord.

— Merci.

Cette enquête ne volait pas très haut.

Blake s'est agenouillé pour ramasser un emballage de chips décoloré. Je n'ai pas osé lui faire remarquer que ce détritus devait être là depuis *très* longtemps.

— J'espère que tes amis t'apprécient à ta juste valeur, a-t-il décrété.

— Pourquoi tu dis ça ?

— Tu te démènes pour prouver leur innocence, alors que tu ne sais même pas s'ils sont innocents. Tu vas jusqu'à fouiller un dépotoir. Et eux, qu'est-ce qu'ils font pour toi ?

— Je n'attends rien en retour.

— Tu devrais tout de même te demander plus souvent si les autres méritent un dévouement pareil.

Je n'ai pas répondu, préférant ramasser un paquet de biscuits froissé. J'ai poussé un cri de surprise et je lui ai mis ma trouvaille sous le nez.

— Blake, regarde !

Il y avait du sang dessus. Pas beaucoup, mais ces traces avaient peut-être un lien avec le crime. Blake l'a examiné en plissant le front.

— Tu crois qu'il est là depuis combien de temps ? lui ai-je demandé.

— Comment veux-tu que je le sache ?

— Ça ressemble à du sang, non ?

— J'en sais rien.

Je me suis immobilisée en entendant un craquement à l'extérieur. J'ai agrippé le bras de Blake et j'ai tourné la tête vers la porte, horrifiée.

— Tu as entendu ? ai-je murmuré.

— Oui, oui.

Blake a fait un pas en avant en inclinant la tête pour mieux tendre l'oreille. J'ai serré son biceps plus fort pour essayer de le retenir. Il m'a jeté un coup d'œil par-dessus son épaule.

— Il faut que j'aille voir ce que c'est, m'a-t-il dit à voix basse en lâchant l'emballage taché de sang.

J'ai tenté de le tirer vers moi, sans succès.

— Non, n'y va pas, ça pourrait être l'assassin.

— C'est sûrement un animal.

— Je t'en prie, Blake, je…

J'ai sursauté en percevant un nouveau craquement.

— N'y va pas.

Blake s'est dégagé :

— Reste ici.

— T'es fou ?

— Pas autant que toi.

Il a approché son visage du mien.

— Et ne remets plus jamais en question ma santé mentale.

J'ai reculé d'un pas.

— Ne bouge pas d'un pouce, Mackenzie, a-t-il grondé sourdement.

Je l'ai regardé sortir à pas de loup. Je retenais ma respiration. Et si le tueur était dans la forêt ? Je ne pouvais pas laisser Blake sortir seul. Il y avait peu de risques que quelqu'un soit tapi dans les bois, mais, en y pensant bien, je n'aurais jamais cru non plus qu'un assassin puisse nous tomber dessus au cours de ce week-end.

J'ai rassemblé mon courage et je suis sortie à mon tour. Blake achevait le tour de la cabane et a failli entrer en collision avec moi. J'ai bondi de surprise, ce qui l'a beaucoup amusé.

— C'était juste un cerf.

— Quoi ?

— Un cerf : un quadrupède qui vit dans la forêt.

J'ai levé les yeux au ciel.

— Oui, je sais ce que c'est, merci. T'es certain ?

— Si ce n'était pas ça, alors ton tueur est vraiment très difforme.

Il s'est penché dans l'embrasure de la porte pour reprendre le paquet de biscuits.

— Tu veux vraiment l'emporter ?

— Oui. Le sang a l'air assez… frais.

Blake a ri. Il me trouvait complètement idiote, mais au moins, je faisais preuve d'initiative.

— C'est pas drôle, Blake. Pourquoi tu refuses de prendre cette histoire au sérieux ?

— Parce que tu m'obliges à fouiner dans des déchets. Mais pour te faire plaisir, on va donner ça à Wright. Allez, viens, sinon tu vas trouver un oiseau mort et l'accuser de…

— C'est bon, merci.

Je lui ai tourné le dos et je me suis éloignée d'un pas furieux. J'avais du mal à garder mon calme avec lui, même quand il voulait m'aider.

— Mackenzie ?

— Quoi ?

— Qu'est-ce que tu feras si un de tes copains est le tueur ?

— Honnêtement, je n'en sais rien, ai-je répondu en essayant de balayer cette pensée. Tu veux bien me filer un coup de main ? Personne n'a l'air emballé à l'idée de mener l'enquête et j'ai besoin de quelqu'un pour m'aider.

Mon ton désespéré a paru l'inquiéter :

— Tu ne vas pas te mettre à pleurer ? Je suis incapable de gérer les femmes émotives, je te l'ai dit.

— Non, je ne vais pas pleurer. Pas encore.

— T'as mis une minuterie ?

Sa taquinerie m'a fait sourire.

— Quand ce sera terminé. En attendant, je serai Mackenzie la forte.

— Tes copains ont vraiment de la chance.

— Bah, n'importe qui ferait ça pour ses amis. Alors, tu veux bien m'aider ?

Il a souri et a exécuté une petite révérence.

— À votre service, inspectrice Keaton.

Ça m'a soulagée de savoir qu'une personne serait à mes côtés pour traverser tout cela… même si elle passait la moitié de son temps à m'agacer. J'étais sûre que ensemble, nous allions découvrir la vérité.

Nos doigts se sont frôlés et j'ai frémi à leur contact.

— Merci, Blake.

10

Après avoir quitté la maison, Blake et moi avons déposé l'emballage taché de sang au commissariat. Wright a eu l'air de trouver cela très amusant. Puis j'ai accompagné Blake chez lui. Dès que nous avons franchi le seuil, j'ai senti qu'il n'avait qu'une envie : repartir au plus vite. Il est entré à pas lents dans le salon. Sa mère était dans le même fauteuil que celui où elle était restée durant toute la veillée pour Josh. La télé était allumée, mais elle ne semblait pas la regarder. Elle était immobile, le regard perdu dans le vide. Le seul signe de vie était sa poitrine qui se soulevait et s'abaissait lentement.

— Bonjour, Éloïse, ai-je lancé en direction de cette espèce de statue.

Elle n'a pas cillé. Je me suis tournée vers Blake. Il m'a discrètement adressé un geste d'impuissance. Cette coquille vide devait être son état habituel.

J'ai jeté un dernier coup d'œil à sa mère avant de quitter la pièce derrière lui. Elle avait les yeux enfoncés et injectés de sang. Ses cheveux tout gras étaient attachés en une queue-de-cheval mal faite. On aurait dit qu'elle avait quitté son corps depuis plusieurs jours.

— Comment va-t-elle ? ai-je demandé quand nous sommes arrivés au sommet de l'escalier et qu'elle ne pouvait plus nous entendre, même si j'étais convaincue qu'elle n'aurait sans doute pas réagi si j'avais posé la question devant elle.

— Pas bien.

Il a poussé la porte de sa chambre et m'a fait signe d'entrer la première.

Waouh, Blake est capable de se comporter en gentleman. Sa chambre était impersonnelle et pratiquement vide. Les murs étaient peints d'un bleu clair morne et rien n'y était accroché pour égayer la pièce. Les seuls meubles étaient un lit double, une table de nuit et une penderie. Une télé à écran plat un peu vieillotte était installée face au lit. C'était sans doute l'ancien écran familial, qu'Éloïse avait remplacé par un neuf, dans le salon. Je l'imaginais bien dire : « On mettra l'ancienne dans la chambre de Blake. » La pièce ressemblait à une chambre d'hôtel bon marché.

— Je n'ai jamais passé beaucoup de temps ici, m'a-t-il expliqué.

— C'est très bien.

Ça m'était égal, je ne savais pas pourquoi il prenait la peine de se justifier.

— Tu as des nouvelles de Wright ? ai-je voulu savoir.

— Non, mais ce n'est pas étonnant, vu qu'on a déposé l'emballage il y a deux minutes.

Je me suis assise sur le lit.

— C'est bon, je suis impatiente, j'avoue.

— Vas-y, fais comme chez toi, m'a-t-il taquinée, avant de poursuivre : Je parie qu'il le fait exprès.

— Quoi, de ne pas nous contacter ?

Il s'est laissé tomber sur le matelas, ce qui m'a fait rebondir.

— Oui, comme on s'attend à ce qu'il soit sur notre dos vingt-quatre heures sur vingt-quatre, il nous ignore. Il fait le contraire de ce qu'on espère.

— Ah… Pour nous perturber, tu crois ? Je trouve qu'il n'a pas l'air d'un vrai inspecteur, ai-je fait remarquer.

Blake a haussé les épaules.

— Je ne sais pas. Je serais sûrement arrogant si j'étais inspecteur.

J'ai éclaté de rire à cette idée.

— Bon, passons à autre chose, a-t-il décrété en masquant son amusement. Qu'est-ce que tu as prévu comme activité sympa ? On va déterrer des cercueils ? Fouiller des égouts ?

— Pourquoi tu ne fais pas de suggestions, si ma méthode ne te plaît pas ?

J'aurais beaucoup aimé qu'il apporte des idées.

— On pourrait aller voir le père de Tilly. Peut-être que ce qu'il dira nous en apprendra plus que la fouille des détritus.

Pendant qu'il parlait, il passait distraitement son pouce sur le dos de ma main. Je ne sais pas s'il réalisait l'effet qu'il provoquait en moi, mais cela me plaisait beaucoup trop. Blake me faisait vraiment craquer.

— J'ai quand même trouvé des taches de sang, me suis-je défendue en essayant de garder un ton neutre, malgré mon émoi.

— Qui venaient sûrement d'un animal blessé.

— On verra quand Wright aura le résultat des analyses.

— Je croyais qu'il allait nous rire au nez et nous ordonner de rentrer chez nous.

Il ne s'était pas moqué de nous, mais notre initiative semblait l'amuser.

— C'est parce qu'il sait que j'ai raison.

— Ou il va découvrir que c'est le sang d'un de tes copains alors que c'est toi qui as apporté l'échantillon.

J'ai eu l'impression que la Terre s'arrêtait de tourner. Et si Blake avait raison ? Est-ce qu'une telle découverte prouverait qu'un de mes amis était coupable ? Non, ce n'était pas possible.

— Ce ne sera pas le cas, ai-je affirmé en ravalant la boule qui se formait dans ma gorge.

— Si tu le dis. En tout cas moi, je parie sur Kyle…

Blake était-il au courant de la liaison secrète entre Kyle et Courtney ?

— Pourquoi lui ?

— Il a un regard sombre et mystérieux, comme les tueurs en série.

J'ai ri.

— On n'est pas assassin parce qu'on a les yeux bruns.

— Ça n'a rien à voir avec la couleur. C'est juste l'impression que son regard dégage.

Blake racontait n'importe quoi.

— Bon, on va voir Lawrence… C'est bien le nom du père de Boucle d'or ?

— Oui. Comment tu sais que Tilly était blonde ?

— Je les repère à distance. C'est un don.

— Gros porc !

Il s'est levé en riant.

— Je vous connais tous, tu sais, m'a-t-il assuré tandis que nous sortions de sa chambre. Enfin, j'ai entendu parler de toute la bande. Il habite loin, ce Lawrence ?

— À cinq minutes d'ici. On habite tous dans un mouchoir de poche.

— Je déteste les petites villes, a conclu Blake.

— Je ne vois pas ce que tu reproches à celle-ci.

— Bah, elle est parfaite, si on prend goût aux meurtres à répétition.

J'ai tenté d'ignorer sa remarque. Je lui étais reconnaissante de son aide, mais ses piques ne menaient à rien. Il plaisantait au sujet des situations les plus dramatiques pour donner l'impression que tout lui était égal. Je savais que ce n'était pas le cas. Blake était juste incapable de jouer un autre rôle que celui du dur indifférent.

— Et là où tu habites, c'est tellement mieux ?

— Les grandes villes, c'est mieux. C'est un fait avéré. Ici, tout le monde est au courant des affaires des autres, on est observé en permanence. Par chez moi, les gens mènent leur propre vie. Ici, on vit par procuration.

Nous avons atteint le bas de l'escalier. J'ai regardé Éloïse avec inquiétude. Était-ce une bonne idée de la laisser seule ?

— Blake, j'ai l'impression que nous devrions faire quelque chose pour ta mère.

Elle était toujours dans la même position qu'à notre arrivée. J'aurais préféré voir Blake loger ailleurs. Je comprenais pourquoi il ne supportait pas de rester dans cette maison. En général, je m'en sors plutôt bien avec les gens tristes. J'aurais pu dire quelque chose de réconfortant, mais je voyais bien qu'avec Éloïse cela ne servirait à rien. Elle était complètement amorphe. Je savais comment réagir face aux larmes ou à la colère, mais pas devant une statue.

— Elle a mangé ? On ne devrait pas lui préparer un sandwich avant de partir ?

— Elle n'y toucherait pas. Elle ne mange jamais rien.

— Et toi ?

— Je suis grand, Mackenzie. Je suis capable de m'en sortir tout seul.

Il s'est dirigé vers la porte d'entrée et je l'ai suivi.

— Tu ne cuisines pas ? l'ai-je interrogé.

Il n'avait pas été d'une grande aide quand nous avions préparé le dîner au début du week-end.

— J'en suis capable si j'en ai envie. Je sais même me servir d'un lave-linge.

— Waouh, je ne savais pas que ça existait, des mecs comme toi. Quand mon père se retrouve obligé à utiliser le lave-linge, il demande toujours quel programme il doit choisir.

— Il le sait très bien, a affirmé Blake avec un sourire narquois. Comme il vous agace à poser à chaque fois la même question, il espère que vous n'aurez plus envie de le charger de cette corvée. Je ferais pareil, sauf que je suis seul avec mon père à la maison.

— Je n'ai jamais rencontré ton père.

Il a déverrouillé sa voiture et ouvert la portière.

— On n'en est pas encore là.

J'ai pris place sur le siège passager en levant les yeux au ciel. Évidemment ! Nous n'étions pas ensemble et j'avais d'autres préoccupations en tête pour le moment. Ma priorité était de retrouver l'assassin de mes amis.

— Alors il est comment, ce Lawrence ?

— Il était vraiment sympa jusqu'à la mort de Tilly.

— C'est compréhensible qu'il ait mal pris les choses.

— Il n'aimait pas du tout Josh, il vaut mieux ne pas mentionner que tu es son frère.

Blake est sorti en marche arrière de l'allée.

— Est-ce qu'il y a quelqu'un dans ce bled qui l'appréciait ?

— Courtney ! Écoute, il n'était pas complètement antipathique et personne n'avait envie qu'il meure.

— Il y avait au moins *une* personne qui souhaitait sa mort. L'hypothèse, ça reste qu'il n'y avait qu'un tueur.

J'ai haussé les épaules.

— Je n'y ai pas trop réfléchi. Tout ce que je sais, c'est que le coupable n'est pas un de mes amis.

— Tu veux dire que tu penses que c'était *plusieurs* de tes amis.

J'ai plissé les yeux.

— Tu sais, quand j'ai fait ta connaissance, je t'ai trouvé plutôt sympa.

Blake a tourné la tête vers moi pour m'adresser un sourire suffisant.

— Hé ! Concentre-toi sur la route !

— Où est-ce qu'il habite exactement, ce type ?

Je lui ai donné l'adresse et je me suis adossée à mon siège en m'accrochant à la poignée de la portière. Blake ne conduisait pas imprudemment, mais il avait le pied lourd sur l'accélérateur.

— Qu'est-ce que tu vas lui dire ? On ne peut pas frapper à sa porte et demander : *Salut, vous n'auriez pas par hasard tué deux ados ?*

— Ça va, j'ai compris, ai-je grommelé.

Comment aborder Lawrence ? Après la mort de Tilly, j'étais passée voir comment allaient ses parents, je les avais aidés à trier ses vêtements, qu'ils donnaient à une œuvre de charité, mais je ne m'étais plus manifestée depuis des mois. Cela pouvait me servir d'excuse.

— Je dirai que je suis passée voir comment lui et sa femme allaient, comme avant.

Nous n'avons plus rien dit pendant le reste du trajet. Je voulais éviter de me prendre le bec avec Blake. Il fallait que je garde mon calme. Je mens très mal et j'espérais que Lawrence ne se rendrait pas compte que j'avais une idée derrière la tête en venant leur rendre visite.

Quand Blake s'est arrêté devant la maison en briques jaunes, mon cœur s'est emballé. J'étais peut-être la seule personne à chercher le tueur, pour le moment, mais j'étais la moins douée pour la tâche.

— Prête ?

J'ai dégluti et fait oui de la tête.

— Allons-y, qu'on en finisse.

Je n'avais aucune envie de penser que le père de Tilly puisse être notre coupable. J'avais passé des centaines de nuits dans cette maison, mangé des tas de fois le célèbre bagel fromage-bacon de Lawrence. Comment est-ce qu'une de mes connaissances pourrait être un assassin ? Les malades, c'est dans les séries télé. Ils ne devraient pas exister dans mon univers.

Je me suis engagée dans l'allée, Blake sur mes talons. Fait notable, il n'a pas lâché de commentaire idiot ou tenté de me presser. J'ai frappé légèrement à la porte en respirant à fond pour me calmer. Lawrence est venu ouvrir.

— Mackenzie, quelle surprise ! Qu'est-ce qui t'amène ici ?

J'ai souri et j'ai sorti le baratin que j'avais répété dans ma tête pendant le trajet.

— Je suis venue voir comment vous alliez. Ça faisait un bail.

— C'est vrai.

Il s'est tourné vers Blake.

— Et toi ?

Ne dis pas que tu es le frère de Josh, ai-je imploré en silence. Je ne savais pas comment Lawrence réagirait ; il détestait Josh plus que n'importe qui.

Blake a tendu la main et Lawrence l'a serrée.

— Tout le monde m'appelle Spike. Je suis le petit ami de Mackenzie, a-t-il répondu en passant le bras autour de mes épaules.

Je vais le tuer. J'ai esquissé un sourire hypocrite. *Spike ? Sérieux ?* Qu'est-ce que c'était que ce surnom débile ? Nous aurions dû en discuter dans la voiture.

— Spike, a répété Lawrence avec lenteur, en me regardant l'air de dire : *Qu'est-ce que tu fiches avec ce mec ?*

En cet instant, je me posais la même question.

— Ravi de te faire ta connaissance. Entrez, je vous en prie.

Lawrence nous a tourné le dos et j'en ai profité pour donner une tape sur le bras de Blake. *Ça va pas ?* ai-je articulé en silence, ce qui a fait sourire Blake.

— Installez-vous dans le salon. Tu connais le chemin, Mackenzie. Je vais préparer du thé.

Blake ne semblait pas ravi de la proposition, mais n'a pas osé demander du café.

— D'accord, a-t-il répondu.

Je suis entrée dans le salon. Rien n'avait changé depuis que je connaissais Tilly. Des murs couleur caramel, un canapé en cuir marron, une table basse en chêne. En revanche, ils avaient remplacé l'horloge en bois par une nouvelle, plus moderne. Tilly détestait l'ancienne, elle trouvait qu'elle aurait été mieux à sa place dans une maison de repos. Ce changement lui aurait plu.

Blake et moi avons attendu en silence. Je me triturais nerveusement les doigts. Je redoutais la conversation que nous étions sur le point d'avoir. Nous ne pouvions pas lui demander de but en blanc s'il avait commis des meurtres récemment.

Blake m'a pris la main pour m'apporter son soutien.

— Relax, a-t-il murmuré.

— Et si c'était lui ?

— Il ne l'avouera pas, Mackenzie. Il ne nous arrivera rien.

— Tu en es sûr ? S'il a tué les autres, il est capable de faire pareil avec nous.

Blake m'a pris le menton et a tourné mon visage vers le sien.

— Personne ne te fera de mal tant que je suis là.

— Qu'est-ce qui t'arrive ? l'ai-je taquiné.

Lawrence nous a rejoints à cet instant précis. Il a déposé un plateau avec du thé et des biscuits sur la table basse. Blake et moi, nous nous sommes redressés. Notre moment d'intimité était terminé.

— Merci. Alors, comment allez-vous ?

Le père de Tilly a pris place sur le canapé en cuir usé en face de nous.

— Pas trop mal. Et toi, Mackenzie ?

— Pas top.

— Ah oui, évidemment. Je suis vraiment désolé pour Courtney et Joshua.

Vraiment ?

— C'est toi qui les as découverts, non ?

J'ai répondu d'un petit signe de tête.

— Je suis désolé que tu aies dû voir un spectacle pareil. Ça doit être très dur de vivre avec ça.

Le ton de Lawrence était froid. Ses paroles ne semblaient pas sincères. Je m'étais toujours bien entendue avec la famille de Tilly, mais après la mort de celle-ci, Lawrence m'avait à peine adressé la parole pendant une très longue période. Et c'était pareil avec les autres amis de sa fille. Il aurait préféré que n'importe lequel d'entre nous meure ce soir-là à la place de Tilly. C'était naturel. Je lui avais rendu visite parce que c'était important pour moi, en souvenir de Tilly. Il avait été poli et ne m'avait jamais rembarrée, mais son attitude à présent n'était pas la même qu'avant. Cette fois, je sentais que, maintenant que la conversation portait sur la disparition de mes amis, il n'avait pas envie que je sois là.

Blake s'est tendu à côté de moi. *Pas maintenant*, avais-je envie de lui souffler, même si je n'avais aucune idée de ce qu'il allait dire.

— Je vous présente mes sincères condoléances pour votre fille, monsieur. Mackenzie m'a dit que Tilly était une copine super.

— Merci, Spike. C'était une personne extraordinaire. Ma Tilly voulait devenir médecin. Elle cherchait toujours à aider les gens.

J'ai souri en repensant à toutes les fois où Tilly s'était occupée de nous, quand quelque chose n'allait pas. Elle ne poursuivrait jamais la carrière de ses rêves. C'était vraiment dommage : elle aurait fait un médecin exceptionnel.

— Elle aurait été géniale. Elle nous soignait toujours quand quelqu'un s'était blessé. Vous vous souvenez quand je me suis foulé le poignet il y a quelques années ? Elle me changeait mon bandage et m'auscultait.

Lawrence a ri.

— Si je me souviens bien, ça te rendait dingue !

— Oui, j'étais obligée d'arrêter ce que j'étais en train de faire pour qu'elle puisse m'examiner. En réalité, il n'y avait pas grand-chose à voir.

S'il s'était agi d'une coupure qu'elle aurait pu désinfecter, ça aurait eu du sens. Or, dans mon cas, cela ne servait à rien. Mais Tilly était comme cela : elle essayait d'aider, même s'il n'y avait rien à faire.

— Aaron m'a raconté la même chose. Tu te souviens de sa pneumonie au début de l'année dernière ? Tilly a passé presque toute la semaine à son chevet.

Lawrence a eu un sourire ému en y repensant.

— C'est dommage qu'ils n'aient pas eu l'occasion de rester ensemble. C'est un gentil garçon et il était clairement amoureux d'elle.

Tilly et Aaron n'arrêtaient pas de se séparer, puis de se remettre ensemble. Leur couple fonctionnait bien, mais en pointillé. On aurait dit qu'ils se réconciliaient et rompaient par habitude ou par réflexe.

— Oui, ils auraient bien été ensemble.

Peut-être qu'en vieillissant et en gagnant en maturité, ils auraient fini par former un couple stable, mais ils n'avaient jamais eu cette opportunité.

— Elle manque beaucoup à Aaron aussi.

— Je sais. Il vient souvent ici pour être plus proche d'elle.

J'ai tenté de masquer ma surprise. Aaron venait souvent ? Au début, nous passions tous, mais plus maintenant. Il m'avait dit qu'il avait rendu visite aux parents de Tilly quelques fois après l'accident, mais je croyais que nous avions tous les deux arrêté. Pourquoi ne m'en avait-il rien dit ? Nous parlions souvent de Tilly pourtant. Aaron avait-il d'autres secrets ?

— Il passe encore souvent ? Je ne le savais pas.

— Presque toutes les semaines. Il va dans la chambre de Tilly ou, parfois, on regarde des photos ensemble. Au début, j'étais étonné. Tilly pleurait souvent à cause de lui ou râlait en disant que c'était un imbécile.

J'entendais mon amie prononcer ces mots. Elle les avait répétés tant de fois !

— Ça me fait vraiment plaisir qu'elle compte encore autant pour lui, a déclaré Lawrence.

Apparemment, Aaron aimait bien plus Tilly que je ne l'imaginais, mais était-ce suffisant pour détester Courtney, qui avait eu la malchance de se trouver au volant ce soir-là, et haïr Josh pour sa réaction ?

Cela ne collait pas. Aaron ne pouvait pas être le tueur. Même s'il détestait Josh, il n'avait aucun goût pour la vengeance. Il ne souhaitait jamais de mal à personne. Cela ne faisait pas partie de sa personnalité. Ni de la mienne ni de celle des autres, d'ailleurs.

— C'est bien. Je suis contente. Ça aurait fait plaisir à Tilly aussi.

Lawrence a esquissé un sourire qui ressemblait plus à un rictus.

— Oui, c'est vrai.

— Quand a eu lieu l'accident ? a demandé Blake en appuyant un peu trop sur le mot.

— Il y a huit mois, ai-je répondu.

Je n'en revenais pas qu'autant de temps soit passé. J'avais l'impression que c'était arrivé la veille. Le minivan avait fait un tonneau, avant de s'immobiliser brutalement dans un fossé. J'étais assise dans la rangée de sièges devant Tilly et Gigi. Si le camion s'était encastré encore plus dans notre véhicule, je serais sans doute morte moi aussi.

— Huit mois et six jours, a précisé Lawrence. Je ne comprendrai jamais pourquoi Giana a bu ce soir-là.

Elle ne voulait pas se saouler. Elle avait perdu six ou sept kilos et, avant de maigrir, elle était capable d'ingurgiter cinq ou six verres sans rien sentir. Elle n'avait pris que deux bières et elle avait préféré ne pas conduire. C'est pour cela que Courtney était au volant quand le camion nous avait percutés.

— Elle ne voulait pas, ai-je murmuré.

Ce n'était pas la faute de Gigi… ni celle de Courtney ou de Josh. C'était un accident. Pourquoi tant de gens avaient-ils du mal à le concevoir ? Nous aurions tous voulu remonter dans le temps pour que la journée ne vire pas au drame, mais c'était impossible et nous devions l'accepter.

— Je te crois. N'empêche que l'accident était une conséquence directe du fait que Giana avait bu. Elle conduisait mieux que Courtney.

La façon dont il prononçait le nom de Gigi – en insistant pour l'appeler Giana – me glaçait le sang. Son ton était chargé de haine, exactement comme celui de Kyle quand il m'avait avoué que Courtney lui avait fait de la peine. Il m'avait paru tellement aigri…

Était-ce important de savoir qui conduisait quand un véhicule s'est fait emboutir par un énorme camion ? Elles n'avaient aucune chance de s'en sortir. Et même si Gigi avait pris le volant, Tilly serait morte de la même manière.

L'homme assis en face de moi n'était plus le même qu'avant. Il était froid et détaché. Son regard paraissait vide et sans empathie.

C'est lui. Lawrence *était* le tueur. Cela devait être lui. Les autres solutions étaient inconcevables. J'ai senti mes joues prendre feu. J'ai serré la main de Blake et je me suis levée d'un bond.

— Nous devons y aller. Nous avons rendez-vous avec Megan.

Blake a froncé les sourcils et m'a regardée comme si j'avais perdu la tête. Je n'en étais pas loin.

— Je repasserai bientôt, ai-je promis.

Le père de Tilly a eu l'air étonné de ce départ précipité.

— D'accord.

Je ne lâchais plus Blake. Je l'ai entraîné jusqu'à la porte. J'avais du mal à respirer normalement.

— C'est lui, ai-je murmuré entre mes dents.

Blake a alors pris la direction de notre tandem. Il a posé une main dans mon dos et m'a poussée jusqu'à son 4 × 4. Il m'a ouvert la portière.

— Monte.

— C'est lui, ai-je répété, les mains tremblantes.

— Tu n'en sais rien. Il n'a rien dit de louche. La façon dont il parlait de Gigi m'a rappelé la façon dont la plupart des gens parlent de Josh. Ce n'est pas parce qu'on déteste quelqu'un qu'on est un assassin. Ce n'est pas toi qui as dit ça ? Ne viens pas foutre le bordel dans l'enquête en fonçant chez les flics dans cet état, m'a-t-il prévenue en agitant un doigt sous mon nez. Mackenzie, reprends ton calme !

— Quoi ? On ne va quand même pas rester les bras croisés ?

Blake était-il devenu fou ? On ne savait même pas si les policiers avaient interrogé Lawrence pour connaître son emploi du temps cette nuit-là. Ils ne le considéreraient peut-être jamais comme suspect, si nous ne disions rien.

— On n'a pas le choix. On n'a *aucune* preuve. Si la police le convoque pour un interrogatoire, il aura l'occasion de faire disparaître toutes les preuves éventuelles. Réfléchis bien. Attendons au moins que Wright ait les résultats de l'analyse de sang.

Il était dans le vrai. La raison me disait que je risquais de tout gâcher si j'accusais Lawrence sans preuve, mais je rêvais de nous innocenter, de ne plus être regardée comme si j'étais un monstre. Je devenais dingue. J'ai regardé Blake et ai hoché la tête.

— D'accord.

— Ouf, un peu de bon sens, a soufflé Blake. Si on retournait une heure chez moi avant que je ne te dépose chez Aaron pour que vous passiez chez Megan ensemble ? Tu ne peux pas y aller dans cet état.

— Très bien. Merci, Blake.

— J'aime quand tu dis ça.

J'ai esquissé une grimace excédée, mais je souriais intérieurement. Je faisais équipe avec un fameux idiot.

11

En remontant l'allée de chez Aaron, quelque chose a attiré mon regard vers la maison de son voisin. Je me suis postée derrière la haie qui séparait les deux propriétés et j'ai jeté un coup d'œil entre les feuilles. Quoi ? Aaron était assis à l'arrière de la voiture de Wright ! Un policier, sur le siège passager, était tourné vers Aaron et discutait avec lui.

Je les ai observés jusqu'à ce que Wright démarre… avec Aaron à bord du véhicule de patrouille !

Malheureusement, Blake était déjà parti, sinon nous les aurions suivis. Qu'est-ce qui se passait, bon sang ? Aaron avait été arrêté ? J'ai marché comme un automate jusque chez Megan. À mi-chemin, j'ai sorti le téléphone de ma poche et j'ai composé un numéro. Même si j'avais confiance en Aaron, j'étais morte d'inquiétude. *Décroche, décroche.*

— Wright vient d'emmener Aaron au poste, ai-je lâché dès que Blake a répondu.

— Ça va très bien. Merci. Et toi ?

J'ai soupiré en me massant le front. Il n'y avait pas moyen d'avoir *une* conversation simple et normale ?

— Laisse tomber tes sarcasmes une seconde, tu veux ? À ton avis, pourquoi est-ce que Wright est venu le chercher ?

— Ça va peut-être t'étonner, mais je ne suis pas télépathe.

— Blake, me suis-je énervée, pourquoi tu ne prends jamais rien au sérieux ?

— Je prends les choses très au sérieux. Je n'ai *aucune idée* de ce que lui veut Wright.

Blake avait toujours des hypothèses en tête et, pour une fois, j'avais envie qu'il les partage avec moi.

— Tu mens. Pourquoi tu ne me dis pas ton avis ?

— Parce que, mademoiselle Keaton, tu prends ton rôle de détective beaucoup trop à cœur.

Et que tu as une confiance aveugle dans tes amis, ai-je complété en silence.

— Allez, Blake, s'il te plaît, dis-moi.

— Le sang, Mackenzie. Je crois qu'ils ont eu les résultats et qu'il appartient à Aaron.

Je n'y avais même pas pensé.

— Non… Ce n'est pas possible. Aaron ne ferait pas de mal à une mouche.

— Si tu le dis. Rappelle-moi, quand tu en sauras plus.

J'ai frissonné. Le soleil s'était caché derrière un nuage.

— Pourquoi ? Qu'est-ce que tu fais en ce moment ?

— Tu veux *vraiment* le savoir ?

— Au revoir, Blake.

J'ai raccroché. Je n'étais pas d'humeur à supporter ses blagues cyniques.

Je me suis remise en route vers chez Megan et j'ai cherché à me calmer en me disant que c'était sûrement un interrogatoire de routine et que nous serions appelés chacun à notre tour. Rien de grave. Je ne devais pas m'inquiéter parce que Aaron était assis dans une voiture de police.

Avant de frapper à la porte de Megan, j'ai envoyé un texto rapide à mes parents pour les prévenir que j'étais bien arrivée chez mon amie. Ils voulaient que je les tienne au courant de mes moindres déplacements.

J'ai placardé sur mon visage le faux sourire que je commençais à détester et j'ai sonné. Je ne voulais pas que Megan sache ce qui se passait. Elle se tracasserait inutilement. En outre, Blake et moi gardions secrète notre petite enquête.

Mon amie m'a ouvert et son visage fermé s'est détendu en me voyant.

— Ouf, te voilà !

Je suis entrée en faisant comme si de rien n'était.

— Ça va ?

— Ma famille me rend dingue !

Elle a claqué la porte d'entrée derrière elle et je l'ai suivie dans la cuisine.

— Où sont Aaron et Kyle ?

Je me suis passé la langue sur les lèvres et je me suis préparée à mentir.

— Je ne sais pas. Ils avaient dit qu'ils venaient ?

— Non, ils avaient juste dit *peut-être*.

— Tu ouvres un magasin ? ai-je demandé en pointant du doigt quatre bouteilles de l'alcool italien que nous avions bu à la soirée.

Le sujet me paraissait plus sûr.

— Mes grands-parents n'arrêtent pas de nous en donner. Ils ont rapporté ça d'Italie. Ma mère râle parce qu'elle venait tout juste de se débarrasser du dernier lot.

— Pourquoi vous ne leur dites pas que vous n'aimez pas ça ?

— J'ai dit exactement la même chose à ma mère. Viens, allons dans ma chambre.

La chambre de Megan était minuscule au point de rendre claustro. Il n'y avait place que pour un lit simple et une armoire. Pour donner une illusion d'espace, les murs étaient menthe clair et de grands miroirs y étaient accrochés.

Elle s'est assise sur son matelas et a serré un oreiller contre sa poitrine.

— Mackenzie..., a-t-elle commencé lentement.

Je me suis assise près d'elle et je l'ai regardée tripoter ses cheveux courts. Quelque chose n'allait pas. Megan n'était jamais nerveuse avec moi. Elle donnait l'impression de vouloir partir en courant.

— Qu'est-ce qui ne va pas, Meg ?

— Hein ? a-t-elle marmonné sans me regarder.

— T'as un truc important à me dire ou tu as juste des poux ?

Elle a cessé de jouer avec ses cheveux. Ses ongles au vernis violet écaillé ressortaient entre les mèches.

— Mon père a raison : la vérité finit toujours par éclater.

Je commençais à me sentir mal à l'aise.

— Oui, en général. Pourquoi ?

— J'ai fait une connerie, Mackenzie.

— Raconte, ai-je insisté, même si je n'étais pas sûre d'avoir envie d'entendre ce qu'elle avait à me révéler.

Qu'est-ce que je ferais si elle m'avouait qu'elle avait tué Josh et Courtney ? Non, c'était ridicule. Autant qu'imaginer Aaron coupable.

— Allez, Megan. Qu'est-ce que tu as fait ?

— Le soir de l'accident. Je… j'ai trafiqué le verre de Gigi.

— Quoi ?

J'étais tellement sous le choc que je n'arrivais pas à le croire. *Trafiqué le verre*, comme pendant notre week-end.

— C'était ma faute, l'accident, Kenz.

Tout s'expliquait. Je m'étais toujours demandé comment Gigi avait pu être aussi saoule en n'ayant bu que deux bières. Le geste de Megan avait eu des conséquences funestes. Gigi était celle d'entre nous qui avait le plus l'habitude de conduire. Elle aurait pris des raccourcis en empruntant les routes de campagne, ce que n'avait pu faire Courtney qui n'était pas une experte du volant.

— Tu l'as droguée, ai-je murmuré, abasourdie.

Les yeux de Megan se sont écarquillés.

— Oh non, Mackenzie, ne crois pas ça ! J'ai juste versé de la vodka dans sa bière. Je ne sais pas où on se procure du Rohypnol !

— Pourquoi ? Je ne comprends pas. Qu'est-ce que Gigi t'avait fait ?

— Je ne peux pas te le dire.

— Tu rigoles ? Megan, tu ne peux pas lâcher une bombe comme ça et refuser de t'expliquer. Tilly et Gigi sont mortes dans cet accident. C'est non négociable. Tu vas m'expliquer tout de suite !

Courtney était la seule à ne pas avoir consommé d'alcool ce soir-là parce qu'elle était sous antibiotiques. Elle venait de passer son permis et n'était pas du tout à l'aise au volant. Elle n'avait pas eu trop le choix, Josh n'avait cessé de lui déclarer : « Un minivan, ça ne change rien par rapport à une putain de bagnole. » Elle avait démarré et, quand elle s'était arrêtée à un carrefour, le camion nous avait emboutis.

— Je… je…

Megan s'est mordillé la lèvre, hésitante.

— Tu me promets que ça ne changera pas la façon dont tu me considères ?

— Accouche !

Je ne pouvais rien lui promettre.

— Alors, Megan, pourquoi ?

— Parce qu'à chaque fois que nous étions saoules, nous couchions ensemble.

Elle a lâché les mots à une telle vitesse qu'ils se sont bousculés. Mais j'avais parfaitement entendu.

— Gigi et toi… Vous…

— Ne me regarde pas comme ça, a riposté Megan avec fureur. T'as bien couché avec un assassin.

Merci, Kyle, pour la discrétion.

J'ai levé les mains en l'air en signe d'excuse.

— Désolée, je ne m'attendais pas à ça. Je ne savais pas qu'il y avait quoi que ce soit entre vous.

— Uniquement après les soirées trop arrosées.

Elle fixait le sol, gênée. Je ne savais pas si elle avait honte d'avoir couché avec une fille ou d'avoir saoulé Gigi ce soir-là. C'était sans doute la deuxième proposition. Elle savait que cela m'était égal avec qui elle passait la nuit.

— J'avais envie d'elle, Kenz.

— Mais tu n'es pas lesbienne !

Cette exclamation m'a échappé et je me suis giflée mentalement. Ce n'était pas cela l'important dans son récit, même si c'était la vérité. Je ne l'avais jamais entendue dire qu'elle avait un crush sur une actrice ou une chanteuse, comme moi sur Mila Kunis ou Tilly sur Mischa Barton.

Megan a haussé les épaules.

— Je sais, mais elle dégageait un truc. La première fois, c'était l'été, après la fin des cours. Je venais d'avoir quinze ans. Vous étiez tous partis en vacances ou occupés. Gigi et moi, nous étions dans sa chambre. Nous étions en train de boire du Malibu quand elle s'est penchée pour m'embrasser sans prévenir. Au début, je suis restée stupéfaite, puis je lui ai rendu son baiser. Je n'avais jamais rien ressenti de pareil : c'était plus doux, plus intime qu'avec un mec. Nous ne nous sommes pas arrêtées là. À chaque fois que nous étions saoules, nous couchions ensemble.

Qu'est-ce qu'il leur prenait, à tous ? J'étais la seule de la bande à ne pas avoir une liaison en secret ? D'abord Kyle et Courtney, puis Megan et Gigi.

J'essayais de digérer l'information.

— Pourquoi ça ne se passait que quand vous aviez bu ?

— Elle disait que, comme je n'étais pas prête à sortir du placard, il ne pouvait rien se passer entre nous. Mais tu sais comment elle était : elle perdait toute retenue dès qu'elle était pétée. Elle avait en partie raison : je ne suis pas lesbienne. J'aime toujours les mecs et je n'ai jamais rien ressenti pour une fille en dehors d'elle, avant ou après. J'avais envie d'elle, c'est tout. Ça n'avait rien à voir avec le fait que c'était une meuf ; c'est parce qu'elle me faisait ressentir des choses incroyables.

Une larme a roulé le long de la joue de Megan et s'est arrêtée sur son menton. J'étais mal pour elle. Sa tristesse faisait peine à voir.

— C'est ma faute, a-t-elle répété. Gigi est morte à cause de moi. Tilly aussi. Elles sont décédées toutes les deux parce que je suis une égoïste et que j'avais envie de tirer un coup !

J'ai pris Megan dans mes bras.

— Chhhh, tu ne voulais pas leur faire de mal.

— C'est ma faute quand même. Il faut que je le raconte à la police. Il… il… le faut, a-t-elle hoqueté.

Je me suis écartée et je lui ai pris le visage entre les mains pour l'obliger à me regarder. Ses yeux étaient exorbités et terrifiés.

— Megan, ça ne servira à rien. C'était un accident. La collision aurait pu se produire avec Gigi au volant. Il était tard, il n'y avait pas beaucoup de visibilité sur la route. Il faisait noir et il y avait du brouillard, tu te souviens ? Personne n'avait vu le camion.

— Mais…

— Réfléchis. Tu as *trafiqué son verre* pour profiter d'elle. Tu te rends compte de l'impression que ça donne ?

Elle s'est mise à sangloter.

— Je sais. Je comprends, mais je te jure, Mackenzie, je n'ai rien fait à Courtney et à Josh. Tu dois me croire, je t'en prie.

J'ai serré contre moi son corps tremblant.

— Chhh, ce n'est rien.

Ce n'était pas *rien du tout*, mais il fallait qu'elle se calme pour que je puisse discuter avec elle.

— Megan, tu ne peux pas en parler aux flics. Je sais que tu n'as tué personne, mais la police ne te croira peut-être pas.

— Je ne leur ai rien fait, a répété Megan.

Je me suis écartée pour l'observer et pour tenter de la raisonner. Mais elle a poursuivi :

— Il faut que je dise la vérité sur Gigi. Tout le monde croit que c'est sa faute, si nous avons eu un accident.

— Beaucoup de gens rejettent la faute sur Josh et Courtney, lui ai-je fait remarquer.

J'ai fermé les paupières. Bon sang, qu'est-ce qui se passait ? La mort de Courtney et de Josh était-elle une vengeance ?

— Avec des si, on mettrait Paris en bouteille, Megan. Si j'étais allée aux toilettes avant de partir, nous aurions eu quelques minutes de décalage, qui nous auraient permis de ne jamais croiser le chemin de ce camion. Nous aurions aussi pu quitter les lieux une heure plus tôt, quand Kyle en avait envie, ou passer par le fast-food comme il l'avait demandé. Il y a tellement de choses que nous aurions pu faire pour changer le cours de la soirée, mais on ne peut pas retourner dans le passé. C'était un accident.

Elle a hoché la tête et s'est essuyé le nez du revers de sa manche. Ses yeux étaient injectés de sang.

— Je me sens *tellement* coupable.

— Je crois que c'est le cas de tous ceux qui étaient dans le minivan. C'est le lot de tous les survivants. Maintenant, raconte-moi tout ce qui s'est passé ce soir-là. Je veux comprendre pourquoi tu as trafiqué son verre.

Est-ce que j'avais vraiment envie d'entendre à quel point je connaissais mal Megan et Gigi ? Nous avions tous des secrets, mais je n'aurais jamais cru que Courtney ou Megan m'auraient caché une histoire d'amour. C'était le genre de sujets dont nous discutions. Une semaine plus tôt, j'étais persuadée de tout savoir sur mes amis.

Megan a à nouveau serré son oreiller contre elle.

— C'était le dernier soir de notre week-end et ça faisait quelques semaines que nous n'avions pas… été ensemble. Elle n'arrêtait pas de me chauffer, mais elle me repoussait quand j'essayais de l'embrasser. Tu te souviens ? J'avais suggéré que quelqu'un d'autre prenne le volant parce que Gigi avait conduit à l'aller.

Megan avait émis cette idée l'après-midi, avant que nous ne commencions à boire. Je n'avais qu'un permis probatoire à l'époque, sinon je me serais proposée. Gigi nous avait assuré que cela ne la dérangeait pas et qu'elle était prête à se charger du retour aussi. Le minivan appartenait à son beau-père et elle ne voulait pas que quelqu'un d'autre soit tenu pour responsable s'il arrivait quoi que ce soit.

J'avais juste cru que Megan était attentionnée et voulait que Gigi puisse boire le dernier jour. Je ne savais évidemment rien de ses intentions cachées. Elles n'avaient jamais changé de comportement devant nous – ou du moins, je n'avais rien remarqué. Hélas, je commençais à me rendre compte que beaucoup de choses m'avaient échappé.

— Quand tout le monde a décidé que Gigi conduirait pour rentrer, j'ai pris les choses en main. À l'hôtel, elle a déclaré qu'elle ne boirait qu'une bière ou deux, alors j'ai ajouté de la vodka dedans.

Sa voix était chargée d'émotion et de regret.

— Comment est-ce qu'elle ne s'en est pas aperçue ?

Megan a souri.

— Sans doute parce que tu avais acheté de la vodka bon marché sans goût.

— Je n'allais pas dépenser des fortunes pour de l'alcool haut de gamme alors que vous le descendiez en deux secondes, me suis-je défendue, pas ravie de sa remarque. Et après ?

— Eh bien, ça a marché. Quand vous êtes tous sortis, nous sommes montées dans sa chambre et… je t'épargne les détails. Je savais que Courtney ne pouvait pas boire, c'est donc elle qui a pris le volant et tu connais la suite. Tu vois, c'est ma faute, Mackenzie.

Ma tête tournait comme si j'étais assise dans une attraction foraine. *Réfléchis. Ressaisis-toi.*

— Tu as fait une connerie, une grosse, grosse connerie, mais ça ne change rien à ce qui s'est passé et, si tu le racontes, tu vas paraître suspecte. Si les policiers apprennent que tu as trafiqué le verre de Gigi, ils penseront que c'est toi qui as glissé du Rohypnol dans nos boissons. Si tu es capable de saouler une amie pour coucher avec elle, de quoi d'autre es-tu capable ?

— C'est pas ça du tout !

— Je le sais, Megan, parce que je te connais.

Ou je croyais te connaître.

— Mais n'offre pas aux flics une raison de douter de toi.

— Qu'est-ce qu'on va faire ? Kenz, ce secret me ronge. Je veux soulager ma conscience. Ça m'a fait du bien de te l'avouer, mais je n'ai pas envie d'aller en prison pour des meurtres que je n'ai pas commis.

— Tu peux m'en parler quand tu veux, d'accord ? Mais pas un mot à la police. Tu ne souhaitais faire de mal à personne, c'est ça qui compte.

Les yeux de Megan se sont embués.

— Je ne sais pas quoi dire.

— Ne dis rien. Sèche tes larmes et souris. Il faut que tu aies l'air normal quand tu me raccompagneras à la porte. Si on croise tes parents, ils ne peuvent pas te voir dans cet état.

— Tu t'en vas ?

Si je ne partais pas, ma tête allait exploser.

— Oui, je dois y aller, mais ne t'en fais pas, tout ira bien.

J'espère.

12

J'étais assise en tailleur sur mon lit, dans un état d'hébétude complet. Deux de mes amis m'avaient caché des secrets énormes. Non, réflexion faite : quatre amis. Je savais que si je racontais ce que j'avais appris, Kyle et Megan seraient tous les deux susceptibles d'avoir des ennuis. Leurs cachotteries pouvaient être considérées comme des mobiles.

Une horrible pensée s'était insinuée dans ma tête et tournait en boucle au point que j'avais envie de hurler : *Et si l'un d'entre eux était le coupable ?* Je devais me rendre à l'évidence : je ne connaissais pas mes amis aussi bien que je ne l'imaginais. Par ailleurs, entre garder quelques secrets et commettre un meurtre avec préméditation, il y avait du chemin.

J'avais l'impression d'être dans d'horribles montagnes russes et j'aurais donné n'importe quoi pour en descendre.

Ma meilleure amie avait été assassinée et trois autres copains avaient eu un comportement suspect. Si je découvrais que l'un d'eux était le meurtrier, comment pourrais-je garder cette information sans la partager avec personne ? À l'inverse, comment livrer un ami à la police ? Le choix semblait insurmontable. Deux personnes avaient perdu la vie et elles méritaient justice.

J'ai pris mon téléphone pour appeler la cousine de Courtney, Felicity. Nous ne nous étions pas parlé depuis que nous nous étions brièvement croisées à l'enterrement et j'espérais qu'elle m'aiderait à y voir plus clair. Elle avait grandi avec Courtney. La mère de Felicity n'étant jamais présente, celle-ci avait pratiquement été élevée par les parents de Courtney avant de partir pour l'université.

Elle a décroché à la première sonnerie.

— Kenz.

— Salut, ça va ?

Je me suis mordu la langue. Quelle question idiote, Mackenzie.

— Oui, ça va. Et toi ?

— Pas trop mal. Tu fais quelque chose demain, Felicity ?

— Pas vraiment. Je dois juste commencer à préparer mes affaires pour repartir à la fac. En dehors de ça, que dalle.

Elle s'en allait aussi peu de temps après la disparition de Courtney ? Comment est-ce que tout le monde parvenait à tourner la page aussi vite ?

— Tu veux qu'on mange un bout demain à midi ? a-t-elle proposé.

— Bonne idée. Au Lion à 11 h 30 ?

— OK. À demain.

— Ciao.

J'étais vraiment étonnée qu'elle reparte si vite. Courtney était presque une sœur pour elle. Est-ce que Felicity vivait le même enfer que Blake ? Est-ce que la mère de Courtney ignorait Felicity parce qu'elle aurait préféré que ce soit sa nièce et pas Courtney qui ait disparu ?

Mon portable a bourdonné pour m'avertir que j'avais reçu un texto d'un numéro inconnu.

« Garde tes amis près de toi et tes ennemis encore plus près. »

— Quoi ?

Qui m'avait envoyé ça ? Je serrais l'appareil dans ma main tremblante.

Je ne savais pas si je devais essayer d'appeler ou de répondre. Je relisais le message en essayant de comprendre ce qu'il insinuait… et surtout qui avait bien pu l'écrire.

Qui est-ce ? J'ai finalement tapé une réponse et l'ai envoyée avant de changer d'avis.

J'ai fixé l'écran longtemps. Les secondes se sont transformées en minutes. Rien.

Qu'est-ce qui se passe ? Quelqu'un essaie de me faire peur ? Tout à coup, j'ai lâché mon portable. C'était le tueur. Comment avait-il eu mon numéro ? Est-ce que c'était quelqu'un que je connaissais ?

— Mackenzie ? a crié ma mère du bas de l'escalier.

J'ai sursauté en entendant sa voix.

— Kyle est là !

Prise de panique, j'ai caché mon téléphone sous mon oreiller.

— Merci !

Kyle ne me lâchait pratiquement plus depuis qu'il m'avait avoué sa liaison avec Courtney. C'était énervant. Il savait très bien que je garderais le secret, alors je ne comprenais pas pourquoi il ressentait le besoin de me voir tout le temps pour être sûr que je ne crache pas le morceau.

— Salut, m'a-t-il lancé en refermant la porte de ma chambre derrière lui.

Je me méfiais de son sourire. J'avais l'impression que je ferais mieux de garder un objet lourd à portée de la main pour me défendre au cas où.

— Quoi de neuf ? ai-je croassé tellement j'avais la bouche sèche.

Oublie le texto et concentre-toi sur lui. J'ai décidé de ne pas lui en parler. Je ne savais pas si quelqu'un d'autre avait reçu le même message, mais je ne voulais pas être la première à aborder le sujet. Kyle avait été très affecté par sa rupture avec Courtney. Même si cela ne faisait pas nécessairement de lui un tueur, les crimes passionnels n'étaient pas rares.

Et s'il avait pété un câble en voyant Courtney et Josh enlacés pendant le week-end ?

J'avais pour principe d'être sincère avec mes amis, mais plus j'en apprenais sur eux, plus j'avais du mal à leur faire confiance. La peur et l'angoisse me nouaient l'estomac.

Kyle s'est laissé tomber sur mon lit et s'est couché sur le dos, les bras au-dessus de la tête. J'ai souri : cela paraissait tellement naturel de le voir ainsi affalé.

— Pas grand-chose. Je ne supporte pas de rester à la maison.

— Tes parents te rendent cinglé ?

C'était le cas en ce qui me concernait. Mais je les comprenais d'être angoissés pour moi. Après ce qui s'était passé, je pouvais m'estimer heureuse qu'ils ne m'enferment pas dans ma chambre ou qu'ils n'engagent pas un garde du corps. Ma mère en avait carrément parlé.

— Ouais. Et toi, qu'est-ce que tu fais en ce moment ?

J'essaie de deviner qui m'envoie des messages chelous. Je me demande si tu en reçois aussi.

— Rien. Et toi ?

Il a souri.

— Je suis venu voir une de mes plus vieilles amies.

— Je ne suis pas vieille.

— C'est vrai. Tu es le bébé du groupe.

J'allais avoir dix-neuf ans dans cinq mois. Courtney aurait dû fêter son anniversaire deux semaines avant moi. Sauf qu'elle aurait dix-huit ans pour toujours… comme Tilly et Gigi.

Un silence gêné s'est installé entre nous. Nous nous connaissions depuis l'enfance, l'époque où on s'entend avec n'importe qui, même si on ne se connaît pas très bien. J'avais envie de lui demander s'il pensait vraiment les méchancetés qu'il avait dites sur Courtney et je crois qu'il avait besoin d'en parler aussi.

— Tu es sûr que ça va ? Je sais que tu es en colère à cause de la façon dont Courtney t'a traité. On peut en parler si tu veux.

Tu as envie qu'il se trahisse. Non, ce n'était pas cela. Kyle était gentil. C'était mon nounours humain.

— Tu vas me juger, Kenzie. C'est ce que tu as fait hier et je ne le supporte pas. Tu ne comprends pas.

— Alors, aide-moi à comprendre. Allez, Kyle. Tu sais bien qu'on peut tout se dire.

Ce n'était pas vrai. Je ne comptais pas lui parler de qui était vraiment Josh et du texto.

— Tu as déjà été amoureuse ? m'a-t-il demandé alors qu'il connaissait parfaitement la réponse.

Je me croyais amoureuse de mon ex, Danny, avant d'apprendre qu'il me trompait et de réaliser que c'était un salaud sans cœur. Il n'y avait eu personne depuis notre rupture, deux ans plus tôt. Je ne voulais plus jamais revivre ce genre de situation.

— Non.

Blake… Non, je n'étais pas en état de réfléchir à mes sentiments pour lui et je n'en avais pas le temps. En plus, je le connaissais à peine. Physiquement, cela collait bien entre nous, mais on ne peut pas aimer quelqu'un qu'on ne connaît pas. L'amour instantané, ce n'est pas possible, si ?

— Alors je ne sais pas si tu pourras comprendre. Courtney était… tout pour moi. Je ne pensais qu'à elle. Je n'avais qu'un objectif : la rendre heureuse. J'étais sûr qu'elle partageait mes sentiments. Nous étions censés être ensemble. Puis, d'un coup, elle m'a jeté. Tu n'imagines pas à quel point cela m'a fait mal. Mon bonheur s'est effondré en un instant. Donc, oui, je suis furieux contre elle. Je la déteste et je déteste être incapable de cesser de l'aimer. Je voudrais pouvoir appuyer sur un bouton pour devenir indifférent, mais je n'y parviens pas. Je serai en colère contre elle tant que je ne me serai pas remis de notre séparation. Maintenant, je m'en veux parce que je sais que je n'aurai jamais l'occasion d'arranger les choses.

Il avait peut-être raison, peut-être que je ne comprenais pas. En attendant, je ne voyais pas comment on pouvait détester quelqu'un qu'on aimait, surtout si cette personne était morte. Est-ce que Kyle ne souhaitait le bonheur de Courtney *que* si elle était avec lui ? Ce n'était pas ma définition de l'amour.

— Je suis désolée, Kyle, ai-je déclaré parce que je ne trouvais rien de constructif à dire. Je suis désolée que tu aies de la peine et que ça n'ait pas marché entre vous.

J'ai fermé les yeux, complètement vidée.

— Je suis crevée.

Kyle a froncé les sourcils.

— Pardon, j'aurais dû téléphoner avant de venir te déballer tout ça. Je souhaitais être sûr que tu ne m'en voulais pas. Il ne faut pas que mon histoire avec Courtney gâche notre amitié.

— Je ne t'en veux pas et ça ne changera rien entre nous. Je ferais mieux de dormir un peu, maintenant.

Cela m'embêtait qu'il doute de notre amitié. Il avait peur que je le voie dans le rôle de l'assassin ou quoi ? Je savais qu'il était innocent. En revanche, j'avais des doutes quant au numéro utilisé pour envoyer cet étrange texto. Pourquoi n'osais-je pas lui en parler ?

Il m'a embrassée sur le front et s'est levé.

— Salut, Kenzie. On se parle demain.

Je lui ai adressé un demi-sourire avant de m'écrouler sur mon lit. J'avais l'impression que mon corps pesait une tonne. Je me sentais incapable de bouger.

— Salut, Kyle ! ai-je répondu en bâillant.

J'ai composé le numéro d'Aaron, mais je suis tombée sur sa boîte vocale. *Merde*. J'ai parcouru ma liste de contacts et j'ai appelé la ligne fixe de ses parents. C'est sa mère qui a décroché.

— Allô ?

— Bonsoir, c'est Mackenzie. Est-ce qu'Aaron est là ?

— Il dort. Je lui dirai de te rappeler demain matin.

— D'accord, merci.

J'ai raccroché, un peu fâchée. J'avais l'impression qu'Aaron évitait de me parler.

Je n'allais pas passer une bonne nuit, pas après ce texto, mais au moins je serais seule pendant un bon moment et je ne serais pas obligée de réfléchir.

SAMEDI 22 AOÛT

— Tu rentreras à quelle heure ? m'a demandé ma mère en jetant un œil à l'horloge au mur de la cuisine.

Elle m'avait suivie comme mon ombre toute la matinée. Le temps avait passé si lentement que j'avais envie de m'arracher les cheveux. J'étais ravie d'aller retrouver Felicity.

— On déjeune juste ensemble. Je ne devrais pas m'absenter très longtemps.

Ma mère me ficherait sans doute la paix jusqu'à deux heures de l'après-midi. Si je n'étais pas rentrée à ce moment-là, elle m'appellerait.

— D'accord, a-t-elle répondu en hochant la tête.

Elle avait du mal à me laisser partir. Heureusement, elle avait compris qu'elle ne pouvait pas me garder enfermée. Elle n'avait d'ailleurs aucune raison de penser que j'étais en danger. Elle était persuadée que quelqu'un avait fait une copie de la clé ou avait forcé la serrure de la maison de campagne de Josh. Je priais pour qu'elle ait vu juste.

— Tu peux toujours m'appeler ou m'envoyer un message, tu sais, ai-je suggéré.

— Je sais, ma chérie. Je m'inquiète juste pour toi. Cela me met mal à l'aise que le meurtrier n'ait pas été arrêté.

Cela me rendait nerveuse aussi. Quelqu'un m'avait envoyé un texto mystérieux et j'étais une suspecte potentielle dans une enquête sur un double meurtre. Tout cela ne m'encourageait pas à me sentir en sécurité.

Notre petite ville était paisible… ou du moins elle l'était avant. Tout le monde se connaissait et se souciait des autres. J'étais passée d'une liberté totale à l'obligation de signaler le moindre de mes mouvements.

— Il ne m'arrivera rien, maman, et je promets de te dire où je serai.

Si seulement je pouvais m'en persuader.

Elle a repoussé mes cheveux derrière mes épaules et a souri.

— Tu es gentille, Mackenzie. Passe mon bonjour à Felicity et amusez-vous bien.

— Merci. À tout à l'heure.

Je suis partie avant qu'elle ne se montre trop sentimentale. J'aurais aimé rester pour l'empêcher de s'inquiéter, mais il fallait que je fasse le point sur notre bande d'amis et je voulais découvrir qui m'avait envoyé ce sinistre texto.

Si Megan, Kyle, Aaron ou Blake était coupable, Felicity pourrait m'aider à aller voir la police. J'aurais souhaité me croire assez forte pour prendre la défense de chacun d'eux malgré les circonstances, mais dénoncer un ami ne serait pas facile. Felicity pourrait m'apporter le soutien dont j'avais besoin.

Je l'ai aperçue dès que je suis entrée dans le pub. Elle était assise dans le fond, près de la fenêtre. Elle portait une robe d'été rouge foncé et une veste en jeans courte. Ses boucles blondes serrées tombaient jusqu'au bas de ses omoplates.

Felicity n'aurait pas pu être plus différente de Courtney. Cette dernière avait les cheveux lisses, d'un roux flamboyant, depuis l'âge de quinze ans. Elle adorait cette couleur.

Je me suis approchée de la table.

— Salut.

— Salut.

Le visage de Felicity s'est éclairé et elle s'est levée en tendant les bras pour m'accueillir. Au moins, elle ne pensait pas que j'avais tué sa cousine.

Je l'ai serrée contre moi, puis nous nous sommes assises.

— Comment va tout le monde ? ai-je demandé.

— On est tous effondrés. Je ne veux pas les quitter, mais j'ai plein de boulot.

Elle s'est mordu la lèvre.

— Et sincèrement, je ne supporte pas d'être ici. Je sais que ça paraît super égoïste, mais je ne peux rien faire pour aider. Je ne me suis jamais sentie aussi inutile.

— Tu n'es pas inutile. Personne ne peut rien faire en ce moment. Ils viennent de perdre leur fille ; ils ont besoin de temps.

— Et toi ? De quoi as-tu besoin ? Kyle m'a dit que tu gérais plutôt bien.

Je me suis raidie.

— Tu as parlé avec Kyle ?

Felicity a pris le menu et l'a parcouru.

— Il est passé quelques fois. Les pancakes ne sont pas toujours réussis ici, je me trompe ?

— Non, parfois ils sont super bons et d'autres… ils sont infects.

Je ne savais pas que Kyle était passé chez Courtney. S'il était toujours fâché contre elle parce qu'elle l'avait largué pour Josh, pourquoi rendre visite à sa famille ? Kyle et Aaron étaient tous les deux allés voir en secret la famille de la fille qu'ils aimaient. Ça n'avait aucun sens.

Une petite voix dans ma tête ne cessait de me répéter que Kyle me cachait quelque chose. Un truc m'échappait.

Et si c'était Kyle le coupable ? Non, je le connaissais depuis toujours. Je ne pouvais pas être aveugle à ce point. Mais par ailleurs, si j'avais appris quelque chose ces dernières semaines, c'est que j'étais vraiment miro.

Avait-il pu envoyer ce texto ?

— Qu'est-ce que tu as, ma belle ? Tu sais, c'est pas une bonne idée de garder tout à l'intérieur.

J'ai repoussé mes cheveux derrière mes oreilles en riant. Je l'avais entendue tellement de fois celle-là, ces derniers temps.

— C'est temporaire. Je me lâcherai quand on aura retrouvé le coupable. Ou au moins quand on sera rayés de la liste des suspects.

Felicity a balayé mes paroles d'un geste de la main avec un petit ricanement moqueur.

— C'est n'importe quoi. J'ai cru que c'était une blague quand j'ai appris que des soupçons pesaient sur vous. Personne n'y croit. Personne qui compte en tout cas.

Bien sûr, les gens qui nous connaissaient vraiment étaient convaincus que nous n'y étions pour rien, mais je n'arrivais pas à trouver le sommeil en sachant que d'autres me considéraient comme une tueuse.

— Qu'est-ce que tu feras si on ne parvient jamais à coffrer le meurtrier, Felicity ? Moi, je ne sais pas ce que je ferais…

Elle a serré les lèvres.

— Ça m'embêterait, mais la vie continue, Mackenzie. C'est dur, c'est horrible, mais c'est ainsi. J'espère que la police le chopera, mais s'il court toujours, ça ne change rien. Josh et Courtney ne reviendront pas, quoi qu'il arrive.

— Ça ne te gênerait pas qu'on ne sache jamais qui a fait ça ?

Cette simple idée me donnait le tournis.

— Non. Je préférerais que justice soit faite, mais je sais que ça ne les ramènera pas. Ne te rends pas dingue avec ça. Tu sais bien que Courtney aurait dit sûrement un truc du style : « Remets-toi, Mackenzie. Je suis morte, il faut que tu l'acceptes, c'est tout. » Tu ne crois pas ?

J'ai souri : j'imaginais tellement bien Courtney prononcer ces mots.

— Oui, tu as raison.

Mais ça ne justifiait pas que je couvre un de mes amis. J'ai changé de sujet :

— Comment ça se passe à la fac ? Liverpool te plaît toujours ?

— Oui. C'est une ville géniale. Je ne sais pas si j'y resterai quand j'aurai mon diplôme. Je pense revenir ici pour trouver du travail.

Felicity voulait devenir infirmière et elle avait achevé trois des quatre années d'études.

— Il y a de meilleures opportunités de boulot ici ?

C'était peu probable. L'hôpital le plus proche était à quarante minutes en voiture, et il n'y avait que trois établissements à une distance acceptable pour des déplacements quotidiens.

— Pas vraiment, mais j'ai envie d'être tout près de ma famille. Je pense postuler dans une clinique qui reçoit sans rendez-vous ou dans un cabinet médical.

— Bonne idée. Ce serait sympa que tu reviennes dans le coin.

Liverpool se trouvait à plus de trois cents kilomètres au nord d'ici, soit à un peu plus de trois heures et demie de voiture. Felicity n'avait pas souvent l'occasion de revenir. Ce serait génial qu'elle fasse le choix d'habiter de nouveau auprès de nous. Les parents de Courtney seraient super contents aussi.

— Et toi ? Les cours, ça va ?

J'ai levé le nez.

— Ça va. Je n'ai pas hâte de repartir à la fin de l'été, surtout après tous ces événements. Mais une amie de la famille est conseillère dans une autre université, alors j'espère pouvoir faire un stage avec elle l'année prochaine, pendant la session d'été.

— Tu ne voulais pas faire ça cette année ?

— Non, cet été était censé être nos dernières vacances de liberté totale. On voulait le passer ensemble à concrétiser tous les éléments de notre liste de choses à faire absolument avant d'entrer à la fac.

Felicity a ri.

— Courtney m'en avait parlé. Vous avez pu en réaliser quelques-uns ?

— Nous avons été à Legoland et nous avons campé. D'ailleurs, j'ai détesté parce qu'il a plu tout le temps.

Les vacances avaient commencé depuis deux semaines quand nos plans avaient tourné court. Courtney et Josh n'auraient jamais l'occasion de mettre à exécution tout ce que nous avions planifié ni rien d'autre, d'ailleurs. J'ai baissé la tête et j'ai ajouté :

— Puis le week-end dans cette maison.

— Tu ne veux pas accomplir tout le reste de la liste ?

— Un jour, peut-être.

Pour Tilly, Gigi et Courtney, je m'étais promis de faire tout ce que nous avions prévu, mais il y avait beaucoup plus important à régler, avant de biffer des éléments de la liste.

Je n'avais plus vraiment envie de concrétiser tout ça. Ce ne serait pas marrant sans elles. Ce serait un devoir, non plus un plaisir.

— Il est comment, cet inspecteur Wright ? J'ai entendu des choses intéressantes à son sujet.

— Tu n'as pas dû lui parler ?

— J'ai été interrogée par quelqu'un d'autre.

— Oh. Je ne sais pas par où commencer. « Intéressant », c'est une façon de voir les choses. Il me fait penser aux inspecteurs excentriques qu'on voit à la télé. Je ne sais pas s'il se rend compte qu'on n'est pas à la télé et qu'il ferait bien de grandir un peu.

— Il n'a pas d'autre piste pour le moment ?

— Apparemment non, mais il est plutôt avare en informations. On sait juste ce qu'il veut bien nous lâcher, quand ça l'arrange. Je n'ai aucune idée des indices qu'ils ont pu trouver. Par exemple, le meurtrier a dû se changer, et que sont devenus ses vêtements sales ?

Felicity a plissé le front en mélangeant le thé qu'on recevait d'office à l'arrivée, qu'on en ait envie ou pas. Les propriétaires de l'établissement, M. et Mme Graham, étaient fans de thé et, à en juger par la grosse théière qu'ils étaient en train de préparer, j'allais bientôt avoir droit à une tasse, moi aussi.

— Quels vêtements ?

— Ceux que portait l'assassin. Si c'était l'un d'entre nous, alors ils doivent être quelque part.

Elle a acquiescé.

— Ils ne les ont pas retrouvés, évidemment. Mais Wright n'accepte toujours pas de comprendre que ça implique que nous n'avons pas tué.

— Tu es sûre ? Il va bien devoir arriver à cette conclusion.

J'ai haussé les épaules.

— Je ne suis plus sûre de rien. La police n'a jamais évoqué la question.

De toute façon, même si Wright avait trouvé quelque chose, il ne nous l'aurait pas révélé.

— Je parie que, s'il y a d'autres pistes, on ne l'apprendra que quand quelqu'un aura été arrêté. Aaron a été convoqué pour des interrogatoires supplémentaires.

— Bon Dieu. Quel bordel ! a décrété Felicity en secouant la tête.

Tu n'as pas idée.

— Ouais.

C'était un vrai sac d'embrouilles. J'étais prise au milieu de tout ça et je n'avais qu'une idée en tête : en sortir.

Après mon déjeuner avec Felicity, je me suis mise en chemin pour rentrer chez moi. Je me sentais un peu mieux. Son énergie était encourageante, et j'étais convaincue que l'assassin de Courtney et de Josh finirait par payer. Si je découvrais quoi que ce soit, je préviendrais la police, peu importe qui c'était et à quel point j'aimais mes amis.

Mon téléphone a bipé pour m'annoncer un nouveau texto. Je me suis figée sur place. Ce son ne m'avait jamais fait peur avant ce jour.

Heureusement, c'était juste Megan qui me demandait si je voulais faire un truc l'après-midi. J'ai inventé une excuse et je lui ai promis de la voir bientôt. J'espérais me laisser ainsi le temps de mettre de l'ordre dans mes idées et de comprendre ce qui se passait. Mon téléphone a sonné juste au moment où j'envoyais le message. J'ai poussé un soupir de soulagement en voyant le nom d'Aaron apparaître sur l'écran. Est-ce que je m'attendais à ce que l'auteur des textos anonymes m'appelle ? Honnêtement, je ne savais pas de quoi cette personne était capable.

— Aaron ! Est-ce que ça va ? J'ai essayé de t'appeler hier soir !

Il a eu un petit rire.

— Ma mère m'a dit que tu avais appelé. Ça va.

— Qu'est-ce qui s'est passé ?

— Wright a trouvé une trace de mon sang dans la forêt. Mais ce n'est pas grave. Je lui ai expliqué ce qui s'était passé.

Mon cœur a sauté un battement. Oh mon Dieu. C'était *son* sang. *Non. Non. Mon Dieu, Aaron ? Non, il ne ferait pas…*

— Recommence depuis le début.

J'étais terrifiée à l'idée d'entendre sa réponse. Il devait y avoir une explication raisonnable.

— Megan et moi sommes allés nous promener cet après-midi-là. Elle a cru avoir dégotté un de ces stupides cristaux. Je l'ai ramassé et en réalité c'était un vieux morceau de verre très tranchant, que j'ai jeté dans une cabane dans les bois.

Nous n'avions pas vu le morceau de verre, mais il ne faisait pas très clair dans la baraque. Le fragment avait dû atterrir sur l'emballage et tomber quand j'avais ramassé le papier.

— Oh !? Tu n'en as pas parlé à votre retour.

Il y avait quelque chose dans cette histoire qui ne me plaisait pas, même si c'était tout à fait plausible. Wright avait d'ailleurs dû y croire puisque Aaron ne croupissait pas dans une cellule.

— D'abord, je ne suis pas douillet. Et deuxièmement, j'ai saigné pendant une seconde, même pas de quoi mettre un pansement. Wright voulait juste que je clarifie les choses. Il demandera sans doute la confirmation à Megan. Tu te rends compte qu'il ne nous fait pas confiance ? a-t-il plaisanté.

— Dingue, hein ? ai-je répliqué en me forçant à rire. Tout va bien, alors ?

— Oui. Je dois y aller. Je vais partir avec mes parents rendre visite à la famille. Je serai de retour demain. On pourra se voir, d'accord ?

— Attends, tu t'en vas ?

— À trente kilomètres d'ici, Kenz, pas au Mexique.

Je me suis mordu la lèvre.

— OK.

Aaron a raccroché. J'étais arrivée devant chez moi. Dès que j'ai ouvert la porte d'entrée, ma mère est sortie précipitamment de la cuisine. J'étais à la maison plus tôt que prévu, mais elle était tout de même morte d'inquiétude.

— Salut, lui ai-je lancé en souriant comme une idiote pour lui faire comprendre que tout allait bien, même si ce n'était pas le cas.

— Comment s'est passé ton déjeuner ?

— Bien. Felicity a l'air de tenir le coup et elle retourne à l'université pour les cours d'été.

— C'est bien.

Je devinais que ma mère voulait m'interroger sur les moindres petits détails, mais se retenait. Elle avait tendance à être un peu obsessionnelle.

— Je vais dans ma chambre, lui ai-je annoncé, en l'embrassant rapidement avant de monter les marches quatre à quatre.

Je me suis laissée tomber sur mon lit et je me suis massé les tempes. J'avais encore mal à la tête. Aaron rendait visite à sa famille, alors qu'il faisait généralement tout ce qu'il pouvait pour éviter les réunions familiales. La dernière fois, il avait prétendu être malade ; la fois précédente, il avait soi-disant un examen. Et je pense même qu'il avait utilisé précédemment ma rupture avec Danny comme excuse.

Il détestait sa famille étendue parce que c'étaient des connards qui le méprisaient, notamment parce qu'il n'était pas brillant dans ses études. À leurs yeux, il devait étudier le droit à Cambridge, comme ses cousins. Le fait qu'il aille les voir ressemblait à une fuite. Aaron n'essayait peut-être pas d'échapper à Wright et à la police, mais à ses amis. Comme s'il y avait quelque chose qu'il ne voulait pas qu'on sache… J'ai composé le numéro de Blake et j'ai posé mon téléphone à côté de moi, en mettant le haut-parleur.

J'espérais qu'il clarifierait les choses, ou qu'il tournerait tout en blague. J'étais tellement désespérée que j'étais prête à accepter les deux.

— C'est du harcèlement ! s'est exclamé Blake en décrochant au lieu de me dire bonjour.

— C'était son sang, ai-je chuchoté, persuadée maintenant qu'Aaron était le tueur.

La ligne est restée silencieuse. J'ai attendu que Blake réponde quelque chose.

— Blake ?

— Je suis là. Tu veux que je vienne ?

Waouh ! Pas de *Je te l'avais dit* agaçant ?

— Je ne sais pas ce que je veux, Blake.

J'ai serré mes mains tremblantes alors que la réalité commençait à s'insinuer dans mon esprit.

— Tu crois qu'Aaron les a tués ?

— Tu me poses la question ?

— Je suis trop proche, hein ? Je leur fais tellement confiance que je me voile la face. C'est Aaron le coupable, Blake ? S'il te plaît, réponds-moi franchement.

— Je ne suis pas flic, mais je ne le pense pas. Je parie toujours sur Kyle.

J'ai entendu Blake s'affairer, puis un cliquetis de clés. Il venait vraiment.

— Détends-toi. Nous devons encore parler à Wright de Lawrence. Le sang d'Aaron dans une vieille cabane ne prouve pas que c'est lui l'assassin.

— Pourquoi tu fais ça ? Tu es persuadé que le coupable est un de mes amis : alors pourquoi tu m'as accompagnée voir Lawrence ? Pourquoi tu me rassures ?

— Tu m'as demandé de le faire, tu te souviens ?

— Ça ne répond pas à ma question. Tu aurais pu m'envoyer péter. Ne prétends pas non plus que tu m'aides juste pour combler ton ennui parce que je sais que c'est un mensonge.

Il a soupiré.

— Très bien. Ça me plaît que tu sois aussi loyale envers les gens que tu aimes, que tu croies en eux et que tu fasses tout ton possible pour qu'ils soient en sécurité. On ne trouve pas beaucoup de gens dans ton genre et je n'ai jamais rencontré cette qualité chez un ami. Et puis en plus, tu n'es pas désagréable à regarder.

— Il fallait que tu gâches tout à la fin, ai-je répondu sans pouvoir me retenir de sourire. Tu viens me voir ?

— Je suis en route, a-t-il annoncé avant de raccrocher.

Même si Blake jouait à celui qui se fichait de tout, il se souciait de moi. Mon cœur s'est emballé. J'avais vraiment un faible pour lui. Un *gros*.

Ça promettait d'être intéressant. Le mec qui me faisait craquer était le frère d'un gars que je détestais et qu'on me soupçonnait d'avoir tué. *Fabuleux*.

Blake a frappé à la porte d'entrée en deux fois moins de temps qu'il n'aurait dû en mettre pour venir chez moi. J'avais envie de me fâcher contre lui parce qu'il avait roulé trop vite, mais j'étais trop contente de le voir. Il a foncé droit jusqu'à ma chambre comme s'il était chez lui.

— Qu'est-ce qu'Aaron a dit ? a-t-il demandé en s'asseyant sur mon lit et en s'appuyant contre mes oreillers.

— Mets-toi à l'aise, je t'en prie.

Ses yeux clairs se sont assombris. J'ai enchaîné sur le sujet qui nous préoccupait :

— Il m'a expliqué qu'il était allé se promener avec Megan et qu'il s'était coupé le doigt sur un morceau de verre. Pourtant, il n'en a pas parlé à leur retour.

Blake a éclaté de rire.

— Les mecs arrêtent de pleurnicher ou de se vanter de leurs blessures de guerre vers l'âge de dix ans, Mackenzie. Tu le sais ?

— Oui.

Je crois que oui. Blake a levé les yeux au ciel, il s'est redressé et m'a fait face. Tout à coup, son visage m'a semblé grave et j'ai cru que j'allais avoir droit à une leçon sur la confiance. Je n'aimais pas le tour que prenait la conversation.

— Vraiment ? Tu n'as pas le moindre doute sur l'innocence d'Aaron ?

Blake me regardait si intensément que j'avais du mal à respirer normalement, alors réfléchir à un sujet aussi terrible que le meurtre… Je me suis humecté les lèvres, qui étaient plus sèches que le désert de Gobi, et j'ai dégluti.

— Heu…

— Sérieusement, Mackenzie, tu en es convaincue ?

— Oui. Je crois à son histoire. Il est peut-être têtu, mais il protège les gens qu'il aime. Il n'aurait jamais pu faire de mal à Courtney ou Josh, surtout pas à Courtney. L'oncle d'Aaron battait sa tante avant qu'elle ne le quitte et Aaron déteste la violence envers les femmes.

Blake s'est à nouveau laissé tomber contre les oreillers.

— Très bien. Je pense que tu as raison. Ce n'est pas Aaron. C'est Kyle. On devrait aussi s'intéresser de plus près à Megan.

— Megan ? ai-je répété.

— Il n'est pas exclu que le meurtrier soit une meurtrière. Et elle a eu l'occasion de commettre ce double crime.

J'ai levé les yeux au ciel. C'était une des choses les plus stupides qui soient sorties de sa bouche et ce n'était pas peu dire.

— Nous en avons *tous* eu l'occasion.

— Chut. Je vais faire une sieste. Nous reprendrons cette discussion à mon réveil.

Si je n'avais pas été assise, je serais tombée à la renverse.

— Pardon ?

— Mackenzie, j'essaie de dormir.

Il s'est allongé et a fermé les yeux.

— Pourquoi veux-tu dormir ici ?

— Parce que j'ai peur du croquemitaine.

J'ai soupiré.

— C'est bon, Blake, je sais bien que c'est parce que tu n'es pas à l'aise chez toi.

— Alors pourquoi tu me le demandes ?

Je l'ai fusillé du regard, même s'il ne me voyait pas.

— Pas question que tu passes tout l'après-midi à ronfler sur mon lit.

— Juste quelques heures. Réveille-moi quand tu auras préparé le dîner.

Je n'ai pas pu m'empêcher de sourire. *Quel imbécile.* Il s'est endormi très vite. J'ai pris un livre sur mon étagère et je me suis assise près de lui. Il avait l'air tellement paisible. Je regardais son t-shirt noir se soulever et s'abaisser sur sa poitrine et ses paupières s'agiter pendant sa phase d'endormissement. Quand il a étendu le bras sur l'oreiller et qu'il a pivoté la tête vers moi, ça m'a fait craquer.

Ça faisait dix minutes que je le regardais, quand il s'est tourné sur le côté et a laissé tomber le bras sur moi. J'ai senti le désir monter. Nous avions couché ensemble une seule fois, mais ça ne ressemblait à rien de ce que j'avais connu. C'était plus que du sexe et j'avais envie de ressentir à nouveau ces mêmes émotions.

Malheureusement, le moment était très mal choisi. Il se passait tellement de choses que je ne pouvais pas laisser mes hormones prendre le dessus, même si elles se faisaient entendre plus fort que mon envie d'arrêter l'assassin.

Blake est reparti à huit heures du soir, après avoir mangé avec nous les pizzas que ma mère avait préparées. Mes parents ne semblaient pas se douter qu'il y avait quelque chose entre nous, sinon ils auraient imposé des règles sur les moments où nous pouvions nous voir chez l'un ou l'autre.

Même si Blake avait le don de m'agacer, c'était grâce à lui que je gardais la tête sur les épaules. Ma mère et moi l'avons regardé démarrer depuis le seuil de la maison.

— Comment va-t-il ?

— Pas trop mal, étant donné les circonstances.

— J'ai de la peine pour toute sa famille, mais ce garçon a vraiment traversé beaucoup d'épreuves, surtout après le divorce horrible de ses parents. Ça doit être affreux de savoir que ta propre mère ne veut pas de toi. Je ne comprends pas comment elle a refusé de le prendre chez elle.

— Hein ?

La révélation m'a fait l'effet d'une bombe.

— Après la séparation, Éloïse a déclaré qu'elle se sentait incapable de gérer Blake et l'a envoyé vivre avec son père. Si tu veux mon avis, il avait des problèmes de comportement, parce qu'elle a toujours préféré Josh. Sans doute était-ce un moyen pour le pauvre Blake d'attirer son attention. Je crois qu'il essaie encore. En tout cas, il en veut toujours à sa mère et à son frère.

Mon cœur battait à tout rompre. Blake ne m'avait jamais parlé de ça, mais ça expliquait pourquoi il était tellement en colère contre Josh et Éloïse. Tout ça, c'était du passé. Il ne restait pas avec sa mère par devoir, mais parce qu'il en avait envie.

Merde. J'ai avalé ma salive.

— Comment tu sais tout ça ?

— Je ne suis pas proche d'Éloïse, mais on s'est parlé quelques fois. J'ai bien vu comment elle traitait ses fils. Et puis ma collègue Lori la connaît bien.

Bon Dieu. J'espérais qu'elle me réponde que c'était une simple rumeur. Ma mère n'était pas du genre à colporter des ragots, surtout avec moi. S'il y avait bien une personne au monde à qui je pouvais faire confiance, c'était elle.

— Donc, elle n'a pas voulu qu'il vive avec elle ?

Ma mère a secoué la tête.

— Non, c'était plus grave que ça. Quand Josh avait deux ou trois ans, Blake et lui jouaient dans le jardin et Josh est tombé dans la pataugeoire. Éloïse l'en a sorti à temps, mais elle a accusé Blake d'être responsable. Il voulait vivre avec Éloïse, mais elle ne lui faisait pas confiance, elle ne voulait plus qu'il soit seul avec Josh.

Waouh, ça avait dû lui faire mal. Pourtant, un accident est vite arrivé et ce n'était pas à Blake de veiller sur son petit frère de deux ou trois ans ! En plus, Éloïse l'avait tenu à l'écart de Josh. C'était moche. Pourquoi Blake ne me l'avait-il pas raconté ?

J'ai fait semblant de bâiller.

— Je crois que je vais me coucher tôt. Je suis crevée.

— Excellente idée, ma chérie. Bonne nuit.

Ma mère a posé un baiser sur ma joue et je suis montée. Dès que j'ai refermé la porte de ma chambre, je me suis mise à faire les cent pas. Blake m'avait menti quand il m'avait expliqué pourquoi il ne vivait pas chez sa mère. C'était peut-être un mensonge par omission, mais tout de même. J'espérais que c'était juste parce qu'il ne voulait pas que j'ai une mauvaise image de lui si j'apprenais qu'Éloïse avait peur qu'il fasse du mal à Josh. Mais, si je considérais que les secrets d'Aaron et de Kyle pouvaient constituer un mobile, je devais faire de même avec Blake.

Je me suis déshabillée, j'ai enfilé le premier pyjama que j'ai trouvé, me suis brossé les dents et me suis mise au lit. Mais j'avais trop de choses en tête pour réussir à m'endormir.

Mon téléphone a sonné dix minutes après m'être couchée. Je l'ai saisi, les mains tremblantes. Qui pouvait me contacter ? J'avais peur. Heureusement, j'ai vu le nom de Blake. J'ai laissé échapper un gros soupir de soulagement avant de répondre.

— Salut. T'es déjà rentré ?

— Mon oncle Pete est à l'hôpital, a-t-il balbutié.

— Quoi ?

— Il a été… Il a été attaqué.

Attaqué ? Je me suis levée d'un bond et j'ai pris le jeans que j'avais jeté sur ma chaise.

— J'arrive. Je te retrouve chez toi et on ira ensemble, d'accord ?

J'ai raccroché pour pouvoir m'habiller. Blake avait l'air secoué et je ne voulais pas qu'il conduise seul. Ma mère ne serait pas contente. Tant pis pour elle.

13

Ma mère avait accepté à contrecœur de me laisser aller chez Blake et à l'hôpital, à condition que je sois de retour avant onze heures. Je savais qu'elle m'enverrait un texto bien avant cet horaire, pour savoir où j'étais.

À mon arrivée, le rez-de-chaussée de la maison de Blake était plongé dans l'obscurité, mais la lumière de sa chambre était allumée et la porte d'entrée ouverte.

— Blake, ai-je appelé en m'avançant dans l'escalier.

Il n'a pas répondu, mais sa porte était grande ouverte. Je l'ai trouvé assis sur son lit, occupé à fixer le mur sans bouger. Il m'avait entendue l'appeler et monter les marches, mais il faisait comme si je n'étais pas là. Je me suis assise lentement à côté de lui sur le lit. J'étais inquiète.

— Je suis vraiment désolée. Qu'est-ce qui est arrivé à Pete ? On va à l'hôpital ? Je peux t'emmener tout de suite si tu veux.

— Ma mère l'a trouvé chez lui. Il devait venir ici, mais comme il n'arrivait pas, elle est allée voir ce qui se passait. La porte avait été fracturée et elle l'a trouvé allongé sur le sol du salon. On l'avait frappé à la tête avec une batte de cricket, Mackenzie. Avec *sa* propre batte de cricket.

— Oh mon Dieu !

J'ai posé la main sur le poing serré de Blake.

— Tu sais ce qui se passe, maintenant ?

Il a fait non de la tête, puis a répondu :

— Je viens de l'apprendre. Mon père m'a proposé de venir me chercher, mais…

— Mais quoi ?

— Je pense que personne ne veut de moi là-bas.

— Bien sûr que si.

C'est *moi* que Pete ne voudrait pas voir.

— Allez, viens. On doit y aller.

Il m'a regardée et j'ai lu la douleur dans ses yeux.

— Pourquoi es-tu venue ici ?

Parce que tu m'as appelée et que je n'arrête pas de penser à toi.

— Et toi, pourquoi tu es venu quand je t'ai appelé ?

Il a froncé les sourcils :

— Alors on est amis maintenant, c'est ça ?

Je pensais avoir franchi ce stade quand on avait couché ensemble, mais ce n'était pas le moment d'en discuter.

— Oui, et tu ferais mieux de t'y habituer. Mets tes chaussures, on va à l'hôpital.

Je n'apercevais que son profil, mais son sourire était bien visible.

— Tu m'ordonnes d'enfiler mes chaussures, comme si j'étais un gamin ?

— Quand te décideras-tu enfin à te comporter comme un gars de ton âge ?

Je lui ai donné un petit coup de poing amical sur le bras.

— Allez, Blake, ai-je ajouté, tu *dois* y aller.

— Cette attaque aurait pu le tuer. Quelqu'un a essayé d'assassiner mon oncle. Tu sais où sont Aaron, Kyle et Megan ?

— Quoi ?

J'ai émis un petit rire incrédule.

— Tu ne crois quand même pas que c'est l'un d'eux qui a fait ça ?

— Comment peux-tu imaginer que ça n'a pas de rapport avec les meurtres de Josh et de Courtney ? a-t-il rétorqué.

Je n'y avais pas pensé. Courtney et Josh avaient été poignardés, pas frappés comme Pete.

— Concentrons-nous sur ce qui est important pour le moment. Bouge ton cul et monte dans ma voiture. Je t'emmène à l'hôpital. Tu dois être avec ta famille.

Il a marmonné :

— Ma famille. C'est vrai.

— Allez !

Je l'ai tiré par le bras jusqu'à ce qu'il se lève. Nous sommes arrivés à l'hôpital quarante-cinq minutes plus tard et nous avons arpenté les couloirs déserts à la recherche du service des soins intensifs, où le message d'Éloïse nous avait prévenus que Pete se trouvait.

Blake était super tendu.

— Quand on arrivera, j'attendrai dehors. Ça te va ? lui ai-je proposé.

— J'ai pas besoin que tu me tiennes la main, a-t-il riposté.

— Bien sûr que non. Tu n'as besoin de personne, ai-je ironisé. Blake, tu as été là pour moi quand j'en avais besoin et je veux faire pareil. Sans arrière-pensée. Je ne le fais pas pour obtenir quoi que ce soit en retour. C'est ce que font les amis.

— Encore cette histoire d'amitié. Tu m'aimes vraiment bien, hein ?

Il a posé la question en plaisantant, mais derrière ses taquineries je sentais que c'était une vraie interrogation. Dans sa vie, il n'y avait pas grand monde qui le connaissait vraiment et se souciait de lui.

— Oui.

Je t'aime bien plus que je ne le devrais.

— Tu m'as dans les pattes, tu n'as pas le choix.

J'ai appuyé sur le bouton de l'interphone à l'extérieur du service des soins intensifs et, dès que j'ai annoncé que le neveu de Pete était là, on nous a fait entrer. Ça ne m'a pas semblé bon signe, comme si on voulait que sa famille se dépêche de dire au revoir, avant l'inévitable.

Quand la porte s'est déverrouillée avec un cliquetis, Blake l'a fixée un instant. Je suis passée et je me suis retournée.

— Ooh, tu deviens galant.

Il m'a lancé un regard assassin.

— La prochaine fois, je la laisse se rabattre sur tes fesses.

— J'en suis sûre. Vas-y, je t'attends ici.

J'ai indiqué une porte avec l'écriteau *Salle d'attente*.

— Tu ne veux vraiment pas m'accompagner ?

— Blake, ta famille sera contente que tu sois là. Tu sais ce que Pete pense de moi. Il était tellement en colère et plein de haine à la veillée pour Josh ; il ne voudrait pas que je m'impose.

Blake a ouvert la bouche, mais j'ai placé un doigt sur ses lèvres pour le faire taire, devinant ce qu'il allait dire.

— *Après* avoir vu ton oncle. Tu peux le faire.

Il a reculé d'un pas et j'ai baissé mon bras. Avec un signe de tête, il est parti rejoindre sa famille.

J'ai contemplé le couloir jusqu'à ce que Blake entre dans la chambre de Pete, puis je suis allée dans la petite salle d'attente. Des chaises couvertes de tissu bleu étaient alignées contre un mur et un long comptoir leur faisait face. Exactement ce qu'on attendait d'un hôpital. Il y avait de quoi préparer du thé et du café, mais je me suis dit que c'était à la disposition des familles des patients en priorité. J'ai glissé une pièce dans le distributeur automatique et du café certainement imbuvable a coulé dans un gobelet en plastique.

Je me suis assise et j'ai envoyé un petit message à ma mère pour la tenir au courant de ce qui se passait. Elle m'a répondu immédiatement en me demandant de dire à la famille de Blake qu'elle pensait à eux. Je n'allais pas le faire, bien entendu, parce que je n'étais pas la bienvenue, mais j'ai répondu que je transmettrais à Blake.

Je ne savais pas combien de temps il allait rester dans la chambre, mais j'imaginais que ce ne serait pas très long. Même si j'étais fatiguée et que j'avais envie d'aller me coucher, je voulais que Blake reste le temps nécessaire avec les siens. Il avait besoin de se rapprocher des membres de sa famille, pour lui ils étaient encore quasiment des inconnus. Sa famille proche se réduisait à son père et ses grands-parents paternels.

Comme j'étais seule dans la salle d'attente et que je n'avais aucune distraction, j'ai repensé à ce que Blake avait suggéré. Est-ce que la personne qui avait blessé Pete pouvait être la même qui avait tué Courtney et Josh ? Blake imaginait que c'était Kyle, mais je n'arrivais pas à me représenter un de mes amis frappant quelqu'un sur la tête à coups de batte, pas plus que poignardant Josh et Courtney. En outre il y avait les embrouilles entre Blake et sa mère, puis le fait qu'il n'aimait personne dans sa famille à part son père.

Quelle que soit la manière dont j'envisageais la question, j'aboutissais systématiquement à la même conclusion : aucun de mes amis ne pouvait être coupable. L'image de l'un d'eux serrant un couteau dans sa main, debout au-dessus des corps ensanglantés de Courtney et de Josh, refusait de se former dans mon esprit.

Blake n'avait pas vécu les mêmes choses que moi et n'avait pas les mêmes attaches : il pensait que c'était Kyle, le coupable.

Je venais tout juste de finir mon jus de chaussette et j'en étais à mon deuxième round de réflexions, quand Blake est entré dans la pièce.

— Allons-y, a-t-il déclaré d'un ton sans appel.

Je me suis levée et j'ai jeté mon gobelet vide dans la poubelle.

— Comment va-t-il ?

— Il est inconscient, a-t-il répondu en avançant vers la porte.

J'ai couru après lui. Je voulais savoir pourquoi il était si pressé de partir. Que s'était-il donc passé dans la chambre ?

Quand je suis revenue à la maison, il était un peu plus de minuit et mes jambes étaient près de se dérober sous moi. J'étais complètement épuisée. Blake avait à peine prononcé un mot durant le retour, et je ne savais pas si c'était une bonne chose ou pas. J'ai eu beau lui demander un millier de fois pourquoi nous étions partis aussi précipitamment, il a refusé de me donner une explication Quelqu'un lui avait dit quelque chose, c'était clair. Mais qui ? Et quoi ?

Je n'avais pas vu la famille de Blake, mais il m'avait confirmé qu'ils étaient dans la chambre de Pete. D'après ce que j'avais réussi à lui soutirer, Pete était dans un état critique. Son cerveau avait enflé et il ne réagissait pas. Sa vie ne tenait littéralement qu'à un fil, celui d'une machine.

La seule autre info que j'avais réussi à grappiller, c'était que sa grand-mère était contente de le voir là. La situation était vraiment, vraiment grave, et je flippais pour tout le monde.

DIMANCHE 23 AOÛT

Le lendemain matin, je me suis réveillée en sursaut d'un rêve très réaliste dans lequel Josh et Courtney se faisaient poignarder par un tueur sans visage. Je savais qu'ils avaient été attaqués à coups de couteau. Je les avais vus gisant dans une flaque de sang et j'avais entendu les détails que la police avait accepté de divulguer, mais la nuit dernière, c'était comme si j'avais assisté au drame. Mon cauchemar paraissait si réel que je me sentais mal, même après le réveil.

J'ai pris mon téléphone pour vérifier l'heure et j'ai paniqué en voyant à nouveau le numéro inconnu. *Ouvre ce message, Mackenzie. Tu peux le faire.*

« Quelqu'un a ouvert sa grande gueule. »

Une grande gueule ? Pete ? Il voulait parler de Pete ?

— Allez, réfléchis, Mackenzie, ai-je marmonné en me massant les tempes.

Je me suis soudain souvenue d'un échange virulent après les funérailles de Tilly. C'est ce jour-là que Josh avait déclaré qu'il était soulagé que ce soit Tilly et Gigi qui soient mortes, plutôt que Courtney et lui. Pete avait alors pris la défense de son neveu et Lawrence de sa fille.

J'avais très envie de pouvoir incriminer Lawrence. Il était temps d'expliquer cette hypothèse à Wright et de le laisser décider ce qu'il devait en déduire. Je n'allais nulle part. Je n'avais aucune idée de ce que je devais faire. J'avais reçu un deuxième message flippant et c'était le bordel dans ma tête. Étais-je la seule à recevoir ces messages ? Et si non, pourquoi les autres ne m'avaient-ils rien dit ? Avaient-ils aussi peur que moi ?

Nous étions amis. Nous n'aurions pas dû nous méfier les uns des autres. Pourtant c'était exactement ce que je faisais.

Pete avait été gravement blessé. Il fallait que la police commence à s'intéresser à Lawrence, avant qu'un malheur n'arrive à une nouvelle victime. Il fallait à tout prix épuiser toutes les autres options, avant d'enquêter sur mes amis.

J'ai dû passer le petit-déjeuner à rassurer mes parents. C'était éreintant. Dès le repas achevé, j'ai pris mes clés et je suis montée dans ma voiture au moment où tous deux partaient travailler. Je leur ai fait signe et j'ai démarré, impatiente d'être au commissariat.

J'avais les deux mains crispées sur le volant, et les nerfs en pelote. Mon téléphone a sonné quand je suis arrivée dans le centre-ville. C'était Megan.

Je ne me sentais pas prête à lui parler, mais je ne pouvais pas rejeter l'appel, parce qu'elle essayait de me joindre depuis une éternité.

— Salut, lui ai-je lancé en activant le kit mains libres, pour pouvoir conduire en même temps.

— Kenzie, ça va ?

Non, pas du tout.

— Oui, et toi ?

— Ça va. Écoute, je pense qu'on devrait tous se voir. Ça fait plus d'une semaine qu'on n'a pas vraiment passé du temps ensemble, rien que nous. Aaron et Kyle viennent chez moi à dix-neuf heures. On mangera de la pizza. Il faut qu'on se serre les coudes. J'ai l'impression qu'on est en train de s'éloigner les uns des autres. Tu es partante ?

En apparence tout était normal, une bête soirée entre copains. En réalité c'était forcé. On essayait de colmater les brèches.

— Bien sûr. Je dois raccrocher parce que je suis au volant. À ce soir.

— Super.

J'étais arrivée à destination et je me suis garée sur le parking à côté du commissariat. J'ai aperçu la Range Rover d'Aaron à ma droite. *Qu'est-ce qui se passe ?* Je suis sortie et j'ai vu Aaron et Kyle se diriger vers moi. Mon cœur a bondi dans ma poitrine.

— Salut !

Kyle m'a serrée dans ses bras. J'ai répondu à son étreinte et je me suis écartée.

— Salut.

— On t'a convoquée aussi, hein ? m'a demandé Aaron.

Convoquée ? Il avait encore été convoqué ?

— Heu, oui.

Je ne voulais pas leur expliquer ce que je faisais vraiment là. Si je posais des questions à Aaron, il risquait de se demander pour quelle raison je n'étais pas informée comme lui, puisque j'étais convoquée. C'était probablement en rapport avec l'agression de Pete, de toute façon.

— Tu seras chez Megan ce soir ? a voulu savoir Aaron.

— Oui.

— Cool.

Aaron a hoché la tête et a ouvert sa portière. Kyle est monté du côté passager et s'est mis à pianoter sur son téléphone. À chaque fois que je les voyais, j'avais l'impression qu'ils me cachaient quelque chose. En réalité, connaissant Kyle, il devait sans doute jouer à une application débile qu'il avait téléchargée. Est-ce qu'on peut changer le numéro d'où on envoie des SMS ? Non, ça n'avait aucun sens. J'étais juste très nerveuse. Ils m'ont tous les deux fait signe le plus naturellement du monde, lorsque Aaron a démarré.

Je me suis dirigée vers le commissariat, toujours bien décidée à parler de Lawrence à Wright, quand l'inspecteur et Blake sont sortis par la porte principale. *Blake est là aussi. Megan et moi sommes les seules à ne pas avoir été convoquées ?* Venant par le côté, j'ai fait quelques pas vers eux sans qu'ils me voient pour entendre ce qu'ils disaient.

— Oui… mouvementé, a déclaré Wright en haussant un sourcil.

Je ne voyais pas le visage de Blake, parce qu'il me tournait le dos, mais je devinais son expression agacée.

— Un passé « mouvementé » ne fait pas de quelqu'un un tueur, monsieur Wright. C'est un psychotique que vous cherchez.

L'inspecteur a haussé les épaules.

— Peut-être… Et vous n'êtes peut-être pas le tueur : votre passé ne prouve pas que vous avez tué votre frère et sa copine. Mais votre casier judiciaire est tout de même très intéressant, Blake. Grâce à vous, je ne me suis pas ennuyé hier soir.

Il lui a adressé un signe de tête et est rentré dans le commissariat. Blake s'est retourné et s'est mis en marche vers le parking, la tête baissée.

— Hé ! Blake ! ai-je crié.

Il a relevé la tête.

— Qu'est-ce que tu fais ici, Mackenzie ?

J'ai couru à sa rencontre.

— Que voulait dire Wright à propos de ton casier judiciaire ?

Blake a froncé les sourcils.

— Rien, a-t-il marmonné.

— C'est ça !

Je lui ai attrapé le bras. Il s'est dégagé si violemment qu'il a failli me cogner.

— Qu'est-ce que tu veux ? Tu cours partout pour résoudre ce fichu double meurtre. Je… ne… les… ai… pas… tués ! a-t-il articulé avec lenteur.

— Blake, je te crois.

Il m'a regardée dans les yeux pour essayer de déterminer si je disais la vérité ou non.

— Je te crois, ai-je répété.

— Bien. Laisse tomber alors.

Il s'est dirigé vers son 4×4. *Pas si vite, mon vieux !* Je l'ai suivi en laissant une petite distance entre nous. Je voulais savoir ce que cachait son casier judiciaire. Blake a déverrouillé la voiture, et j'ai ouvert avec difficulté la portière passager.

— Qu'est-ce que tu fiches ?

— Monte, Blake.

Il s'est installé au volant en grommelant et a claqué la portière.

— Dis-moi… ai-je insisté.

— Je te révélerai ce qu'il y a dans mon casier si tu m'avoues une chose que tu n'as jamais dite à personne.

— Tu fais toujours ça : dévier l'attention sur quelqu'un d'autre.

Il venait de dresser son mur de défense.

— Si je te raconte un truc dont seul mon père est au courant, quelque chose dont je ne suis pas fier, alors je veux l'équivalent en retour, s'est-il justifié. À toi de voir.

— D'accord.

— Et c'est toi qui te lances, a-t-il ajouté.

Je me suis mordillé l'intérieur de la joue en regardant par la vitre. Je ne pouvais pas regarder Blake pendant ma confession. C'était trop personnel, trop intense. Mon cœur s'est fendillé : je me préparais à évoquer un sujet dont je n'avais pas parlé depuis l'âge de seize ans. J'ai serré mes mains l'une contre l'autre.

Je ne veux pas faire ça. Je ne veux pas revivre ça ! Est-ce que je peux vraiment avoir confiance en lui ? J'ai pris une profonde inspiration et j'ai ravalé la grosse boule qui s'était formée dans ma gorge. Je savais que je devais m'ouvrir à Blake, si je souhaitais obtenir la même honnêteté de sa part. Et j'avais besoin de cette franchise pour découvrir ce qui s'était vraiment déroulé au cours de ce terrible week-end.

J'ai ouvert la bouche, j'ai fermé les paupières et j'ai attendu que les mots se forment.

— Il y a deux ans, j'ai avorté…

Oh mon Dieu, j'ai prononcé cette phrase à voix haute. J'avais le cœur serré.

J'ai attendu qu'il dise quelque chose, mais il a gardé le silence. J'ai poursuivi :

— J'avais seize ans, j'étais bien trop jeune pour être mère, et je mourais de peur. Mon petit ami de l'époque avait rompu avec moi une semaine avant que je l'apprenne et il était devenu… dégueulasse. Donc je ne lui ai rien dit. Je ne pouvais pas en parler avec mes parents parce qu'ils auraient été furieux et déçus. Je ne voulais pas qu'ils me détestent. Je ne savais pas vers qui me tourner, ni où aller. J'avais l'impression de me noyer et je ne savais pas quoi faire. Tous les soirs, je m'endormais en larmes après avoir prié pour que quelqu'un me vienne en aide. Mais personne ne pouvait m'aider, ou du moins, c'est ce que je croyais à ce moment-là. Je n'avais jamais été aussi paniquée de ma vie… et je ne l'ai jamais été autant depuis, même quand je suis tombée sur Courtney et Josh dans la cuisine. J'étais seule et j'avais l'impression de ne pas avoir le choix, alors je n'en ai parlé à personne.

Blake s'est tourné vers moi.

— Mackenzie, tu as traversé ça toute seule ? m'a-t-il demandé avec douceur.

J'ai cligné des yeux pour soulager le picotement que je ressentais. *Tu peux y arriver.*

— J'ai pris rendez-vous à la clinique. Je me suis forcée à ne pas y penser tout le temps. J'ai fait comme si j'allais passer un examen médical de routine.

Mes mains se sont mises à trembler, en repensant à ce jour terrible. Je sentais encore l'odeur de désinfectant et la peur qui me nouait l'estomac.

— Quand j'ai avalé la pilule, je me suis imaginé que c'était de l'aspirine. Quand les douleurs ont commencé, je me suis fait croire qu'elles venaient de mes règles. À la seconde où je l'ai fait, je me suis détestée. Et je me déteste toujours. C'était la plus grosse erreur de ma vie. Et Josh était la seule personne au courant.

14

Blake m'a pris la main. J'ai ravalé un sanglot, réconfortée par son geste.

— Josh savait ? Comment ?

Une larme brûlante a roulé sur ma joue. Ce n'était pas facile d'y repenser.

— Il m'a vue quitter la clinique. Il avait un boulot après les cours dans le bureau de votre oncle, juste à côté. J'étais dans un état second. Je n'arrivais pas à croire ce qui s'était produit. Il n'a pas mis longtemps à comprendre ce qui venait de se passer.

— Qu'est-ce qu'il a fait, Kenz ?

Ma gorge, ma poitrine et mon cœur étaient en feu. J'ai replié les jambes, les remontant pour les enserrer de mes bras, comme pour me protéger de cette conversation.

— Il m'a fait chanter. Rien de grave. Par exemple il me demandait de dégager quand il voulait être seul avec Courtney, ou il m'obligeait à venir le chercher au beau milieu de la nuit, à lui donner de l'argent, de fausses références pour un nouveau job d'étudiant, il me poussait à convaincre nos amis de partir en week-end avec lui alors qu'on ne l'aimait pas.

— Quel salaud ! a marmonné Blake en serrant les dents.

— Chaque fois que j'essayais de prouver à Courtney que Josh était un connard, j'imaginais son expression – ce sourire narquois et ses sourcils levés – et je me répétais qu'il était au courant d'une chose que je ne voulais à aucun prix ébruiter. J'aurais voulu que Courtney le largue, mais je craignais que, si Josh apprenait que j'étais en partie responsable de cette décision, il révèle ce que j'avais fait. Je me déteste d'avoir pris cette décision et je déteste tout ce que j'ai fait pour garder ce secret.

— Pourquoi n'en as-tu toujours pas parlé à tes parents ?

Je faisais un effort surhumain pour contenir mes larmes.

— Parce que j'ai honte et que c'est mon plus grand regret. J'étais dans un tel état, Blake. Sortir avec Danny m'a foutue en l'air et m'a quasiment anéantie. Je n'avais plus aucune estime de moi, aucun respect. Il me trompait tout le temps, je n'en ai parlé à personne. Mes parents seraient *tellement* déçus d'apprendre que j'ai été irresponsable à ce point-là et que j'ai avorté. Je ferais *n'importe quoi* pour remonter le temps et changer ce qui s'est passé.

Blake m'a encore serré la main. Il avait l'air complètement paumé, mais le fait qu'il tentait de me réconforter et de me soutenir comptait énormément pour moi.

— Tu ne dois pas t'en vouloir. Tu étais jeune, Mackenzie.

— Et alors ? J'étais assez mature pour faire l'amour. Ça veut dire que j'avais l'âge d'en assumer les conséquences.

En réalité, je n'avais pas la maturité nécessaire, mais j'étais parvenue à prendre une décision, même si je savais au fond de moi que ce n'était pas la bonne.

— Je regrette de ne pas avoir bien réfléchi avant d'agir de façon précipitée. Maintenant, je dois vivre avec mes regrets.

— Je suis désolé que tu aies dû traverser ça toute seule.

— J'en veux aux autres de garder des secrets, alors que le mien est tellement…

J'ai collé mon front contre mes genoux.

— J'ai envoyé un mec à l'hôpital, a déclaré Blake.

J'ai relevé la tête.

— Quoi ?

— Quand j'avais seize ans, j'étais un peu bagarreur. En fait, je vivais pour ça.

— Pourquoi ?

— J'étais en colère.

— Contre quoi ?

Il a souri.

— Putain, t'es vachement curieuse.

Je me suis tournée vers lui.

— Je t'ai avoué mon plus grand regret, que personne d'autre ne connaît. À ton tour, c'était le deal.

Il a tendu la main pour essuyer une petite larme sous mon œil, et j'ai arrêté de respirer pendant une seconde.

— Qu'est-ce qui s'est passé, Blake ?

— Je n'ai pas de bonnes relations avec ma mère, tu le sais déjà.

J'ai acquiescé.

— J'étais en rogne contre elle parce qu'elle ne se souciait pas assez de moi et parce qu'elle préférait Josh. Elle ne pouvait pas nous élever tous les deux toute seule, alors elle a choisi le petit garçon parfait. Comme mon père travaillait énormément, j'étais presque tout le temps livré à moi-même. Je n'avais pas beaucoup d'amis, pas de *vrais* amis en tout cas. On était une bande, on traînait dans la rue, on se bourrait la gueule et on se battait.

— Waouh, se saouler et se battre dans la rue ! Quand je pense que tu t'es moqué de nous parce qu'on buvait dans un parc.

L'ombre d'un sourire a flotté au coin de ses lèvres.

— Je n'ai jamais dit que ce que je faisais était classe. C'était con. *J'étais* con. Un soir, il y avait un type qui faisait le malin et j'ai pété un câble. Je ne me souviens même pas de ce qu'il a dit. Bref, je suis allé trop loin. Quand on m'a écarté de lui, j'ai compris pourquoi tout le monde criait autant. Il ne bougeait plus. Il y avait énormément de sang.

Il s'est interrompu et a plissé le front, perdu dans le souvenir.

— C'était ma dernière bagarre.

J'essayais de digérer ses révélations. Au moins, il m'avait dit la vérité, ou presque, sur le fait que sa mère ne voulait pas de lui.

— Tu étais en colère et je comprends pourquoi.

Il a essayé de tourner mon commentaire en dérision.

— C'est bon, la psychanalyste, tu peux arrêter.

— J'imagine que Wright s'est régalé de cette information.

— On pourrait dire ça. Même si les bagarres et les meurtres avec préméditation sont deux choses complètement différentes, je crois que je viens de remonter tout en haut de sa liste de suspects.

— Je n'irais pas jusque-là, monsieur Harper.

Nous avons sursauté en reconnaissant la voix de l'inspecteur. Les poils de ma nuque se sont hérissés. Je me suis retournée. Il était appuyé contre la voiture voisine de celle de Blake. Il était à la hauteur des vitres arrière, juste en dehors de notre champ de vision. Nos deux vitres étaient baissées parce qu'il faisait une chaleur à mourir.

Il avait tout entendu.

— En revanche, Mackenzie, je pense que nous devrions avoir une nouvelle discussion tous les deux.

Sur ce, Wright a tourné les talons et est reparti vers le commissariat, persuadé que nous allions le suivre.

Mon estomac s'est noué.

— Bon Dieu, Blake !

— Ça va aller.

— Il va penser que j'ai tué Josh parce qu'il me faisait chanter !

Je sens que je vais vomir.

— Il le croit déjà, a déclaré Blake avec un petit rire sardonique. Mackenzie, tout le monde voit bien que tu n'es pas une tueuse. Tu es trop faible pour ça. Tu es à peine capable d'ouvrir la portière de mon 4 × 4.

— La ferme ! Tu sais très bien qu'elle est super dure.

J'ai ouvert la porte, ce qui était facile de l'intérieur, et je suis sortie. Blake m'a suivie en riant. Comment pouvait-il être si désinvolte alors que j'étais certaine que Wright allait m'arrêter à la seconde où j'entrerais dans le bâtiment ?

Mon pouls battait dans mes oreilles quand j'ai mis le pied à l'accueil du commissariat. Wright m'a souri.

— Suivez-moi, Mackenzie.

Blake m'a touché le bras et a indiqué la porte d'un mouvement de la tête. Évidemment, il allait se casser. C'était une habitude. Je devais toujours assumer seule les situations difficiles.

— Vous voulez que j'appelle vos parents ?

— Non merci, ai-je répondu un peu trop sèchement.

Je me suis assise dans la petite salle d'interrogatoire aux murs rose terne. Une table noire me séparait de Wright. Il a fermé la porte et s'est assis. Il s'est penché par-dessus la table.

— Vous savez comment ça fonctionne.

Il a indiqué d'un mouvement du menton le magnétophone, qu'il a enclenché en énonçant la date et mon nom.

— Parlez-moi du chantage que Joshua Harper exerçait sur vous.

— Ce n'était pas vraiment un chantage. Josh ne m'a jamais obligée à faire quoi que ce soit d'horrible. Je n'avais simplement pas le droit de le débiner aux yeux de Courtney.

Les sourcils broussailleux de l'inspecteur se sont dressés.

— C'est-à-dire ?

— Je vous l'ai déjà dit.

Il a haussé les épaules.

— Rafraîchissez-moi la mémoire.

J'ai soupiré. Lui répéter ce que j'avais raconté à Blake dans la voiture me semblait une mauvaise idée, mais je n'avais pas le choix.

— Josh était égoïste et pensait que tout le monde lui devait quelque chose. Je savais qu'il chercherait à contrôler Courtney. Et c'est ce qu'il a fait. Elle méritait mieux que lui.

— Mais Joshua vous empêchait d'exprimer ce que vous pensiez vraiment de leur relation ?

— Heu… non.

J'ai baissé la tête.

— En fin de compte, j'ai dit à Courtney que, si elle l'aimait, c'est qu'il n'était pas si nul. Que si elle voulait sortir avec lui, c'était son choix. Je n'avais pas envie qu'elle soit en couple avec ce gars, mais je ne voulais surtout pas qu'on sache que j'avais avorté.

— Et c'est pour ça que vous l'avez tué ?

Je me suis redressée d'un bond.

— Non !

— Joshua était le seul à être au courant. Il était le seul à pouvoir révéler votre secret, a insisté l'inspecteur Wright. Une fois débarrassée de lui, personne ne saurait jamais rien. Sa mort a résolu votre problème, non ?

— Je ne l'ai pas tué ! Si je l'avais fait, pourquoi est-ce que j'aurais tué Courtney ? C'était ma meilleure amie ! Je ne tuerais jamais personne pour préserver un secret. Vous devez me croire !

— Voici ce que je pense qui s'est passé, a commencé Wright.

Il s'est arrêté un instant pour voir si j'allais le contredire. C'était inutile.

— À mon avis, vous vous êtes disputée avec Joshua et vous avez perdu le contrôle. Courtney a été témoin de l'altercation et, pour la faire taire, vous l'avez poignardée aussi.

— Non, ce n'est pas du tout ce qui s'est passé !

Je savais que je devais garder mon calme, mais c'est impossible quand on est accusé d'un meurtre que l'on n'a pas commis.

— Où étiez-vous hier soir, vers vingt heures ?

— Chez moi.

— Il y avait quelqu'un d'autre avec vous ?

— Blake était chez moi jusqu'à dix heures et demie environ, et mes parents sont restés à la maison toute la soirée. Je n'ai pas blessé Pete.

Il a levé les mains en souriant.

— Je posais juste la question.

Il s'est tu un instant avant de demander :

— Blake était avec vous hier soir ?

— Oui.

— Tout le temps ?

— Oui. Enfin…

Wright s'est penché en avant.

— Enfin ?

— Il est resté chez moi tout le temps, mais je n'étais pas avec lui tout le temps.

Wright est resté silencieux, attendant que j'en dise plus.

— Je suis descendue aider ma mère à préparer le dîner et Blake est resté dans ma chambre. Mais il dormait et il n'a pas quitté la maison.

— Comment pouvez-vous en être sûre ?

— Il aurait dû passer devant la cuisine pour sortir par la porte d'entrée, et je l'aurais vu.

— Il y a une autre porte, derrière ?

— Les portes-fenêtres du salon. Mon père a regardé de vieux films toute la soirée. Il aurait vu Blake, et il n'aurait jamais laissé un garçon partir sans lui adresser la parole.

— Donc, il n'a pas pu partir et revenir en douce ?

— Non.

— Et vous, vous avez quitté la maison ?

— Non.

J'ai cru qu'il allait creuser plus loin, mais il ne l'a pas fait.

— Laissez-moi récapituler ce que je pense qu'il s'est passé pendant ce week-end du 7 août.

Ce n'était pas une question, j'étais bien obligée d'écouter la version qu'il avait échafaudée.

— Vous avez tué Josh parce qu'il menaçait de révéler votre secret. Courtney a été témoin de l'attaque et vous avez été obligée de l'éliminer elle aussi. Peter Sheffield a découvert ce que vous aviez fait – je n'ai pas encore exactement compris cette partie, mais ça ne saurait tarder – alors vous avez essayé de le tuer à son tour.

— Non. Ce n'est pas vrai. Je parie que vous avez raconté la même chose à Blake, mais ça ne veut pas non plus dire qu'il est coupable.

— Bien sûr, mais le mobile de Blake était différent.

J'ai cligné des yeux, choquée. L'inspecteur admettait avoir accusé Blake de la même façon ? J'en avais le tournis. Je n'arrivais pas à cerner ce qu'il fabriquait. Wright était déroutant. Cette enquête était comme un jeu à ses yeux.

— Vous pouvez rentrer chez vous maintenant, mademoiselle Keaton.

J'étais libre de partir. Je ne suis pas restée pour lui parler de Lawrence. J'aurais eu l'air de m'accrocher à n'importe quoi, maintenant que Wright m'avait révélé ses hypothèses. J'étais bien obligée de garder mes soupçons pour moi, pour le moment du moins. Je me suis levée et j'ai quitté la pièce en feignant l'indifférence. Je ne voulais pas que Wright sache que ses accusations m'avaient atteinte.

J'ai traversé rapidement le commissariat et je suis sortie. J'étais d'une humeur massacrante, j'avais envie de casser quelque chose.

— Salut !

La voix de Blake m'a fait sursauter. Et mon cœur s'est emballé. Il était resté ! Il était appuyé sur une jambe contre le mur de brique, super détendu.

— Qu'est-ce que tu fais là ? Tu m'attendais ?

— T'emballe pas.

Trop tard. Tout en lui m'emballait.

— Non, pas du tout.

— Tu veux aller faire un tour et discuter ? m'a proposé Blake. Je te ramènerai à ta voiture.

Je me suis retenue de sourire comme une idiote.

— Avec plaisir.

15

Nous étions dans la chambre de Blake et je me triturais les doigts.

— Qui les a tués, à ton avis ? m'a demandé Blake en fixant le plafond.

Aucun de nous n'avait prononcé la moindre parole depuis notre arrivée, vingt minutes plus tôt. Il ne m'avait pas fallu longtemps pour me calmer. Même si Blake n'avait pas trouvé les mots pour me réconforter, il n'avait eu aucun mal à laisser parler les gestes.

J'ai haussé les épaules. C'était une question que je me posais mille fois par heure et la réponse était toujours la même. *Je n'en ai aucune idée*.

— Je ne veux pas que ce soit un de mes amis.

— Tu préférerais que ce soit moi, a-t-il chuchoté.

Sa main, qui décrivait de petits cercles sur mon genou depuis qu'on était assis, s'est immobilisée.

— Pas du tout !

J'aurais dû me douter qu'il penserait ça. Ça me rendait dingue qu'il se sente toujours de trop. Pour moi, il faisait partie de notre groupe, désormais.

— Je devrais probablement le souhaiter, mais non, ai-je ajouté.

Il s'est redressé sur les coudes.

— Bien sûr que si.

— Non, je t'assure. Je ne veux pas que le tueur soit quelqu'un que je connais. Il doit y avoir une autre explication.

— Mais il n'y en a pas. On sait tous les deux que Lawrence était en colère, mais que ce n'est pas lui le coupable.

Je le savais au fond de moi, mais je ne pouvais pas l'admettre à haute voix, ça m'aurait obligée à faire une croix sur cette piste, dont j'avais tant besoin.

— Tu finiras par accepter qu'un de tes amis est un tueur, a insisté Blake.

— Et à ton avis, qui est-ce ?

Il avait déjà accusé Kyle à plusieurs reprises, mais ses justifications étaient absurdes. Ses soupçons tenaient plutôt au fait que c'était avec Kyle qu'il s'était le moins bien entendu pendant le week-end.

— Je ne sais pas du tout.

Il s'est laissé tomber sur le matelas.

— Personne ne s'est beaucoup livré. Je pense encore que c'est Kyle, mais je n'écarte pas les deux autres.

Ils se sont livrés, mais pas à toi. Les révélations de mes amis m'avaient choquée. Tout le monde avait une sérieuse raison d'éliminer Josh et Courtney. Est-ce que je devais le raconter à Blake en détail, pour voir s'il déduisait quelque chose à partir de ce que j'avais appris récemment ? Il était tellement moins proche des autres que moi, il trouverait peut-être un lien évident qui m'échappait encore.

— Blake, ai-je commencé lentement, en continuant à me demander si je devais lui parler ou non.

Mauvaise idée, Mackenzie.

— Oui ?

Je n'ai pas pu me retenir :

— Il y a des choses sur Megan et Kyle que tu ignores.

J'étais officiellement la plus grosse salope de la planète.

Son expression n'a pas changé.

— De quoi est-ce que tu parles ?

— Ils avaient chacun un excellent mobile, ai-je murmuré.

L'air est devenu si lourd que j'ai cru que j'allais étouffer. J'oubliais que Blake n'était pas là juste pour m'aider, il était surtout un suspect lui aussi *et*… le frère de Josh.

— Continue…

Pourquoi avais-je pensé que c'était une bonne idée de lui raconter ? Il allait évidemment conclure que ces secrets les rendaient suspects. Il voulait à tout prix que quelqu'un paie pour la mort de Josh et il était déjà convaincu qu'un de mes amis avait du sang sur les mains.

J'étais non seulement une amie dégueulasse, j'étais aussi une imbécile. Maintenant que je lui avais dit qu'ils avaient un mobile, je ne pouvais plus revenir en arrière sans qu'il se méfie et imagine le pire… à mon sujet. Il croirait sans doute que j'essayais de *me* couvrir.

— Perso, Josh m'a fait chanter. Et toi, tu lui en voulais.

Je récapitulais pour montrer à Blake que nous avions chacun des raisons de le tuer et qu'il ne pouvait pas soupçonner les autres simplement pour leurs mobiles respectifs.

— Megan a trafiqué le verre de Gigi, ça a obligé Courtney à conduire la nuit de l'accident qui a tué Gigi et Tilly. Et Kyle avait une liaison avec Courtney.

Ces mots m'ont laissé un goût amer dans la bouche.

— Courtney trompait Josh ?

— Oui. Kyle m'a dit que c'était fini depuis quelques mois, mais ça a duré longtemps.

Blake a émis un petit rire dédaigneux.

— Mon frère était un connard arrogant, il le méritait sûrement.

Je me suis redressée d'un bond sous le choc. Ce n'était pas la réaction à laquelle je m'attendais. Du tout.

— Blake, qu'est-ce que… ?

— Ne prétends pas que tu n'as pas pensé la même chose. Cette histoire aurait fait un peu dégonfler l'ego de Josh. Je suis juste déçu qu'il n'ait jamais été au courant. Et Aaron ?

— Quoi ?

J'avais du mal à suivre. Blake s'intéressait à Aaron maintenant ? Quel virage à cent quatre-vingts degrés !

— C'est quoi, son secret bien caché ?

— Heu. Il n'en a pas.

Il souriait et me regardait d'un air narquois :

— Mais non. Il est clean.

— Tu crois ?

— Ce que je pense, c'est que plus rien ne me surprendrait. Tout le monde semble avoir au moins un cadavre dans son placard et tu dois te demander pourquoi Aaron te cache toujours le sien.

— Il n'en a peut-être pas ou en tout cas aucun qui concerne Josh et Courtney.

Blake s'est levé et s'est approché si près que j'en ai eu le vertige. S'il souhaitait que nous ayons une conversation sérieuse, il fallait qu'il garde ses distances.

— Mackenzie, tu es beaucoup trop naïve et trop confiante.

Je me suis écartée pour réinstaurer un peu d'espace entre nous. J'étais adossée au mur, espérant qu'il ne s'approcherait pas plus, car j'avais déjà du mal à respirer.

— On me le dit souvent, Blake.

— Les gens risquent de profiter de toi.

J'ai croisé les bras.

— Excuse-moi de ne pas avoir envie de croire que mes amis sont des assassins.

— Je ne dis pas que c'est une mauvaise chose en soi, mais tu dois te méfier. Ton envie de voir le meilleur chez tout le monde va te revenir en pleine face. Tu es aveuglée par ta confiance excessive, y compris envers des inconnus.

— Tu parles de toi ?

— Notamment. Tu es convaincue que je n'ai pas tué Josh et Courtney, mais tu ne sais pratiquement rien sur moi, à part que j'en veux à ma mère et à mon frère et que j'ai envoyé un mec à l'hôpital.

Mes poumons brûlaient, je manquais d'oxygène. *Qu'est-ce qu'il raconte ?*

— Tu es en train de me dire que c'est toi qui les as tués ?

Il a soupiré.

— Non, Mackenzie, je dis juste que, si j'étais coupable, tu ne le saurais pas. À ton avis, lequel de tes amis est le plus susceptible d'avoir tué Josh et Courtney ?

— Je ne sais pas. Aucun.

Il a souri et a incliné la tête sur le côté.

— Et voilà. Il est évident que l'un de nous est le coupable, mais tu refuses de voir la réalité en face. Tu les connais mieux que quiconque. Tu *sais* lequel d'entre eux est le suspect le plus probable, mais tu ne veux pas l'admettre.

Je me suis mordu la lèvre si fort que j'ai eu un goût de sang dans la bouche.

— Tes tripes te disent quoi, Mackenzie ? À ton avis, qui est-ce ?

— Je ne sais pas, Blake !

J'ai sauté du lit et j'ai commencé à faire les cent pas dans sa chambre. Qu'est-ce qu'il cherchait à faire ? Il me fixait comme un vautour.

— J'en sais rien. J'en ai aucune idée, putain !

— Bien sûr que si.

— Non ! ai-je hurlé. Arrête… connard !

Il a eu un grand sourire amusé.

— J'ai vraiment envie de te cogner.

— Écoute, je n'essaie pas de t'énerver… a-t-il commencé.

— Alors, arrête de me faire chier.

— Tu veux mon aide ou pas ?

J'ai secoué la tête et ai jeté avant de sortir de sa chambre :

— Non, je veux juste que tu me fiches la paix. Je vais rechercher ma voiture à pied.

Il ne m'a pas suivie quand j'ai quitté la maison, mais je ne m'attendais pas à ce qu'il le fasse. Il n'était pas du genre à courir après les filles. Il se faisait tard et les réverbères éclairaient tout juste mon chemin. J'étais censée aller chez Megan, mais je n'en avais pas le courage. Je préférais rentrer chez moi – j'irai récupérer ma voiture le lendemain.

L'air était chaud, nous étions en août, en pleine canicule, mais j'ai quand même serré mes bras autour de ma poitrine.

J'étais à mi-chemin de mon domicile quand mon téléphone a sonné pour m'annoncer un texto. Je devais encore récupérer ma voiture sur le parking du commissariat.

« 80 % des victimes connaissent leur meurtrier. Pense aux gens que tu connais, Mackenzie. »

Mes pieds sont restés plantés dans le sol. J'ai aspiré une bouffée d'air en tremblant et j'ai relu le message. C'était quoi ? Une menace ?

Il provenait du même numéro que les autres textos chelous. Mon cœur battait la chamade et mon pouls palpitait dans mes oreilles. J'ai regardé par-dessus mon épaule en serrant le téléphone dans mon poing. Il n'y avait personne dans les parages, personne de visible en tout cas. J'ai retenu ma respiration et j'ai tenté de distinguer des pas ou un autre son qui indiquerait que j'étais suivie. Le vent soufflait doucement et faisait bruire les feuilles des arbres, mais je n'entendais aucun autre son.

Peut-être que la personne s'est arrêtée pour t'épier. Un frisson m'a parcouru l'échine et je me suis mise à marcher plus vite. Je respirais trop fort pour entendre quoi que ce soit d'autre. J'ai jeté un nouveau coup d'œil en arrière pour examiner les alentours. Quelque part, derrière moi, j'ai entendu une porte claquer. Un grincement de bois m'a semblé provenir d'une cabane ou d'un abri de jardin. Peu importe ce que c'était. J'ai commencé à courir.

Je n'ai pas vu mes amis ce soir-là et je ne leur ai pas téléphoné parce que j'avais bien trop la trouille.

Un de mes amis est probablement le tueur.

Je relisais de façon obsessionnelle le texto mystérieux et j'ai cherché le numéro de portable dans Google. Il n'y avait aucun résultat. Évidemment.

Je me suis assise en tailleur sur mon lit, et j'ai fixé mon téléphone. Est-ce qu'on voulait me faire comprendre que je savais qui avait tué Josh et Courtney ou est-ce que quelqu'un tentait de me dire que je pourrais être la suivante ?

Qu'est-ce que ça voulait dire ? Blake pensait que je connaissais déjà le tueur. Ces messages pouvaient-ils venir de lui ?

Ou de Megan, de Kyle ou d'Aaron ?

LUNDI 24 AOÛT

Cette nuit-là, j'ai à peine dormi. Le matin, mes yeux piquaient. Je les ai frottés et j'ai pris la bouteille d'eau posée sur ma table de chevet. J'avais mal au crâne.

— Bonjour, ma chérie, m'a dit ma mère en passant la tête par ma porte entrebâillée. Ça va ?

— Bonjour. Ça va, oui. Vous partez travailler, papa et toi ?

— Dans quelques minutes. Tu es sûre que tu ne veux pas venir au bureau avec moi ?

— Certaine, maman.

Elle s'est appuyée contre le chambranle et a croisé les bras.

— OK. Promets-moi de m'appeler si tu as besoin de quoi que ce soit.

— Juré, mais vraiment, ça va.

— Tu vois quelqu'un, aujourd'hui ?

— Qu'est-ce que tu veux dire ?

— Tu vas retrouver un de tes amis ?

— Non, je ne suis pas d'humeur sociable. Je vais traîner au lit et regarder des conneries à la télé.

— D'accord.

Elle a souri et a saisi la poignée de porte, prête à la refermer.

— À plus tard. Appelle si tu as besoin de quoi que ce soit.

— Promis. À plus.

J'ai consulté mon téléphone. J'avais un tas d'appels en absence et de messages. La veille au soir, j'étais restée à la maison au lieu d'aller manger une pizza chez Megan. Même si je m'en voulais de les avoir laissés tomber sans les prévenir, j'avais trop besoin d'être seule pour m'en soucier. Les secrets que Kyle et Megan m'avaient cachés tournaient en boucle dans ma tête. J'étais crevée et complètement à bout. Je n'avais qu'une seule envie : connaître enfin la vérité.

Et quelqu'un m'avait envoyé ce texto flippant, que je ne savais pas comment interpréter.

J'avais envie de passer chez Aaron, or je ne l'ai pas fait. J'aurais voulu voir Blake, pourtant je n'avais pas le courage de me taper une de ses théories ou un laïus. J'avais besoin d'être seule, mais je n'en avais pas envie. Et puis il y avait Pete. Il avait été blessé, sans doute parce qu'il avait découvert qui était l'assassin de Courtney et de Josh. Ou il s'était simplement trouvé au mauvais endroit au mauvais moment.

Je me suis pris la tête à deux mains et je me suis affalée sur le matelas en gémissant. Pourquoi ça ne pouvait pas être clair ? Si un de mes amis était le meurtrier, non seulement il mentait, mais il acceptait que les autres soient suspectés. Jusqu'où le criminel était-il capable d'aller ? Si j'étais accusée, le tueur me laisserait-il faire de la prison à sa place ?

Ce n'était pas ça, l'amitié. Ce n'était pas passer devant les personnes qu'on aimait. Blake avait raison. Je plaçais beaucoup trop de confiance dans les gens qui m'entouraient.

Ces pensées tournaient dans ma tête, tandis que je jetais au sol les vêtements qui traînaient pour calmer ma frustration. Et, soudain, j'ai eu une illumination. Un de mes amis me mentait ! Il fallait que j'examine minutieusement les détails, comme le faisait Blake.

Ce n'était plus juste une question de prouver notre innocence à présent. Ces textos étaient carrément menaçants. J'avais de plus en plus peur. Le tueur voulait peut-être encore passer à l'acte.

16

Heureusement, la Range Rover d'Aaron était la seule garée devant chez lui quand je suis arrivée, après être allée rechercher ma voiture à pied. Tout le monde ment de façon générale ; il n'y a qu'une nuance, certains mensonges sont inoffensifs et d'autres dangereux. Pas toujours facile de faire la différence. J'étais sur le point de découvrir les secrets d'Aaron et d'apprendre quels bobards il m'avait racontés.

J'ai mis du temps à sortir de la voiture. C'était le seul de mes amis en qui j'avais encore pleinement confiance à cet instant. Cela risquait de ne pas durer.

La porte de la maison s'est ouverte. Aaron m'avait vue hésiter, de toute évidence. Il s'est posté sur le seuil en me dévisageant comme si j'avais deux têtes.

— Kenz, qu'est-ce que tu fous ?

J'ai fermé la portière.

— Désolée, j'étais dans un autre monde.

Un monde où je pouvais encore imaginer qu'au moins un de mes amis ne me mentait pas.

— Ça va ?

Aaron semblait si innocent. Il avait une vraie tête d'angelot, avec ses yeux bleus et ses cheveux blonds. Je ne l'imaginais pas faire quoi que ce soit de mal. Impossible.

— Oui, et toi ?

— Oui. T'es pas venue chez Megan hier, tu nous as manqué.

J'ai haussé les épaules et je me suis arrêtée devant lui.

— Je n'étais pas d'humeur.

Il a tendu la main et a passé doucement un pouce sous mon œil.

— Toi, tu ne dors pas bien.

— J'ai une sale gueule à ce point ?

— Non ! Juste un peu fatiguée et sans doute stressée. Entre.

— Ta mère n'est pas là ?

— Non, tu m'as pour toi toute seule. Va dans ma chambre, j'apporte du chocolat et du thé.

C'était mon Aaron protecteur et ça m'a réchauffé le cœur.

— Tu me connais trop bien !

Je suis montée attendre Aaron et je me suis roulée en boule sur son lit. Mon téléphone a bipé pour m'annoncer un SMS. C'était Blake.

« Fouille ses tiroirs. Demande RENFORTS par texto si tu as besoin de moi et je ferai démarrer la Batmobile ! »

J'ai secoué la tête en souriant. Quel idiot. Je lui avais dit que j'allais chez Aaron ce matin. On s'était complètement réconciliés après la dispute et on faisait comme si de rien n'était. Ça m'allait très bien. Je n'avais pas envie d'aborder à nouveau le sujet. J'ai répondu :

« Catwoman n'a pas besoin d'aide. »

« Tu as un costume de Catwoman ??????? »

J'ai explosé de rire en lisant son dernier message.

— Qu'est-ce qui te fait rire ? m'a demandé Aaron en entrant dans sa chambre avec des tablettes de chocolat dans les poches et une tasse de thé dans chaque main.

— Rien.

Je me suis assise pour prendre ma boisson. Aaron n'avait pas une très haute opinion de Blake, je ne voulais pas entamer notre conversation en parlant de lui.

— Merci.

J'ai bu une gorgée sans me soucier du liquide qui me brûlait la langue, puis j'ai posé la tasse sur la table de chevet.

Le téléphone d'Aaron a bipé. Il l'a sorti de sa poche et s'est figé, une expression consternée sur le visage.

Oh mon Dieu, il recevait aussi des messages anonymes ?

— Tout va bien ?

Il a grommelé et s'est mis à lire le SMS en serrant son portable, le front plissé. J'avais envie de lui parler de mon texto, mais j'avais peur. Je ne faisais vraiment confiance à personne en ce moment. Mais si Aaron en avait reçu un lui aussi…

— Aaron ?

Il a baissé le téléphone et m'a adressé un sourire artificiel, qui ne se communiquait pas à ses yeux.

— Désolé, Kenz. Je ne voulais pas me laisser distraire par mon portable. C'est impoli.

Il s'est éclairci la gorge et a bu une gorgée de thé.

— Quoi de neuf ? lui ai-je demandé.

Il n'allait pas me révéler la teneur de ce texto et je ne pouvais pas vraiment lui en vouloir. Je faisais pareil.

Il s'est assis et s'est rapproché de moi.

— Qu'est-ce que tu as sur le cœur ?

J'ai cligné des yeux. J'avais l'air nerveuse ? Effrayée ? Paumée ?

— Pourquoi est-ce que tu penses que j'ai un truc sur le cœur ?

— Tu as l'air perdue dans tes pensées, à des kilomètres d'ici.

Comment lui demander quel était son secret sans que ça paraisse bizarre ?

— Pas grand-chose. Et toi ? Quoi de neuf ? Ça fait longtemps qu'on ne s'est pas parlé.

— Je sais. Avec ce qui est arrivé à Courtney et Josh… Et puis c'est bientôt l'anniversaire de Tilly.

— Je sais. Elle me manque.

— Moi aussi. J'aurais voulu avoir réglé les choses avec elle. J'ai du mal à accepter de ne jamais savoir si ça aurait pu marcher entre nous ou pas.

Je savais que ce n'était pas toujours facile pour Aaron de parler de ses sentiments : son honnêteté m'a touchée. Je lui devais d'être franche à mon tour.

— Aaron, je ne veux pas avoir l'air dure, mais Tilly et toi, c'était un cauchemar. Je pense que si vous aviez été ensemble beaucoup plus tard, après être sortis chacun avec d'autres personnes, ça aurait fonctionné. Mais vous n'étiez pas prêts pour une relation aussi sérieuse si jeunes. Tu ne dois pas t'en vouloir.

— Non, tu as raison. Mais je l'aime toujours. J'aurais voulu qu'on ait l'occasion de passer à une histoire plus sérieuse.

— J'aurais bien aimé aussi que vous ayez cette chance. Tu veux faire quelque chose pour son anniversaire ?

Pour l'anniversaire de Gigi, j'avais confectionné un gâteau et nous lui avions acheté des cartes de vœux. C'était vraiment idiot, mais même si elles n'étaient plus là, ça nous paraissait important de marquer l'occasion. Elles méritaient encore qu'on les fête et nous avions besoin de leur consacrer du temps pour honorer leur mémoire.

Le regard d'Aaron s'est fait sérieux d'un coup et m'a paru chargé de souffrance.

— Je vais me défoncer et repenser au bon vieux temps.

— Te défoncer ?

Se défoncer, c'est-à-dire prendre… Non. Aaron ne se droguait pas. C'est du moins ce que je croyais.

— Allez, Mackenzie. Tu n'as jamais fumé ?

— Non.

Lui, si. Évidemment.

— Quelle fille sage ! a-t-il marmonné dans sa barbe, assez fort pour que je l'entende. Eh bien, tu rates quelque chose. C'est l'idéal pour tout oublier.

Je n'aurais pas été plus abasourdie s'il avait baissé son jeans pour faire pipi par terre. Nous n'avions jamais abordé le sujet, mais comme je n'avais jamais consommé aucune drogue, je supposais que c'était pareil pour mes amis. Aaron parlait ouvertement d'alcool et – malheureusement pour nous – de sexe. Je n'étais donc pas choquée qu'il parle de cannabis, juste qu'il en prenne.

— Tilly en fumait aussi ?

— Parfois. J'ai de l'herbe, si tu veux essayer.

— Ça va pas ?

J'ai écarté violemment le bras quand il a essayé de me prendre la main.

Je me suis levée d'un mouvement brusque.

Avant, quand quelque chose me tracassait, je fonçais chez Kyle ; maintenant, c'était vers Blake que je me tournais.

J'ai sonné et attendu. Dès qu'il a ouvert la porte, je suis passée devant lui.

— Entre, a-t-il marmonné dans mon dos.

Je suis montée dans sa chambre sans prêter attention à sa remarque. Sa mère n'était pas là, en tout cas je ne l'ai pas aperçue. Elle était peut-être encore à l'hôpital au chevet de son frère. Je n'entendais que les pas de Blake dans mon dos. Pas d'autre commentaire cinglant. Il devait être fatigué.

— Il se drogue ! ai-je déclaré en me laissant tomber sur son lit.

— Qui ? Aaron ?

— Oui. Il fume de l'herbe.

— Ce n'est pas le scoop de l'année.

— Il prend de la *drogue*, Blake.

— Je ne mettrais pas les fumeurs de joints et les utilisateurs de Rohypnol dans le même panier.

J'avais pensé la même chose, mais… quand même. C'était suspect.

— Tu fumes de l'herbe ? lui ai-je demandé.

— Non, mais je sais que ce n'est pas exactement au même niveau que ce qu'on a mis dans nos verres.

— Oui, je sais, merci. Mais ça ne signifie pas qu'Aaron pourrait se procurer du Rohypnol ?

— N'importe qui peut obtenir n'importe quoi.

— Pas moi. Je ne saurais même pas par où commencer ! Comment on fait, on traîne dans une rue sinistre et on demande à un mec louche s'il n'a pas de la drogue ?

Les sourcils noirs de Blake se sont levés.

— Promets-moi que tu ne feras jamais ça.

— Pourquoi ? C'est comme ça qu'on fait ?

Blake s'est mis à rire. Au moins un de nous deux trouvait ça drôle.

— Non, c'est comme ça qu'on se fait violer ou assassiner, Madame Innocente. Sérieusement, ta naïveté est inquiétante.

— Désolée de ne pas savoir comment me procurer de la drogue.

Il a ri encore plus fort et s'est laissé tomber sur le matelas à côté de moi.

— Alors maintenant tu es persuadée que c'est Aaron le coupable ?

— Ce n'est pas ce que j'ai dit, ai-je répondu, sur la défensive.

— Presque. Tu penses qu'il peut se procurer du Rohypnol. Tu envisages la possibilité qu'il ait tué Courtney et Josh.

— Je ne t'aime plus, Blake.

Il n'a pas mordu à l'hameçon, il savait très bien que c'était faux.

— Je ne sais pas quoi penser, ai-je avoué en m'asseyant en tailleur sur son lit.

Il a levé vers moi son regard bleu glacé, si intense.

— Mackenzie, arrête de te battre contre tes impressions et ouvre un peu ton esprit. Mets tes sentiments de côté.

— J'ai déjà essayé, ça ne marche pas. Tu as plus de distance que moi. Pourquoi est-ce que tu ne peux pas me dire ce qui s'est passé ?

— Je ne suis pas un oracle, a-t-il répliqué sèchement. Je t'ai dit ce que je pense et tu rejettes ma théorie.

— Parce que tu es persuadé que c'est Kyle !

— À mon avis, c'est Aaron.

Sa réponse m'a fichu la migraine.

— Mais…

Je cherchais les mots justes pour défendre Aaron.

— Tu le penses aussi, non ? a insisté Blake.

— S'il est vraiment à fond dans l'herbe, alors peut-être. Il aime toujours Tilly, c'est ce qu'il croit en tout cas. Quoi qu'il en soit, il est à côté de ses pompes en ce moment.

— Pourquoi tu dis ça, Mackenzie ? Tu crois qu'il pète un câble ?

— Non. Aaron et Tilly n'étaient pas bien ensemble. Leur histoire ne fonctionnait que par intermittence. Ils se disputaient souvent. Je sais qu'ils s'aimaient bien, sinon ils ne se seraient pas remis ensemble après chaque séparation, mais je ne pense pas qu'ils étaient amoureux.

— Est-ce que c'est un mobile suffisant, alors ?

— Est-ce qu'un mobile est vraiment suffisant ? Les criminels tuent pour n'importe quelle raison, parce qu'ils y trouvent du plaisir ou parce que quelqu'un les a regardés de travers. Ce n'est pas le plus important. Si Aaron a tué Courtney et Josh, c'était par vengeance ou par jalousie. Ce sont des motivations profondes.

Le sourire de Blake a réapparu.

— Tu devrais peut-être être juge ou…

J'ai claqué des doigts sous son nez.

— Reste concentré.

On n'avait pas le temps de se disperser.

— Tu soupçonnes Aaron : on devrait s'intéresser à lui de plus près.

— Je suis un peu vexé que tu te serves de moi.

— Comment ça ?

— Maintenant que tu penses aussi que ça pourrait être Aaron, tu m'utilises pour obtenir des preuves. Tu as rejeté toutes mes hypothèses depuis le début, tu as quasiment prétendu que j'étais débile et, tout à coup, tu es d'accord avec moi.

— Je n'ai pas rejeté *toutes* tes hypothèses.

Il avait pourtant raison : nous soupçonnions tous les deux Aaron et, même si je ne voulais pas l'admettre, je me servais des soupçons de Blake pour ne pas devoir accepter les miens.

— Nouvelle règle, a-t-il décrété en levant la main. À partir de maintenant, si tu veux te servir de moi, tu pourras le faire uniquement si on est à poil.

Je l'ai regardé, complètement ébahie.

— Je savais déjà que tu n'étais pas vraiment un gentleman, mais là tu abuses.

— Si tu crois me vexer.

— Non, mais je te vexerai quand je serai frustrée et que je me plaindrai de ta mauvaise performance au lit.

Il s'est jeté sur moi et j'ai poussé un hurlement de surprise :

— Blake !

Je n'avais pas prévu ça. Il m'a attrapé les poignets et m'a plaquée sur le lit.

Il s'est penché au-dessus de moi et toute pensée cohérente s'est envolée.

— Tu es une vilaine fille. Et tu viens de te moquer cruellement de mes performances. Pourtant, je me souviens *très bien* de la façon dont tu as réagi la dernière fois et ça ne te déplaisait pas du tout.

La *dernière* et la *première* fois. Cette nuit comptait beaucoup pour moi et pas seulement parce que Blake avait été très attentionné. Surtout parce que c'était la première fois que je couchais avec un garçon depuis l'avortement.

C'était le premier mec qui m'inspirait confiance depuis ma rupture avec Danny.

Je me suis mise à rire. Il était à la fois trop près et trop loin.

— Merci pour la proposition, mais j'ai un programme vraiment trop chargé en ce moment.

— Qu'est-ce qui t'a laissée croire que c'était une proposition ? Déshabille-toi, Mackenzie.

J'ai fait la moue alors que mon corps commençait déjà à chauffer.

— Tu vois, c'est pour ça que je sais que tu serais nul comme amant. C'est pas sexy d'ordonner à une fille de se déshabiller comme ça.

— Moi, ça me plaît.

Moi aussi ça me plaisait en réalité, mais il n'avait pas besoin de le savoir.

— C'est juste parce que tu es un mec.

Menteuse, menteuse, menteuse.

Je me suis débattue.

— La bonne méthode, c'est d'embrasser ta partenaire et de lui enlever ses vêtements au fur et à mesure. Tiens, ce conseil, c'est cadeau. Tu me diras si ça marche.

J'ai tenté de libérer mes bras, sans succès.

— Allez, dégage. T'es lourd et on a plein de choses à faire, ai-je insisté.

J'ai froncé les sourcils. Qu'est-ce qu'il fabriquait ? Il semblait figé sur place.

— Hou hou ?

— Tu as peut-être raison, a-t-il fini par chuchoter en baissant la tête vers mon visage.

Mon cœur s'est emballé. *Ça y est.* Il allait m'embrasser. Même si la culpabilité éventuelle de mes amis continuait à me tracasser, rien ne m'empêcherait de répondre à ce baiser. C'était pour moi, pour nous. Blake et moi en avions besoin.

— Blake ! a crié Éloïse d'en bas.

Ses pas martelaient déjà les marches de l'escalier.

— Blake !

Blake a lâché une série de jurons et m'a repoussée. Sa mère l'appelait juste au moment où les choses se réchauffaient. Ça m'a fait l'effet d'un seau de glaçons renversé sur la tête.

Quand elle a ouvert la porte, j'avais repris le contrôle et je m'étais assise.

— Il est mort, a-t-elle sangloté.

Ses genoux se sont dérobés et elle s'est effondrée sur le sol, une main cramponnée à la poignée.

— Pete est mort. Il est mort.

17

Oh mon Dieu. Je me suis écroulée sur le sol, à côté de la mère de Blake, qui tremblait, anéantie. Elle venait coup sur coup de perdre son fils et son frère. Elle avait l'air d'être sur le point de mourir à son tour. Blake m'a regardée comme un chiot perdu.

— Maman… a-t-il balbutié d'une voix chevrotante.

J'ai passé un bras autour des épaules d'Éloïse.

— Je suis désolée, ai-je murmuré en la serrant.

Elle s'est effondrée sur mes jambes en pleurant. J'étais secouée par les sanglots qui ébranlaient son corps.

— Chhhh, ça va aller. Vous êtes seule ?

Une de ses amies venait presque tous les jours depuis la mort de Josh.

— Oui, je suis seule. Toute seule.

Sa réponse m'a brisé le cœur pour Blake. Elle avait peut-être perdu un fils et un frère, mais elle n'était pas seule. Elle avait toujours Blake.

— Je vais vous emmener au lit pour que vous puissiez vous allonger, puis Blake et moi allons décider qui il faut appeler et ce qu'il faut faire.

Elle n'a pas répondu, mais elle s'est laissé faire quand j'ai passé un bras sous le sien et que je l'ai hissée. Blake m'a aidée et nous l'avons soutenue jusqu'à sa chambre.

Blake était redoutable pour passer à l'action, mais quand il lui fallait gérer ses émotions, il était nul.

— Blake, ne fais pas… ne fais pas de bêtises, a bafouillé Éloïse. Ne te fais pas tuer, a-t-elle chuchoté avant de se mettre à pleurer si fort qu'elle a semblé peser deux fois plus lourd.

— Je suis là… maman, a-t-il répondu, l'air extrêmement mal à l'aise.

Les sanglots de sa mère ont redoublé en l'entendant prononcer le mot *maman*. Elle ne s'est pas arrêtée quand nous l'avons couchée ni quand nous lui avons promis de l'aider à surmonter cette nouvelle épreuve. Elle a enfoui la tête dans son oreiller. Ses doigts le serraient avec une telle force que ses articulations étaient blanches.

— Vous avez besoin de quelque chose ? Un verre d'eau ? lui ai-je demandé en caressant ses cheveux.

— N… non. Prends soin de lui, a-t-elle répondu en se mettant en position fœtale.

— Promis. Vous voulez qu'on reste ?

Elle a refusé et s'est recroquevillée davantage.

— D'accord, on reviendra voir comment vous allez plus tard.

Je me suis relevée et j'ai indiqué la porte d'un signe de tête à Blake pour qu'on s'en aille.

— Comment est-ce que tu sais ce que tu dois faire ? m'a-t-il demandé.

Il avait une tête de déterré, comme s'il n'avait pas dormi depuis des semaines. Bien qu'il ne soit pas sous son meilleur jour, il me faisait craquer quand même.

— Je suis vraiment désolée pour ton oncle, Blake.

J'ai enlacé sa taille de mes deux bras. Il s'est raidi. Je savais qu'il n'était pas très câlin de nature, mais je me suis sentie bête de le serrer sans qu'il réagisse. *C'était une bêtise*. J'allais m'écarter quand il a levé très lentement les bras pour les placer dans mon dos.

J'ai répondu à sa question :

— Je ne sais pas vraiment quoi faire. J'essaie juste de me comporter comme je voudrais qu'on le fasse pour moi dans ce cas-là. Il suffit de s'occuper d'elle, en pensant à ce que tu souhaiterais si les rôles étaient inversés.

— Je n'ai jamais eu à faire ça, a-t-il murmuré en calant ma tête sous son menton.

— Tu le fais maintenant. Je sais que tu n'as pas beaucoup d'expérience en la matière et que ta relation avec ta mère n'est pas la meilleure qui soit, mais elle a besoin de toi, maintenant. Et tu as besoin d'elle aussi.

— Hmm. Donc, quand tu t'effondreras, je dois me rappeler de te mettre au lit ?

J'ai eu un mouvement de recul, mais comme il ne m'a pas lâchée, je ne voyais pas bien son visage.

— Je suis en train de m'effondrer ?

— Pas encore. Tu n'as pas fini de protéger l'humanité tout entière.

Je ne savais pas qui je tentais de protéger. Je ne savais pas qui était coupable et qui était innocent.

— Ça veut dire que tu restes dans les parages ? Même quand tu auras enfin le droit de quitter la région et de retourner chez ton père ?

S'il répondait *non* ou s'il me disait qu'il resterait seulement jusqu'à ce que tout soit terminé, je serais effondrée. Nous ne nous connaissions pas depuis longtemps, mais suffisamment pour que je lui offre mon cœur. Il lui appartenait.

— Je ne sais pas encore. Chez moi, je n'ai pas grand-chose à faire, mais au moins c'est chez moi. Quoi que je décide, je reviendrai. Je te promets d'être celui qui te bordera.

C'était mieux qu'un *non* direct, mais ça ne me suffisait pas.

— Blake, même si tu essaies de repousser tout le monde et de jouer les cow-boys solitaires, je sais que tu as des sentiments pour moi.

— Non. Tu as simplement l'art de t'imposer dans ma vie et de t'incruster.

J'ai souri et fermé les yeux. Appuyée contre son torse, j'avais l'impression d'être à ma place, et bien qu'il ne soit pas du genre romantique, je me sentais *aimée*. Aux pires moments que je traversais depuis l'avortement, il était là pour moi, il était le roc dont j'avais besoin.

— C'est mignon d'une certaine manière, l'ai-je taquiné.

— Mignon, c'est pas mon truc, Mackenzie.

— Trop tard ! Tu as été mignon. À l'intérieur de toi, il y a des montagnes de petites guimauves roses.

— Pourquoi roses ?

J'ai rouvert les paupières.

— C'est encore plus adorable.

— Tu me trouves adorable ?

J'ai baissé les bras et il a reculé.

— Non, en réalité, je te trouve con.

Il a ri.

— Peu importe, Blake. Arrête de me distraire.

Des gens se faisaient assassiner autour de nous et nous plaisantions. Il était le seul capable de me faire sentir comme avant, alors que ma meilleure amie était morte et que nous figurions peut-être sur la liste d'un tueur en série.

— Désolé, a-t-il déclaré, alors qu'il ne l'était pas du tout. Je propose qu'on suive Aaron, Kyle et Megan.

— Tu veux filer mes amis ?

— Non, mais je crois que Pete a découvert qui a tué Josh et Courtney, c'est pour ça qu'il a été… attaqué. Celui de tes amis qui a commis les meurtres commence à flipper. S'il craint d'être démasqué, il risque de faire quelque chose ou d'aller quelque part, et cela peut nous mener à la vérité.

— On va organiser une filature ?

— C'est ça. Il nous faut une autre voiture.

— On n'a qu'à en louer une !

J'ai senti une pointe d'adrénaline et peut-être aussi d'excitation. *Ça va pas la tête ?*

— Pourquoi pas ?

— Il ne faut pas avoir vingt-trois ans ou je ne sais quel âge ?

Même si Blake avait vingt ans et conduisait depuis trois ans, je ne pensais pas qu'il aurait le droit de louer une voiture.

Il a ricané.

— Pitié ! J'ai de faux papiers d'identité qui disent que j'ai la trentaine. J'irai chercher la bagnole et je passe te prendre demain en fin de journée. Il faut régler ça avant…

Il n'a pas terminé sa phrase.

— Avant ?

— Avant que quelqu'un d'autre ne soit tué.

— Attention. Tu montres encore que tu n'es pas indifférent.

— Je voulais parler de *moi*.

— C'est ça.

Je lui ai flanqué un coup de coude.

— Rentrez chez vous, Mackenzie, m'a-t-il ordonné pour plaisanter.

— Bon, très bien. Quand ta mère se réveillera, n'oublie pas…

Il m'a agrippé le poignet, soudain terrifié à l'idée que je le laisse seul avec elle.

— D'accord, je reste. Pour l'instant.

— Je préfère ça.

Il m'a ramenée dans sa chambre.

— Ça va ? me suis-je inquiétée. Tu n'as pas dit grand-chose depuis que Pete…

— Depuis que j'ai appris sa mort, tu veux dire.

Il s'est assis sur le lit, la main tendue vers moi. Je l'ai prise avec un sourire et je me suis installée en glissant mes jambes par-dessus les siennes.

— Je ne le connaissais pas. Je l'ai à peine vu après avoir emménagé chez mon père.

— Tu aurais voulu mieux connaître ta mère ?

— Tu vas encore me psychanalyser ?

J'ai souri.

— Peut-être un peu.

— Bien sûr que j'en avais envie. Mais ce n'est pas toujours comme ça que ça se passe. Mes parents se sont séparés et notre famille aussi. Il y a eu des moments où j'aurais voulu que ma mère soit présente, vraiment présente, pas juste un coup de téléphone de temps en temps tous les deux ou trois mois, mais elle était occupée à élever mon frère et elle vivait sa propre vie.

— Ça ne lui octroyait pas le droit de ne pas être *ta* mère, ai-je rétorqué, en colère contre elle.

Même s'ils ne vivaient pas ensemble, elle aurait dû être la meilleure mère possible. Un coup de fil tous les trois mois, je n'appelais pas ça être parent.

— Mackenzie, c'est bon. Je suis un grand garçon, putain.

Je n'étais pas d'accord, mais j'ai laissé tomber parce que Blake ne se livrait pas souvent et que je ne voulais pas déclencher une dispute.

— Désolée. Qu'est-ce que signifie le décès de ton oncle pour nous ?

— Wright va essayer de nous accuser de sa mort aussi. Le coupable est un tueur en série, maintenant.

J'ai eu l'impression de recevoir un coup de poing dans le ventre.

— Quoi ?

— Avec trois meurtres, on devient tueur en série. Quoique je croie que ça ne compte que si du temps s'écoule entre deux meurtres. Le double assassinat de Josh et de Courtney ne compte peut-être que pour un.

J'ai avalé de la bile qui était remontée dans ma gorge.

— Arrête.

On aurait dit qu'il parlait de ces morts violentes comme si ce n'était rien.

— Pardon, a-t-il marmonné.

— Blake, et si nous étions les suivants, toi et moi ?

Il m'a caressé la joue.

— Tu as remarqué, c'est la première fois que tu penses d'abord à toi, et non pas à tes amis. Il y a quelques jours, tu aurais dit un truc du style : *Et si toute la bande allait y passer ?* Maintenant, c'est juste nous.

— Parce que je ne sais pas lequel d'entre…

Je me suis interrompue en plein milieu de la phrase. *Lequel d'entre eux est le tueur.* Je me suis écartée de Blake comme s'il était en feu.

Blake me regardait d'un air compatissant. S'il disait quoi que ce soit pour essayer de me réconforter, je risquais de lui arracher les yeux.

— Tu veux que je parle à Wright de Lawrence ? Peut-être que…

— Non, l'ai-je coupé, soulagée qu'il n'essaie pas de me consoler. Ce n'est pas lui le coupable, hein ?

Blake a pris une grande inspiration.

— Non. Je ne crois pas.

— Bon sang, quelle idiote ! Une des personnes en qui j'avais placé toute ma confiance est un assassin.

J'en étais convaincue, maintenant. Je n'avais plus le moindre doute. Je ne pouvais plus faire semblant. J'étais bien obligée d'admettre les faits. Le meurtrier de Courtney et de Josh se trouvait dans la maison avec nous ce week-end-là.

— Tu n'es pas idiote. Tu es loyale.

J'ai ricané.

— C'est pareil.

— Arrête. Tu t'en veux d'être une bonne amie ? Tu ne peux pas t'en vouloir d'avoir refusé l'idée qu'un de tes amis puisse être l'assassin.

— D'accord, tu as raison. Mais j'aimerais être capable de voir les gens comme ils sont vraiment.

Il a acquiescé.

— Oui, c'est pas ton fort. Si ça peut t'aider, je te promets de te prévenir quand quelqu'un te ment.

— Alors tu n'es pas indifférent, Blake ?

Il a levé les yeux au ciel.

— Non. Contente ?

— Contente de quoi ?

— Ah, les femmes, a-t-il marmonné. Très bien. Je tiens à toi, voilà. Satisfaite ?

Mes yeux se sont écarquillés. *Satisfaite*, c'était l'euphémisme du siècle. Je m'attendais à ce qu'il dise qu'il tenait à sa famille, pas seulement à moi. Mais j'étais ravie. Monsieur Cœur d'acier venait d'admettre que je comptais pour lui. Comme si j'avais besoin d'une raison de plus pour tomber amoureuse de lui.

Mon petit faible pour Blake avait la taille du mont Everest.

— C'est pas souvent que tu restes sans voix, Keaton. Ça te surprend tellement ?

— Tu fais comme si ce n'était rien.

S'il essayait de nier l'importance de sa déclaration, je lui décocherais un coup de pied dans le tibia. C'était énorme pour moi. Je ne faisais plus confiance aux mecs depuis Danny, mais je ne pouvais pas prétendre que notre relation ne signifiait rien à mes yeux.

— Tu sais très bien que ça a du poids.

— Oui, je sais, mais tu essaies… Oh, tu sais quoi, laisse tomber.

— Juste pour info, je vais t'embrasser.

— Blake, Pete vient de mourir. Ta mère est en train de pleurer dans la pièce à côté et on est peut-être les prochains sur la liste du tueur.

Son regard était rivé sur mes lèvres, j'étais totalement incapable de résister.

— Raison de plus pour profiter de l'instant présent. C'est comme ça que les gens réagissent dans ce genre de situation. Tu ne vas jamais au cinéma ?

Avant que j'aie le temps de répondre, ses lèvres ont frôlé les miennes si doucement que ça m'a chatouillée. Toutes mes pensées se sont envolées d'un coup. J'ai cessé de respirer quand il s'est écarté pour plonger ses yeux dans les miens. Il m'offrait l'opportunité d'arrêter tout ça avant qu'il ne soit trop tard.

Oh et puis zut. Si ça se passait comme ça dans les films… J'ai plaqué ma bouche contre la sienne et je l'ai embrassé. Ce n'était sûrement pas une bonne idée, mais ce que je ressentais quand il m'embrassait – le désir brûlant et l'impression d'être enfin à ma place – était irrésistible. Personne ne m'avait jamais embrassée aussi bien que Blake. Personne ne m'avait jamais fait me sentir autant en sécurité.

Ses mains étaient collées sur mes hanches, puis il m'a soulevée comme si je ne pesais rien et m'a posée sur ses genoux. La chaleur a monté d'un cran.

J'ai agrippé ses cheveux avec passion, ce qui a eu l'air de lui plaire beaucoup. D'habitude, je faisais preuve de retenue, mais avec lui, c'était impossible. Il a gémi doucement et nous nous sommes jetés sur le lit.

Il m'embrassait encore, couché sur moi.

— On ne devrait pas faire ça, ai-je balbutié, le souffle court.

— Mais si. Arrête de trop réfléchir. Arrête de penser.

J'ai obéi.

18

MARDI 25 AOÛT

Le lendemain matin, je buvais du thé dans le salon avec ma mère, avant qu'elle ne parte travailler. Le programme de la journée était clair dans mon esprit : j'allais filer mes amis avec Blake. C'était la chose la plus ridicule que j'aie jamais eu à faire.

— Ça va, ma chérie ?

Depuis mon retour de chez Blake la veille, elle me regardait avec méfiance, comme si elle me soupçonnait de lui cacher quelque chose. Je ne voulais pas garder secrète ma relation avec Blake, mais annoncer à mes parents que j'avais un petit ami, avec tout ce qui se passait en ce moment, c'était beaucoup.

— Ça va… Éloïse est effondrée, très affectée par la mort de son frère. Tu aurais dû la voir, maman. C'était horrible d'assister à ça. Et Blake ne sait pas comment réagir.

— Où est son père ?

— Il digère la mort de Josh en se noyant dans le travail. C'est toujours comme ça qu'il réagit, quel que soit le problème. Blake se retrouve un peu dans le rôle du père de ses parents, sans qu'on lui ait jamais appris comment soutenir quelqu'un qui va mal.

— Tu l'aimes bien, ce garçon, a conclu ma mère avec un sourire attendri.

Au moins, elle ne me disait pas que le moment était mal choisi ou que j'étais un monstre de tomber amoureuse dans un moment pareil. Et puis *aimer bien,* c'était très en dessous de la vérité.

— Oui.

— Est-ce qu'il ressent la même chose ?

Est-ce qu'il m'aimait autant que moi ? J'en doutais. Mais il avait des sentiments pour moi.

— Je crois que oui.

— Je suis certaine que oui.

Une réponse typique de ma mère !

— On verra comment ça se passe, ai-je philosophé.

— Tant qu'il te traite bien, tu as ma bénédiction.

Waouh ! Je ne m'attendais pas à ce qu'elle accepte aussi facilement la situation, surtout parce que je ne connaissais pas Blake depuis longtemps. Perdre quatre amis en moins d'un an, ça donne du recul, apparemment. Mes parents n'avaient pas à se plaindre, ils avaient juste à gérer le fait que j'avais un petit ami. Ceux de Tilly, Gigi, Courtney et Josh devaient faire face à un deuil insurmontable.

— Merci, maman. Ça compte beaucoup pour moi.

— Tu voudrais bien me promettre une chose ?

— Dis-moi, ai-je demandé avant d'avaler une gorgée de thé.

— Préviens-moi quand vous serez ensemble. Je ne veux pas de secrets.

Je me suis sentie super coupable. Elle voulait dire quand nous serions officiellement en couple… *si ça se passait*.

— Promis.

Elle est sortie peu de temps après et je n'avais jamais été aussi contente de la voir partir au travail. Je détestais lui mentir, mais je ne pouvais pas lui avouer que j'avais couché avec Blake. Il y avait des choses qu'elle n'avait pas besoin de savoir.

Toute la journée, Blake et moi avons échangé des textos pour planifier la filature de mes amis. Il devait passer me chercher en début d'après-midi dans une voiture de location. Le moment venu, je l'ai attendu dans l'entrée. Malgré la folie de ces derniers jours, j'étais hyper impatiente de le retrouver. C'était un sentiment tellement normal, ça faisait un bien fou.

Un klaxon a retenti dehors, je savais que c'était lui. J'ai pris mes clés et je suis sortie. Toute l'excitation que je ressentais a fait place à l'incrédulité la plus totale en voyant ce que Blake avait loué.

— T'es sérieux ?

— Quoi ? s'est-il étonné en posant son bras sur le bord de la portière.

J'ai indiqué d'un geste la décapotable rouge vif.

— On est censés être *discrets*.

— Je me suis dit qu'ils ne s'attendraient pas à nous trouver au volant d'un modèle aussi voyant. Nous passerons bien plus inaperçus que dans une vieille Ford Focus sinistre.

Il s'est tapoté le front pour signifier qu'il avait eu une idée de génie. *Incroyable*. J'ai fermé les paupières et je me suis massé les tempes. *J'y crois pas*.

— Je ne sais vraiment pas quoi te dire, Blake.

— Merci, par exemple ?

— Je ne vais pas te remercier d'être débile, ai-je rétorqué en montant dans la voiture. Putain, tu pourrais au moins refermer le toit !

— Plus tard. Tu veux pas qu'on joue à Bonnie and Clyde ?

— Va te faire voir.

J'ai jeté mon sac sur la banquette arrière dans un soupir, et ai demandé en m'installant :

— Qu'est-ce qu'on va découvrir, à ton avis ?

— Sans doute rien de plus que ce qu'on a déjà trouvé, c'est-à-dire que dalle, mais on n'a pas trop le choix. C'est dix fois trop grave, maintenant. On ne peut pas attendre que la police ait terminé son enquête. Pete est mort et on ne sait pas jusqu'où ce meurtrier est prêt à aller.

Je ne m'étais pas encore demandé si un de mes amis était capable de me tuer. Tous avaient eu de sérieux problèmes avec Josh et Courtney, mais, autant que je sache, je n'avais jamais énervé mes copains, du moins pas au point que l'un d'entre eux veuille m'éliminer. Mais est-ce que ça avait la moindre importance ? Je recevais des textos flippants et je n'avais rien fait pour mériter ça non plus.

— Tu crois vraiment qu'il voudrait nous tuer ?

— J'ai pas envie de courir ce risque, Mackenzie.

J'ai secoué la tête.

— On discute de ça tranquilles, comme si on était en train d'organiser une soirée.

— Tu préférerais que je panique ?

J'ai levé les yeux au ciel.

— Non.

— Kenz, c'est la seule solution. Soit nous parvenons à découvrir qui est le criminel, soit nous finissons six pieds sous terre… ou, troisième possibilité, nous allons en prison pour un crime que nous n'avons pas commis. Je ne sais pas ce que tu en penses, mais je n'aime ni l'option B ni la C. Comme tu dis, nous aurons le temps de faire notre deuil plus tard. Pour le moment, nous devons nous battre. OK ?

— C'est bon.

Me battre, c'est ce que je faisais depuis le début, sauf que maintenant j'essayais juste de prouver l'innocence de Blake et la mienne, plus celle de Megan, d'Aaron ou de Kyle. L'innocence de Blake ne faisait aucun doute à mes yeux. Même s'il m'en coûtait de l'admettre.

— Allons chez Megan. Je compte sur toi pour me servir de copilote. On va d'abord jeter un œil, rien de plus. Et je t'en prie, rappelle-toi que nous sommes là pour choper un tueur : retiens-toi de m'embrasser et de me tripoter pendant quelques heures.

J'ai à nouveau levé les yeux au ciel. Bonne nouvelle : il était encore capable de plaisanter.

— Arrête de prendre tes rêves pour des réalités. Tourne à gauche au bout de la route.

Un sourire a illuminé le visage de Blake. J'adorais quand il se montrait insouciant. Dans quelques minutes, j'allais espionner mes amis, tout en passant du temps en tête à tête avec Blake.

— Ce n'est pas aussi amusant que je l'imaginais, a geint Blake en inclinant son siège.

Nous étions garés devant chez Megan depuis un quart d'heure. J'avais l'impression d'être un flic en planque.

— Tu t'attendais à quoi ?

Il a haussé les épaules.

— J'aurais aimé que Megan sorte en portant un grand sac noir suspect ou un tapis roulé. Ou qu'un livreur vienne lui apporter des cartons de Rohypnol.

— Quel détective tu ferais !

Il m'a dévisagée.

— Oh, désolé. Parce que toi, tu sais mieux que tout le monde qui est le meurtrier ?

— Ce n'est pas ça, le problème. Je ne m'arrête pas à l'évidence.

— L'évidence, c'était Aaron ?

Je me suis tournée en soupirant vers la maison de Megan. Blake était exaspérant.

— Qui a eu le temps de mettre de la drogue dans nos verres ? m'a-t-il interrogée.

— Pourquoi partir du principe que le Rohypnol était dans les boissons ?

— Tu crois qu'il aurait pu être dans la nourriture ?

— Peut-être. Tout le monde a participé à la préparation du repas.

— Nous avons aussi tous bu.

— Oui, je sais, mais ça n'empêche que la nourriture ne peut être écartée. Il n'y a que deux personnes qui ont fini de préparer le dîner.

Mon cerveau s'est mis à chauffer face à cette nouvelle possibilité.

— Qui ? Aaron et… ?

J'ai dégluti.

— Et Josh.

Blake s'est figé. J'ai attendu sa réaction. Au bout d'une minute, il a froncé les sourcils.

— Un meurtre et un suicide à la fois ? Je ne vois pas comment Josh aurait pu se poignarder. Et ça n'explique pas ce qui est arrivé à Pete.

— L'agression de Pete n'a peut-être aucun rapport. Tu connais ton oncle, il passait son temps à donner haut et fort son avis au pub sur tous les sujets. Il s'est peut-être pris le chou avec quelqu'un. Et cette personne se sera servie du double meurtre de Josh et de Courtney pour couvrir celui de Pete. Avoue que ce n'est pas impossible.

Pete s'était déjà fait casser la gueule par un type qu'il avait traité de *connard* sous prétexte qu'il soutenait un parti politique qui lui déplaisait. Pete exprimait ses opinions sans se soucier de savoir s'il vexait les gens. Blake n'a pas renchéri, revenant sur Josh et Courtney :

— Tu me demandes de croire que mon frère a tué sa copine avant de se suicider ?

Les rouages de mon cerveau tournaient à toute allure et des pistes se sont mises en place.

— Et si Josh avait appris pour Kyle et Courtney ?

— Dans ce cas, ça aurait eu un peu plus de sens de tuer Kyle plutôt que de se suicider, non ?

— Je ne sais pas. Josh n'était pas un mec super équilibré. Ça me semble possible. Appelle Wright !

Blake a fermé les yeux.

— Non, Mackenzie. Tu te souviens de Lawrence ? On se trompait.

On croit qu'on se trompait.

Il a poursuivi :

— Je ne veux rien faire qui puisse donner l'impression que nous sommes désespérés et que nous voulons à tout prix détourner l'attention de la police de nous.

— Mais nous sommes désespérés, Blake.

— Il ne faut pas que Wright le sache. Il faut d'abord bien réfléchir.

— D'accord, ai-je répondu, abattue. Puis nous irons voir Wright, OK. ?

— Attendons de vérifier comment ça se passe ce soir et reparlons-en.

Il m'a souri et a regardé par la vitre.

— Hé, hé, hé ! s'est-il exclamé en indiquant d'un mouvement du menton la maison de Megan.

Nous l'avons alors vue courir vers sa voiture et ouvrir la portière comme une furie

— Où est-ce qu'elle s'enfuit comme ça ?

— Démarre !

Blake a quitté sa place le long du trottoir et nous avons suivi Megan jusqu'au cimetière. Pourquoi être si pressée de venir ici ? Tout à coup, j'ai compris son empressement : Kyle était là, il a agité les bras et crié quelque chose d'inaudible pour nous. Il a trébuché, le dos voûté. Il avait l'air bourré et très en colère. Mon cœur s'est serré.

— Qu'est-ce qu'il fout ?

J'ai ouvert la portière de la décapotable et j'ai sauté dehors. Les pas de Blake résonnaient juste derrière moi, tandis que je courais vers Megan et Kyle. Blake a lâché un juron en me rattrapant. C'était stupide de ma part d'avoir bondi comme ça alors que nous étions censés être en planque, mais je ne pouvais pas abandonner mes amis quand ils avaient besoin d'aide.

— Kyle ! ai-je crié.

Megan était déjà avec lui et elle a été la seule à lever les yeux. Kyle grattait le sol comme s'il ne m'avait pas entendue.

— Je ne sais pas ce qu'il fabrique, m'a expliqué Megan. Il m'a appelée en disant qu'il voulait la déterrer !

Je me suis immobilisée net, en état de choc.

— Je ne sais pas quoi faire, Kenz.

— Je la déteste, a lancé Kyle en avançant vers moi.

Pour la première fois de ma vie, j'avais peur de lui. Je n'avais aucune idée de ce qu'il allait faire.

Blake s'est interposé entre mes amis et moi.

— Calme-toi, a-t-il grondé. Courtney a choisi Josh, c'est bon. Remets-toi et arrête de te comporter comme un gamin.

J'aurais bien giflé Blake. Il n'aurait pas pu faire preuve d'un peu de tact ?

— Tu ne peux pas comprendre ! a rugi Kyle. T'es qu'un solitaire pathétique, tu n'as pas la moindre idée de ce que c'est d'aimer quelqu'un. La seule personne qui compte pour toi, c'est ton propre nombril.

Ce n'est pas vrai. J'avais envie de défendre Blake, mais je n'ai pas ouvert la bouche.

— Quoi ? Qu'est-ce qu'il raconte ? a voulu savoir Megan. Tu es sorti avec Courtney, Kyle ?

— Kyle, ça suffit ! ai-je ordonné, sans répondre aux interrogations de Megan.

Le pot aux roses était découvert et elle finirait par comprendre toute l'histoire.

— Ça ne va pas, non ? ai-je repris. Tu as pété un câble ! Qu'est-ce que tu as bu ?

Ses yeux étaient injectés de sang et il titubait, ce qui était inhabituel pour lui. Il devait être fin saoul.

— Elle l'a choisi, Kenz. Comment a-t-elle pu choisir ce type ?

Sa bouche était déformée par la fureur.

— Tout est sa faute. *Entièrement* sa faute.

— Ne dis pas ça, Kyle, est intervenue Megan d'une voix faible.

On aurait dit qu'elle avait reçu un coup de poing dans le ventre.

— Courtney est morte, a-t-elle repris. Ce n'est pas sa faute si elle s'est fait poignarder et tu ne devrais pas parler d'elle comme ça.

J'étais d'accord avec Megan sur ce coup-là.

— Je m'en fous !

Les yeux de Kyle jetaient des éclairs.

— Elle l'avait largement mérité, après ce qu'elle m'a fait subir. Tout le monde dit que leur mort est injuste, mais ils avaient largement cherché les ennuis, tous les deux !

— Tu trouves qu'ils méritaient de mourir ?!

Megan n'en croyait pas ses oreilles. Elle regardait Kyle avec consternation. Moi aussi, j'étais choquée. Ses mots me donnaient envie de vomir. C'était juste dégoûtant.

Kyle a fermé les paupières.

— Je veux qu'elle revienne. Qu'elle soit avec moi.

Il a courbé les épaules d'un air abattu pour conclure :

— Je l'aime.

Je me suis avancée vers lui pour le réconforter, mais Blake m'a retenue par le bras.

Kyle l'a fusillé du regard :

— Oh, va te faire foutre. Kenzie est ma meilleure amie ! Je ne vais pas lui faire de mal.

— C'est bon, ai-je marmonné en me dégageant de la poigne de Blake.

Je me suis approchée de Kyle et j'ai passé les bras autour de sa taille. J'étais parfaitement consciente que j'étais peut-être en train d'éteindre un meurtrier, mais je ne voyais que mon ami, perdu, le cœur en miettes.

— Ça va aller.

Nous devions tous tourner la page. Il le fallait.

Kyle m'a serrée si fort que ses doigts se sont enfoncés dans ma peau. J'ai senti à quel point il souffrait, c'était déchirant. Il s'est mis à sangloter.

— Je fais n'importe quoi. Je n'arrive pas à réfléchir. Elle est partie.

Ses jambes se sont dérobées sous lui et nous sommes tombés par terre tous les deux.

— Qu'est-ce que je vais devenir ?

— Je ne sais pas, ai-je chuchoté en le repoussant un peu pour qu'il ne m'écrase pas.

Je n'avais pas encore envisagé « l'après ». Chacun de nous allait devoir encaisser ce qui s'était passé et l'accepter, comme nous l'avions fait après la mort de Gigi et de Tilly. J'allais devoir laisser les bons souvenirs revenir à la surface et me résigner à l'idée que mes amis ne reviendraient jamais. Je ne savais pas si j'étais assez forte pour recommencer tout ce processus de deuil.

— C'est trop dur, s'est-il écrié en m'étreignant plus fort. Je ne peux pas… Bon sang, je n'y arrive pas…

— Chhh, ai-je soufflé en lui frottant le dos.

Une grosse boule était en train de se former dans ma gorge.

— On s'en sortira comme après la disparition de Tilly et de Gigi.

Megan s'est agenouillée à côté de moi.

— Ce n'est pas pareil, Kenz. Tilly et Gigi, c'était un accident. Alors que, cette fois, c'était délibéré.

— Nous ne pouvons nous laisser aller, ai-je insisté en sanglotant. Nous devons rester soudés. Je sais que c'est plus dur, mais on peut s'en sortir. J'ai besoin de vous deux. Et d'Aaron aussi.

Et de Blake, ai-je ajouté en silence. *Surtout de Blake.* Mais ce n'était pas le moment de l'inclure, pas alors que mes amis le considéraient encore comme un suspect.

— Tu as raison. Pourquoi tu ne reviendrais pas chez Kyle avec moi pour qu'on discute de tout ça ? On pourrait réfléchir ensemble, a suggéré Megan.

Derrière nous, Blake est parti d'un petit rire narquois.

— Tu veux dire pour chercher un moyen de me coller les meurtres sur le dos ?

Je me suis retournée vers lui :

— Ce n'est pas ce qu'elle voulait dire.

Kyle s'est relevé.

— Bien sûr que si ! Bon sang ! On sait tous que tu ne t'entendais pas avec ton frère.

Blake a croisé les bras et lui a adressé un sourire goguenard :

— Tout le monde sait aussi que tu ne t'entendais pas avec mon frère et, comme il couchait avec la fille que tu aimais, le mobile fait de toi le suspect numéro un.

— Ça suffit ! ai-je crié en m'interposant entre eux. Arrêtez.

— Pourquoi tu le défends toujours ? a craché Kyle.

— Parce qu'il est exactement dans la même position que nous. Ce n'est pas parce qu'on ne le connaissait pas avant…

— Mackenzie ! m'a interrompue Kyle. On ne le connaît toujours pas.

J'ai soupiré.

— Alors, fais-*moi* confiance, Kyle.

— Tu baises avec lui.

— Non, ai-je menti. Rentre chez toi. Je ne veux pas discuter avec toi dans cet état.

— Pff.

Il s'est éloigné en titubant vers le parking.

Comme Kyle refusait de monter dans la décapotable avec Blake, j'ai aidé Megan à l'installer dans sa voiture et elle l'a ramené chez lui. Je suis retournée dans la stupide bagnole de sport flashy et j'ai fermé les yeux.

— C'est Kyle le coupable ? ai-je demandé à Blake au moment où il tournait la clé de contact.

— Je ne sais pas. Il est taré, mais il me paraît plus autodestructeur que menaçant. Tu veux passer voir Aaron avant que je te ramène chez moi ?

— Tu me ramènes chez toi ?

— Ma mère est toujours dans le même état et je suis toujours incapable de gérer les émotives.

— D'accord. J'enverrai un SMS à ma mère pour lui dire où on est. D'abord Aaron, puis Wright demain.

— Tu crois qu'on va trouver quelque chose chez Aaron ?

— Tu t'attends à quoi ? À ce qu'Aaron sorte en portant un grand sac noir suspect ou un tapis roulé ?

— Ha ha ha, a-t-il rétorqué froidement. Boucle ta ceinture.

J'ai à peine eu le temps d'obéir qu'il démarrait en trombe, me plaquant contre mon dossier. Nous sommes arrivés chez Aaron beaucoup trop vite, parce que Blake était un fou au volant, et nous nous sommes rangés le long du trottoir.

— Je peux te parler d'un truc ? ai-je demandé à Blake.

— J'accuse Aaron dans la cuisine avec un couteau, a-t-il plaisanté.

J'ai poussé un soupir excédé. Une fois sur deux, Blake ne prenait pas au sérieux ce que j'avais à lui dire.

— Tu sais qu'un jour, toi aussi, tu devras faire face à ce qui est arrivé à ton frère.

La défense de Blake, c'était de rire de toutes les situations compliquées. Cette méthode devait lui servir depuis longtemps. Je l'imaginais très bien en train de blaguer du fait que sa mère était nulle, même si cette épreuve avait dû laisser des marques profondes.

— Évidemment. En revanche, je dois dire que je n'ai pas hâte de te voir craquer.

— Parce que tu es incapable de gérer les femmes émotives…

— Non, parce que je n'ai pas envie de te voir bouleversée.

— Oh.

Il m'a adressé un sourire narquois.

— Tu ne t'attendais pas à ça, hein ?

— Non, pas vraiment.

— Je ne suis pas un salaud, tu sais.

— Oh, je sais. Pas complètement.

— Bon, sérieusement, qu'est-ce que tu voulais me dire, Mackenzie ?

J'ai hésité. Je ne savais pas si c'était une bonne idée ou pas. Puis j'ai décidé que je n'avais rien à perdre.

— J'ai reçu des textos.

Blake a plongé son regard dans le mien.

— Pas de numéro ? Des conneries chelous ?

Je me suis redressée.

— Tu les as reçus aussi ?

— Ouais.

— Pourquoi tu ne me l'as pas dit ?

— Et toi, pourquoi tu ne me l'as pas dit ?

Je lui ai tendu mon téléphone.

— Montre-moi le tien.

— Mackenzie, je suis pour les femmes libérées, mais…

— Ne finis pas cette phrase, Blake. Montre-moi les messages que tu as reçus.

J'ai tendu la main en agitant les doigts. Il a lâché son portable dans ma paume. Il était déjà en train de consulter mes textos. J'ai lu ceux qu'il avait reçus.

« Tu as dit à la police à quel point tu détestais Josh ? Tu ne trompes personne. »

Je me suis tournée vers Blake, mais il était encore absorbé par le contenu de mon téléphone. De qui parlait l'expéditeur anonyme en disant que Blake ne trompait personne ?

« Pauvre oncle Pete. Il aurait mieux fait de ne pas s'en mêler. »

Quel genre d'individu envoyait un message pareil ? Blake n'était peut-être pas proche de Pete, mais c'était tout de même un membre de sa famille.

« Si tu vas voir la police, Mackenzie sera la prochaine. »

J'ai frissonné et j'ai redéposé le téléphone de Blake. J'avais l'estomac noué. Je ne voulais pas en voir plus. Le tueur me menaçait, maintenant ?

— Tu crois que Megan, Kyle et Aaron en ont reçu aussi ?

J'avais les mains tremblantes. Quelqu'un me voulait du mal. L'assassin *menaçait* de me faire du mal !

Il a haussé les épaules.

— Au moins deux d'entre eux en tout cas.

— Tu ne crois pas que celui qui fait ça pourrait s'envoyer des textos aussi pour se laver de tout soupçon ?

— En tout cas, ça vaut la peine que tu leur poses la question. Leur réaction sera peut-être très révélatrice.

— Oui, c'est possible.

Je me suis mordu la lèvre et je lui ai rendu son téléphone.

— Mackenzie, ce que tu viens de lire…

— Pas besoin d'en discuter.

— Personne ne te fera de mal.

J'espère que non. Je me suis ressaisie et j'ai souri à Blake. Ce n'était pas le moment de paniquer.

Il m'a tapoté le genou. Quelqu'un avec une veste noire à capuche et un jeans foncé discutait avec Aaron devant sa porte. Ils ont échangé quelques mots, puis Aaron est rentré et le type est remonté dans une Range Rover noire garée devant.

— Sale camé, a marmonné Blake. Bon. Je crois qu'on peut affirmer avec certitude qu'Aaron sait comment se procurer du Rohypnol.

J'avais envie de courir chez Aaron, de jeter dans les toilettes tout ce qu'il venait d'acheter, de tirer la chasse, puis de le gifler pour lui remettre les idées en place. Malheureusement, je ne pouvais pas grand-chose s'il voulait se défoncer. J'espérais juste qu'il s'en sortirait. La mort de Josh et de Courtney avait visiblement fait remonter tout ce qu'il avait ressenti en perdant Tilly. Fumer des joints ne le débarrasserait pas de son sentiment de culpabilité à l'égard de leur relation. Pas longtemps, en tout cas.

Même si je ne pouvais pas nier la scène à laquelle nous venions d'assister, j'avais encore envie de défendre Aaron.

— Tu disais que l'herbe et le Rohypnol, ce n'était pas du tout la même chose et qu'on ne devait pas…

— D'accord, Mackenzie, mais tu connais combien de gens qui se contentent de vendre juste un peu d'herbe comme ça ? Et qui roulent en Range Rover flambant neuf ? Ce qui, soit dit en passant, est un vrai cliché. C'est la bagnole typique des dealers.

— Je ne connais pas de dealer. La drogue ne fait pas partie de mon univers.

Blake a pointé du doigt la maison d'Aaron.

— Jusqu'à présent, ai-je corrigé.

— Tout ceci est inutile, a décrété Blake. C'était amusant de faire un tour en décapotable, mais on n'est pas des flics en planque. Je vais rendre la voiture et on retourne chez moi.

— On a perdu notre temps ce soir.

Blake a caressé le volant.

— Ça m'a bien plu de conduire ça.

— Oh, alors tout n'est pas perdu, ai-je ironisé.

— Ça m'a plu de passer du temps avec toi, a-t-il ajouté.

Mon cœur a bondi dans ma poitrine en entendant ça.

— Moi aussi j'ai bien aimé.

Il m'a décoché un sourire aguicheur.

— Allons nous détendre sur mon lit, tu pourras profiter de moi, si tu veux.

Je lui ai balancé une petite tape amicale.

19

MERCREDI 26 AOÛT

Comme Blake et moi avions tous les deux reçu des messages d'intimidation, nous voulions fouiller la chambre de Josh, au cas où il aurait lui aussi fait l'objet de menaces avant son décès. Nous n'avions pas accès à l'appartement de Courtney, mais si nous découvrions quelque chose de suspect chez Josh, je tâcherais de trouver un moyen d'entrer chez elle.

— Je ne comprends pas, ai-je déclaré à Blake au téléphone en fixant mon plafond.

Mes parents étaient en bas. Je n'en pouvais plus qu'ils me demandent constamment si tout allait bien. Je n'allais pas bien du tout et faire semblant m'épuisait.

— Ce serait plus juste de dire que tu ne comprends *rien du tout*. Ne te fâche pas : moi non plus.

J'ai ignoré sa remarque. Je n'avais pas envie de me disputer et je savais qu'il ne sous-entendait pas que j'étais bête.

savais pas si Courtney et Josh étaient déjà morts quand Blake et moi étions montés… et je pensais que Blake n'en savait rien non plus.

Depuis les meurtres, j'étais nerveuse dès que je mettais le nez dehors et ce jour-là n'était pas une exception. Je me suis préparée et je suis sortie en claquant la porte d'entrée. Avant de monter dans ma voiture, j'ai vu les membres du club de tricot local passer devant la salle des fêtes pour se rendre à leur réunion hebdomadaire. Cinq vieilles mémés m'ont toisée, en s'arrêtant pour bien me reluquer.

Avant toute cette affaire, elles se seraient arrêtées pour bavarder et me dire qu'il fallait que je mange parce que je n'avais que « la peau sur les os », mais cette fois, elles se sont contentées de chuchoter.

Mildred, la plus âgée et qui avait les cheveux les plus blancs de la bande, était la première à me saluer d'habitude. L'hiver dernier, elle m'avait tricoté une écharpe rayée rose et marron parce qu'elle trouvait que je ne m'habillais pas assez chaudement. Ça m'a fait du mal de constater qu'elle avait aussi facilement retourné sa veste.

Tout accusé est censé être innocent jusqu'à preuve du contraire. Je me suis mise au volant sans plus leur prêter attention et j'ai démarré pour échapper aux regards critiques.

Blake était assis sur le seuil, quand je suis arrivée. Ne me laissant pas le temps de sortir, il s'est levé pour me rejoindre dans ma voiture.

— Tu m'attendais ?

— Est-ce que Josh était sorti avec Tilly ou Gigi ?

— Tilly ou Gigi ? Pourquoi tu demandes ça ?

Il a haussé les épaules.

— Je les confonds.

— Non, il n'y a jamais rien eu avec aucune d'elles. Gigi était lesbienne, tu te souviens ?

— Megan est hétéro, tu te souviens ? a-t-il rétorqué.

Bien vu.

— Pourquoi tu me poses cette question, Blake ?

— Parce que j'ai trouvé ça dans son tiroir à chaussettes.

Il m'a tendu une poignée de photos de Tilly.

Je les lui ai prises et je les ai examinées. C'étaient des gros plans de Tilly. Rien de chelou, mais elle ne posait sur aucune, comme si elle n'avait pas remarqué qu'on la photographiait.

— Tilly, ai-je chuchoté, prise d'un soudain malaise. Qu'est-ce qu'il fabriquait avec tout ça ?

Il devait y avoir au moins vingt clichés. Quand j'ai atteint le bas de la pile, on ne voyait plus que son décolleté.

J'ai rendu les photos à Blake.

— Qu'est-ce qu'il fichait avec ça ?

— Aucune idée.

— Il trompait Courtney, tu crois ? Non, ai-je tranché aussitôt, en secouant la tête tellement cette idée était absurde.

Tilly n'aurait jamais voulu de Josh. Même s'il avait été le dernier mec sur terre. Elle le supportait peut-être encore moins que moi.

— Il y a un truc qui cloche sur ces images. Si Tilly destinait ces photos à son amant, elle aurait pris des poses, non ? La moitié d'entre elles ont l'air d'avoir été prises à la volée et l'autre moitié sont de bêtes photos.

— De bêtes photos ? a-t-il répété.

— Mais oui ! me suis-je exclamée, agacée. Tu vois, un sourire pour une photo ordinaire prise par n'importe qui.

— D'accord. Donc Josh a des photos de Tilly ordinaires et d'autres prises à la sauvette. Pas de pose sexy…

Il a secoué la tête.

— Je ne vois toujours pas où tu veux en venir.

— C'est vrai ? Blake, ça veut dire que Josh était amoureux de Tilly, mais qu'elle n'en savait rien.

Nous sommes sortis de la voiture. Il s'est approché de moi, beaucoup trop près. Je sentais mon corps chauffer à son contact, mais j'ai fait semblant de rien. Je n'avais pas envie qu'il sache que j'avais les jambes en coton quand il n'était qu'à quelques centimètres de moi et que sa voix sexy me filait des frissons.

— À toi l'honneur, ai-je déclaré en lui faisant signe de passer.

— Honneur aux dames.

— Je pensais que tu n'étais pas un gentleman.

Je n'avais pas envie de marcher devant lui en sentant son regard sur moi. Je fondais déjà, inutile d'en rajouter.

— Tu as raison, a-t-il admis en passant devant moi avec un sourire.

Dès qu'il y a eu un peu de distance entre nous, mon esprit s'est désembué. Je n'aurais pas dû être obsédée par Blake dans ces circonstances et je n'avais personne à qui en parler. Ma relation avec Megan n'était pas au top et mes autres amies avec qui j'aurais pu aborder le sujet étaient mortes.

Je me suis arrêtée devant la porte de la chambre de Josh. Blake y était déjà. L'idée de fouiner dans la vie privée de son frère ne semblait pas le gêner.

— Tu vas rester dans le couloir toute la journée ?

— Ça me met mal à l'aise.

— Tu veux que Wright nous élimine de sa liste de suspects ou tu veux respecter l'intimité de Josh ?

Je l'ai rejoint.

— C'est bien ce que je pensais, a commenté Blake. Il n'y a rien d'autre dans les tiroirs. Je n'ai pas encore cherché ailleurs. Regarde sous le lit, je me charge de la penderie.

— Super, ai-je marmonné.

Qu'est-ce que j'allais trouver comme truc dégueu caché sous le lit d'un mec de dix-huit ans ? J'aurais bien aimé ne jamais connaître la réponse.

Le nez plissé de dégoût, je me suis aplatie au sol. S'il y avait un préservatif usagé, j'arrêtais tout de suite.

— Rien, ai-je annoncé, très étonnée.

Tout le monde a toujours une chaussette ou autre qui traîne sous son lit. Pourtant, il n'y avait pas la moindre chose là-dessous.

— Pff, quelle femmelette. Tu devrais voir ce qu'il y a sous mon lit ! ai-je lâché en me relevant.

— Non, merci, sans façon, a commenté Blake tout en fouillant la penderie. Bon, alors, où est-ce qu'il gardait ce qu'il ne voulait pas qu'on trouve ?

Il a alors brandi une boîte en plastique.

— Là-dedans, à mon avis.

Ma première pensée a été : *Pourvu qu'il y ait un indice* ; et la seconde : S*'il y en a un, je n'ai vraiment pas envie de savoir ce que c'est*. Et si cette boîte contenait des preuves que Josh avait eu une liaison secrète avec Tilly et qu'Aaron l'avait appris ? Après tout, il était arrivé pire, ou presque.

— Tu es prête à découvrir les secrets inavouables de mon frère ?

J'ai secoué la tête.

— Pas vraiment.

— Bien, a-t-il répondu comme si j'avais dit oui. Ouvrons ça, alors.

Il a lâché la boîte sur le lit et l'a stabilisée d'une main pour l'empêcher de rebondir. J'ai retenu mon souffle quand Blake en a ôté le couvercle.

— Des magazines automobiles ! Pourquoi cacher ça ?

C'étaient juste de vieilles revues que Josh avait eu la flemme de jeter. Nous n'y trouverions jamais rien d'intéressant.

Le visage de Blake s'est illuminé.

— En dessous, a-t-il annoncé en soulevant les deux magazines qui cachaient le contenu réel de la boîte.

Mes yeux se sont écarquillés.

— Qu'est-ce que…

— Oooh, Joshua ! s'est exclamé Blake en riant.

Il a soulevé un bâillon noir et l'a fait tournoyer autour de son index.

Je crois que je vais vomir. Je suis restée bouche bée pendant que Blake sortait des menottes en métal et quelque chose qui ressemblait à un instrument de torture médiéval.

— C'est bon. Range tout ça.

— Oh, il a des photos !

J'ai levé la main pour l'arrêter.

— Je ne veux pas voir ça. On ne peut pas regarder.

— C'est peut-être un indice. Et si certaines étaient de Tilly ?

— Dans ce cas, elles auraient été rangées avec les autres que tu as trouvées.

Je savais que c'était sans doute des photos de Courtney, menottée, attachée et je ne sais quoi d'autre. Et j'avais encore moins envie de les voir.

— Comment ça se fait que la police n'est pas tombée dessus en fouillant sa chambre ?

— Parce que je les ai dénichées dans le grenier hier soir et que je les ai déposées dans la penderie avant ton arrivée.

J'ai poussé un juron exaspéré. Blake était pire qu'un sale gamin.

— Pourquoi t'as caché la boîte dans la penderie ? Et pourquoi m'as-tu demandé de regarder sous le lit ?

— Je ne pouvais pas la laisser sur son bureau. Ma mère aurait pu entrer et tomber dessus. Et je t'ai demandé de jeter un œil sous le lit juste pour m'amuser.

Il a éclaté de rire.

— Ta tête quand tu t'attendais à trouver un truc dégueu là-dessous…

J'ai pris une profonde inspiration. *Compte jusqu'à dix…*

— Mackenzie, il faut qu'on regarde les photos. Si on fouine, c'est pour trouver des indices.

— Pour dénicher quelque chose qui l'a amené à tuer Courtney et à se suicider, pas pour savoir ce qui l'excitait !

— Comment es-tu certaine qu'il n'y a pas un lien ? On ne sait pas dans quoi il trempait ni à quel point.

— Et si c'était un truc satanique ?

— Pas sûr qu'on doive forcément adorer le diable pour apprécier de pimenter le sexe avec un peu de violence.

J'ai levé les yeux au ciel.

— Je ne dis pas ça, mais si c'était le cas ?

— Et si je regardais ?

— Oh, ça te plairait, hein ?

— Je ne dis pas le contraire, ma chérie.

C'était quoi son problème ?

— Oh, ne me regarde pas comme ça. Ce n'est pas mon truc, mais chacun a le droit d'être excité par ce qu'il veut, du moment que c'est entre adultes consentants.

Il a sorti les photos de la boîte et ses yeux se sont agrandis.

— Waouh !

— Quoi ? Qu'est-ce que ça veut dire ?

Il a relevé la tête, blanc comme un linge.

— Il vaut mieux que tu ne voies pas ça.

— Qu'est-ce que c'est ? Ne me montre pas. Dis-moi. C'est Courtney ?

Il a hoché la tête.

— Et un peu Josh. Il va me falloir beaucoup de séances de psy.

Il a rejeté tout dans la boîte et a remis le couvercle en frissonnant.

— Blake, qu'est-ce qu'il y avait dessus ? C'est grave ?

Il a encore frissonné.

— Horrible. On en parlera dans ma chambre.

Ça devait être particulièrement atroce s'il se sentait incapable de rester dans cette pièce.

— Alors ? ai-je demandé en fermant sa porte.

— Ils se faisaient des trucs.

— Oui, ça, j'avais compris. Mais quoi… quels trucs ?

— Ils se fouettaient. J'ai vu un fouet et des marques sur le corps de Josh. Du sang.

Mon pouls s'est mis à tambouriner dans mes oreilles.

— Du sang ? Le sang de qui ? Qu'est-ce qu'ils faisaient ?

— De Josh. Il avait une entaille à la poitrine. Il tenait l'appareil à bout de bras, il prenait une photo de Courtney…

Oh, non, non, non.

— De Courtney. Courtney qui faisait quoi ?

— Qui léchait la plaie.

— Oh, va te faire foutre.

S'il s'imaginait que j'allais croire ses conneries…

— Mackenzie.

Son visage était extrêmement sérieux. Il ne plaisantait pas. J'ai plaqué la main sur ma bouche.

— Tu avais peut-être raison avec ton histoire satanique. Je sais que certains mecs sont excités par la douleur quand ils enfoncent leurs testicules…

— Trop de détails ! Si tu pouvais ne plus jamais évoquer ça.

Il a eu un demi-sourire, qui n'a pas effacé son air dégoûté.

— Merde, ai-je marmonné en m'affalant sur son lit. Courtney ne m'avait jamais avoué que ce genre de choses lui plaisaient. Pas même qu'elle aimait bien être attachée ou avoir les yeux bandés. Pourtant, nous nous faisions des confidences sur nos vies intimes. Elle avait honte ?

— Tu n'étais au courant de rien ?

J'ai secoué la tête lentement. J'essayais encore de digérer cette histoire de sang.

— Elle ne m'en a jamais parlé.

— Pas étonnant.

— En tout cas, elle ne m'a jamais rien raconté… de bizarre. J'aurais cru qu'elle m'aurait confié les choses les moins *hard*, mais non… même quand Tilly a avoué qu'elle aimait bien être attachée et que Gigi a reconnu son fétichisme pour la mousse au chocolat.

— J'espère que tu filmais vos soirées pyjama.

J'ai haussé les sourcils et Blake a levé les mains pour signifier qu'il arrêtait les plaisanteries.

— Tu crois qu'elle était consentante ?

— Lécher le sang de son mec pendant qu'ils couchaient ensemble ? Il y a des gens qui ont envie de faire ça ?

— Tu crois qu'il la forçait ?

Blake a haussé les épaules.

— Aucune idée. Je pense que l'hypothèse du meurtre suivi du suicide est plausible. Mais je pense que Courtney a tué Josh.

— Hein ? Non. Impossible.

— Pense à ce que Josh lui demandait de faire, Mackenzie. Imagine qu'elle n'ait pas été consentante et qu'elle ait trouvé un moyen de mettre un terme à tout ça. Tu ne crois pas qu'elle aurait saisi l'occasion ?

— Elle aurait pu le larguer.

— C'était peut-être plus compliqué que ça. Pense à ce qu'elle devait traverser, s'il la forçait.

Elle devait être dégoûtée et se sentir rabaissée. Mais au point d'assassiner Josh et de se suicider ? Réfléchir à tout ça me donnait mal à la tête.

— Je ne sais plus du tout ce que je dois penser.

— On apporte les photos à Wright et on le laisse enquêter.

— OK, ai-je concédé en m'allongeant sur le matelas.

— Ça va ?

J'ai haussé les épaules. Les larmes me sont montées aux yeux.

— Et si Courtney n'était pas consentante ?

Comme elle avait dû flipper et se sentir seule.

Blake s'est mis à genoux et a posé les mains sur mes cuisses.

— Je ne sais pas quoi dire, Mackenzie. Trouver les mots justes dans ce genre de situation, c'est pas mon fort.

— Tu n'es pas obligé de dire quoi que ce soit. Parfois, il n'y a pas de mots.

— Que veux-tu que je fasse ?

Comment réagir quand on apprend qu'une amie décédée a peut-être été victime d'abus sexuels ? Qu'est-ce qu'elle avait traversé ? Pourquoi elle ne m'en avait pas parlé ? J'aurais pu l'aider.

— C'était peut-être Courtney, ai-je murmuré.

— Ça ne peut pas être Courtney seule, sinon qui envoie les messages ?

J'ai fermé les yeux.

— Je ne sais pas. Rien de tout ça n'a de sens, mais on doit en parler à Wright. Ça pourrait permettre de comprendre ce qui s'est passé.

Étais-je vraiment en train d'envisager que Courtney ait reçu l'aide de quelqu'un pour tuer Josh et se suicider ensuite ? Ou quelqu'un avait-il simplement découvert qui était l'assassin et avait décidé de jouer avec les nerfs de Blake et les miens ?

— Ce n'est pas une bonne idée. Il va s'imaginer que nous essayons de détourner l'attention de nous.

— On ne peut pas garder cette découverte pour nous seuls !

— Pourquoi pas ? On ne lui a pas parlé des textos.

Il marquait un point.

— C'est différent. Nous avons gardé le secret parce que j'étais menacée. Tu as dit toi-même qu'on lui raconterait quand le coupable serait arrêté et qu'il n'y aurait plus de danger. Ainsi, ils auraient des preuves supplémentaires contre le tueur. Mais cette info-ci pourrait aider la police à résoudre le crime.

Blake a grommelé et s'est couvert les yeux. Si la police ne révélait pas que nous lui avions remis des photos, je n'avais aucune raison de craindre plus pour ma sécurité que je ne le faisais déjà.

— S'il te plaît.

Je me suis rapprochée de lui et j'ai posé la main sur son bras.

— Je comprends que tu n'aies pas envie de partager ces images de ton frère, mais on n'a pas le choix. Allons voir Wright, Blake, je t'en supplie.

— C'est bon, d'accord. Mais ce sera une perte de temps et ça ne fera qu'aggraver notre cas.

Je n'étais pas sûre qu'on puisse aggraver notre cas. La plupart des gens nous avaient déjà condamnés et Wright nous soupçonnait depuis longtemps.

Nous n'avions pas grand-chose à perdre, mais nous avions notre innocence à regagner.

20

— On a bien fait de venir, non ? ai-je demandé à Blake pour la dixième fois.

Nous étions dans sa voiture, devant le commissariat. J'avais besoin d'être rassurée.

— Non.

— Pourquoi tu es d'un avis tellement contraire ?

— Je te l'ai dit ! C'est une très mauvaise idée, mais c'est à toi de jouer.

— Jouer ? me suis-je énervée. Ce n'est pas un jeu, Blake ! Si c'était le cas, j'aimerais vraiment que quelqu'un m'explique les règles.

— Détends-toi. C'est pas ce que je voulais dire. Je t'accompagne, mais ne t'étonne pas si ça nous revient dans la gueule. J'ai peur que ça ne nous fasse paraître encore plus louches aux yeux des flics.

— Blake, nous devons nous battre ensemble. Je sais que tu es innocent et bientôt tout le monde le saura aussi.

Il m'a pris la main et a entrelacé nos doigts.

— J'aimerais partager ton optimisme.

Il a pris une profonde inspiration et a attrapé la boîte avec les cochonneries de Josh. Il se sentait coupable de révéler le secret honteux de son frère.

Il était possible que Josh ou Courtney soit coupable. Peut-être. Je n'étais pas spécialement ravie de dévoiler ce qui se tramait entre eux dans la chambre à coucher, parce que Courtney ne voulait visiblement pas que ça s'ébruite, mais nous n'avions pas le choix.

— Prêt ?

Blake m'a répondu avec un sourire forcé. Il est sorti de son 4×4 et je l'ai suivi. J'étais super stressée et j'avais les mains moites.

Wright était à la réception et parlait à un collègue. Il s'est retourné comme s'il nous avait sentis entrer. Comment avait-il perçu notre présence ? Cet homme n'était pas humain.

— Que me vaut cet honneur ? a demandé Wright en posant les mains sur son ventre.

Blake a plissé les yeux.

— Nous aimerions vous parler. Si ce n'est pas trop demander.

— Vous êtes venu vous confesser, monsieur Harper ?

— Nous voulons vous parler d'une nouvelle piste, suis-je intervenue avant que Blake ne réplique avec une remarque stupide. Si vous pouvez nous accorder un peu de temps ?

— Pour vous, mademoiselle Keaton, tout ce que vous voulez.

Ce mec était arrogant et sarcastique. Je me suis forcée à sourire et nous l'avons suivi dans la salle d'interrogatoire, désormais trop familière.

— Comment est-ce que personne ne l'a encore égorgé ? m'a murmuré Blake à l'oreille.

Wright avait dû effectivement agacer pas mal de gens. Je me demandais s'il menait toutes ses enquêtes comme celle-ci. Certainement pas. Ma connaissance du travail de la police se limitait aux séries télé, mais cet inspecteur ne me semblait vraiment pas pro : il était beaucoup trop excentrique pour le boulot.

— Asseyez-vous, nous a-t-il proposé en indiquant les chaises métalliques.

Être dans cette salle suffisait à me donner l'impression d'être une criminelle. Exactement comme quand on est suivi par une voiture de police sur la route. Même si on n'a rien fait de mal, on sent qu'on va avoir des ennuis.

Blake était assis tellement près de moi que son bras touchait le mien. Ce n'était pas un hasard. Il savait que j'avais besoin de soutien et je me suis appuyée contre lui.

— Bon, c'est à vous.

— Heu… ai-je balbutié. Nous avons trouvé quelque chose que nous aimerions vous montrer.

Wright a hoché la tête en souriant avec condescendance, ce qui m'a fait hurler intérieurement.

— Un autre suspect ? Je vois que vous avez apporté votre boîte de magie.

J'ai froncé les sourcils. J'étais furieuse qu'il ne nous prenne pas au sérieux. Quand il verrait ce qu'il y avait dedans, il ravalerait sans doute son air suffisant.

— Nous pensons que Josh pourrait être coupable, a déclaré Blake. Ou Courtney.

— Quelle hypothèse intéressante, monsieur Harper. Ça vous arrangerait bien, hein ? Ça résoudrait *tous* vos problèmes.

Il avait raison sur ce point.

— Josh était très jaloux, ai-je commencé. Il considérait que Courtney lui appartenait. Leur vie sexuelle était loin du train-train, de la position du missionnaire… si vous voyez ce que je veux dire. Je ne sais pas. Il était peut-être en colère contre elle. Ou alors elle en avait assez. Pourriez-vous jeter un œil à ce qu'il y a là-dedans, s'il vous plaît ? ai-je achevé en glissant la boîte vers lui.

Il a incliné la tête sur le côté.

— Vous y avez beaucoup réfléchi, il me semble.

— Pour prouver l'innocence de mes amis et la mienne ? Vous ne serez pas surpris si je vous réponds que oui.

Garde ton calme. Ne le laisse pas t'atteindre.

— Laissez-moi partager quelques informations avec vous, juste pour faciliter votre petite enquête. Josh et Courtney ont reçu de nombreux coups de couteau. D'après l'angle des blessures, il aurait été très, très difficile pour l'un ou l'autre de se poignarder lui-même et, étant donné la brutalité et le nombre d'entailles, à ce stade, je les exclus tous les deux comme suspects, car les coups ont été infligés par la même personne. Je suis vexé que vous puissiez croire que je n'avais pas déjà envisagé cette possibilité.

Blake a haussé les épaules.

— Comme vous ne nous dites pas grand-chose, vous pouvez comprendre que nous en soyons arrivés à cette hypothèse.

J'ai donné un coup de pied à Blake sous la table pour le faire taire, tout en m'adressant à l'inspecteur.

— Écoutez, nous voulons juste savoir qui a fait ça.

— Sauf pour Joshua. Si mes souvenirs sont exacts, vous ne l'aimiez pas.

J'ai serré la mâchoire. Pourquoi ne nous écoutait-il pas ?

— Ça ne veut pas dire que je souhaitais sa mort.

— Peut-être pas.

— Non, *absolument pas*, ai-je insisté sèchement. Vous avez une idée de qui est l'assassin, alors ?

Wright s'est penché sur la table en souriant.

— Mackenzie, je ne me contente pas d'*une* idée, j'en ai *cinq*.

Blake s'est levé si vite que sa chaise a raclé le sol.

— Donc, vous n'avez aucune piste. Viens, Mackenzie, c'est peine perdue. Vous voulez qu'on vous laisse cette boîte pour que vous puissiez regarder les photos et voir si Courtney était capable de poignarder son copain brutalement après ce que Josh lui avait fait subir ou vous excluez définitivement cette hypothèse ?

— Merci, Blake, a rétorqué Wright sans répondre, je vais demander à quelqu'un d'examiner ça et nous vous la rendrons après quand nous pourrons, si c'est possible.

Blake a secoué la tête.

— Vous ne savez vraiment rien de plus.

Je me suis levée et nous nous sommes dirigés vers la porte. J'en avais aussi marre que Blake. À quoi bon aller voir la police si l'inspecteur ne voulait même pas nous écouter ?

— Je sais une chose, a décrété Wright au moment où nous allions quitter la salle d'interrogatoire.

— Ah oui. Quoi ? ai-je demandé par-dessus mon épaule.

— Votre ami Aaron s'est montré très bavard sur vos mobiles, monsieur Harper. Nous savons que vous avez eu l'occasion de poignarder Joshua et Courtney.

Mon visage s'est allongé. Je me suis retournée. Aaron avait parlé à Wright de Blake ?

— Quoi ?

— Je ne suis pas étonné qu'Aaron ait dit du mal de moi. Ce n'est pas mon plus grand fan, a rétorqué Blake en haussant les épaules pour montrer à Wright que ça ne l'atteignait pas.

Mais moi, ça m'atteignait. Et pas qu'un peu. Comment Aaron avait-il pu commettre un coup pareil ? Jamais je ne partagerais leurs secrets avec l'inspecteur juste pour me disculper. Aaron n'avait aucune preuve que Blake puisse être le coupable, il n'aurait pas dû faire courir la moindre rumeur. Je ne le faisais pas, moi, alors que je savais qu'il fumait de l'herbe.

— Y a-t-il autre chose dont vous voudriez me parler, ou êtes-vous tous à court de…

— C'est terminé, ai-je lancé avant de partir en trombe.

J'avais envie de demander à m'entretenir avec un *vrai* inspecteur mais, techniquement, Wright ne faisait rien de mal. Il nous cachait des détails qu'il ne révélait que quand ça l'arrangeait, or, ce n'était pas interdit. C'était une tactique souvent utilisée au cours des enquêtes policières.

Comme mes parents étaient absents, nous sommes retournés chez moi et nous sommes montés dans ma chambre.

— On est fichus. S'ils ne mettent pas la main sur le vrai coupable, ils vont te coller les meurtres sur le dos.

— Pas sans preuve.

— Mais il y a beaucoup d'innocents en prison, ai-je insisté. Et si le jury décide que c'est au-delà du doute raisonnable ?

Blake a eu un sourire amusé.

— Heureusement que tu as choisi une carrière de détective et pas d'avocat.

Je me suis jetée sur mes oreillers.

— Tu n'es pas drôle. J'espère que tu t'en rends compte.

Il s'est planté au-dessus de moi.

— Tu me trouves hilarant, reconnais-le.

— Oui, mais probablement pas de la façon que tu imagines.

Son regard est soudain redevenu sérieux et j'ai tout à coup eu très envie qu'il m'embrasse.

— C'est vrai ? a-t-il chuchoté en se rapprochant.

J'avais peur qu'il ne se venge en s'écartant si je continuais à me moquer de lui, alors je me suis tue. L'heure des taquineries était révolue, c'était le moment de s'embrasser.

— Blake ?

— Oui ?

— Tu es cruel.

— Je ne fais rien, a-t-il répondu innocemment.

J'ai plissé les yeux et je l'ai agrippé par son t-shirt pour le tirer vers moi.

— Si tu veux m'embrasser, fais-le, sinon…

Ses lèvres se sont scellées aux miennes et il m'a embrassée avec ferveur et passion. Sa bouche me happait avec un désespoir qui faisait monter ma température. Nous nous sommes jetés l'un sur l'autre de façon bestiale.

Malheureusement, nous n'avions pas beaucoup de temps. Ma mère devait rentrer d'une minute à l'autre et je ne voulais vraiment pas qu'elle nous surprenne.

— Blake, ai-je réussi à murmurer contre ses lèvres.

Il a émis un petit gémissement et a secoué la tête, avant de m'attraper les hanches pour plaquer mon corps contre le sien. J'ai repoussé son torse et il s'est éloigné en souriant.

— Tu me fais penser à un gamin de quinze ans en rut.

— J'ai l'impression d'avoir encore envie de toi, a-t-il avoué.

— Blake Harper, tu es en train d'avouer qu'une fille te plaît ?

— N'importe quoi, a-t-il marmonné en s'asseyant.

Je détestais qu'il y ait de l'espace entre nous. Je l'avais dans la peau, que ça me plaise ou non.

En réalité, j'adorais ça.

— On devrait rentrer chez moi, voir ma mère.

— On ?

— Je ne sais pas si je te l'ai déjà dit, mais…

— Tu es incapable de gérer les femmes émotives, ai-je complété. Tu y as peut-être fait allusion une ou deux fois, je crois. C'est bon, tu as gagné, je viens avec toi.

Blake a gardé le silence pendant le trajet. Je l'ai regardé conduire pendant une minute, puis j'ai décidé que, comme pour une fois il ne comblait pas le silence avec des remarques débiles, je pouvais en profiter pour tirer au clair certains points.

— Blake, tu peux m'en dire plus sur ta relation avec Josh ?

Il a serré les lèvres, me rappelant qu'il détestait partager ses sentiments et à quel point il n'aimait pas son frère.

— Qu'est-ce que tu veux savoir ?

— Vous ne vous entendiez pas ?

— Pas trop, mais on n'a passé que très peu de temps ensemble. J'ai dû le voir une dizaine de fois au cours de notre adolescence. On n'était pas vraiment frères.

— Tu aurais voulu l'être ?

— Je crois. Je n'y ai jamais réfléchi sérieusement. On ne formait pas une famille. Mais c'était bien comme ça. Papa et moi, on s'en sortait.

Il a souri en repensant à quelque chose.

— Même si on mangeait de la merde tout le temps. On devrait être au moins deux fois plus gros.

— Ton père ne cuisine pas bien ?

— Pas vraiment. On sait préparer quelques trucs tous les deux, mais on mange beaucoup de plats à emporter, surtout par paresse.

— Pourquoi as-tu l'impression que ta mère préférait Josh ?

— Parce que c'était le cas, tout simplement. Si tu as un fils avec qui tu passes tout ton temps et un autre auquel tu consacres à peine une semaine par an, lequel est ton préféré ? C'est pas grave. Je préfère mon père et je suis sûr que Josh préférait ma mère. C'est naturel de préférer la personne que tu vois le plus, non ?

Pas quand on est parent, me suis-je retenue de répondre.

— Oui, peut-être.

— Pourquoi as-tu décidé de venir en week-end avec nous ? Je suis ravie que tu sois venu, évidemment, mais je ne comprends pas pourquoi.

Il a bifurqué dans sa rue.

— Mon père s'est mis à travailler plus que jamais, ces derniers temps. Comme je rentrais tous les jours dans une maison vide, j'ai fini par penser à l'autre moitié de ma famille. Josh et moi nous étions vus plus longuement il y a quelques mois de ça et on peut dire que ça s'était bien passé. Je me suis dit qu'on pourrait peut-être devenir frères, maintenant qu'on était capables de décider nous-mêmes.

Avant, c'étaient nos parents qui tiraient les ficelles et ils le faisaient souvent dans des directions opposées.

Il voulait donc vraiment se rapprocher de son frère.

— Je suis désolée que tu aies perdu Josh avant d'avoir eu l'occasion de te réconcilier avec lui.

Blake a acquiescé d'un hochement de tête, la mâchoire serrée. J'ai décidé de changer de sujet avant que notre conversation ne devienne trop chargée en émotions. Je ne voulais pas qu'il se referme sur lui-même.

— Je vais cuisiner pour ta mère et toi ce soir. C'est quoi ton plat préféré ?

Il a cligné des yeux.

— Ça, c'est un changement de sujet radical. Joli. J'adore les spaghettis bolognaise. Ma mère aussi, je crois.

— Génial.

Il s'est engagé dans l'allée menant à sa maison et c'est là que j'ai remarqué la voiture de police garée à côté de celle de la mère de Blake.

— Qu'est-ce qu'ils fichent ici ? a grommelé Blake, le front plissé.

Nous sommes sortis du 4×4. Je priais pour qu'Éloïse n'ait pas fait de bêtise. Que deviendrait Blake si elle était morte elle aussi ? Il se persuadait qu'il n'avait pas besoin d'elle, mais c'était faux, évidemment.

Blake a ouvert la porte et je me suis précipitée vers le salon. Deux policiers étaient assis sur un canapé et Éloïse sur un autre. J'ai poussé un soupir de soulagement en voyant qu'elle allait bien. Physiquement du moins.

— Qu'est-ce qui se passe ? a voulu savoir Blake.

Les deux hommes, que je ne connaissais pas, se sont levés en toute hâte, ont saisi les bras de Blake et les lui ont tordus dans le dos.

— Blake Harper, vous êtes en état d'arrestation pour les meurtres de Joshua Harper et de Courtney Young.

L'un d'eux lui a ensuite énoncé ses droits, avant de lui demander :

— Vous comprenez ?

Mon corps était engourdi par le choc.

— Pourquoi ? ai-je balbutié.

— J'ai compris, a lâché Blake.

— Ils les ont trouvées sous son lit, a sangloté Eloïse.

— Trouvé quoi ?

— Les boucles d'oreilles de Courtney et la chaîne de Josh. C'est lui. Il les a tués. Il a poignardé mon Josh.

Ma bouche est restée grande ouverte pendant que mon cœur se serrait. J'ai secoué la tête.

— Non…

Les policiers ont poussé Blake vers la porte d'entrée. Il m'a fallu quelques secondes pour contraindre mes jambes à se mettre en mouvement et je me suis précipitée derrière eux.

— Attendez !

Ils faisaient erreur.

Les deux hommes venaient d'ouvrir la portière arrière pour Blake quand j'ai rejoint la voiture. Blake m'a regardée et son expression de défaite m'a retourné le cœur.

— Ce n'est pas moi, Mackenzie, a-t-il eu le temps de déclarer avant de disparaître à l'intérieur.

Quand les flics ont démarré, il m'a fixée d'un air suppliant.

Je le croyais, évidemment. Assister impuissante à son arrestation me sciait les jambes. J'étais dingue de lui et il allait se retrouver derrière les barreaux.

21

La voiture de police a disparu au loin. J'étais anéantie. C'était tellement injuste. Être accusé de meurtre par sa propre mère !

Mais il y avait des preuves.

Des effets personnels de Courtney et de Josh avaient été retrouvés dans la chambre de Blake… N'importe qui aurait pu les placer là. Blake ne s'était jamais montré nerveux quand j'étais dans sa chambre, pas une seule fois, et il ne considérait même pas cette pièce comme sa vraie chambre. Pourquoi y aurait-il caché les bijoux ?

Quelqu'un lui avait tendu un piège.

Je suis rentrée en courant dans la maison.

— Éloïse !

Je me suis retenue à l'encadrement de la porte pour ne pas tomber.

Éloïse pleurait, recroquevillée sur le canapé, les bras serrés autour de ses genoux. La colère bouillonnait en moi. Elle pleurait parce qu'elle pensait que son fils était coupable. Pourquoi ne pouvait-elle pas avoir confiance en lui ?

Reste calme. Je me suis approchée lentement et je me suis perchée sur l'accoudoir.

— Qu'est-ce qui s'est passé ?

— Ils ont trouvé ces affaires dans la chambre de Blake.

Elle a essuyé ses larmes. Son visage était tout rouge.

— Je n'arrive pas à y croire. Je ne veux pas le croire, a-t-elle répété.

— Vous n'êtes pas obligée d'y croire. *Je* n'y crois pas. Blake ne les a pas tués, vous le savez bien. La police avait fouillé la maison et n'avait rien trouvé. Ça n'a pas de sens qu'il ait caché la chaîne et les boucles d'oreilles là.

— Si. Il devait penser que les fouilles étaient terminées, qu'il ne risquerait plus rien.

— Non. Quelqu'un a dû les placer là pour l'accuser. Blake s'est fait piéger, Éloïse. Qui d'autre est venu ici ?

Elle avait dû laisser entrer quelqu'un.

— Je ne sais pas trop. Beaucoup de gens sont venus me voir.

Sa voix s'est brisée et elle s'est remise à pleurer.

— Est-ce qu'Aaron, Megan ou Kyle sont passés ?

— Ils étaient là après l'enterrement de Josh.

— Pas d'autres fois ?

Elle a fait non de la tête.

J'ai fermé les yeux et j'ai essayé de repenser à ce jour-là. La police avait fouillé nos maisons tout de suite, bien avant les funérailles. Nous étions restés ensemble presque tout le temps de la veillée funéraire, mais je m'étais partagée entre Blake et eux. Qui aurait pu s'éloigner du groupe ? Aucun d'entre eux n'avait vraiment quitté l'endroit où je les avais laissés et je ne m'étais jamais absentée trop longtemps, mais l'un d'eux aurait pu avoir le temps de monter et de redescendre. Lequel d'entre eux aurait eu le culot d'apporter des objets personnels des victimes à la veillée funéraire, pour les cacher dans la chambre de Blake ? Je ne les imaginais pas assez courageux – ou assez stupides – pour faire ça.

Éloïse m'a arrachée à mes réflexions.

— Pourquoi est-ce que Blake a voulu faire du mal à son frère et à son oncle ?

— Ce n'est pas lui le coupable. Vous devez me croire. Réfléchissez. La police débarque à nouveau et trouve miraculeusement cette fois des affaires personnelles de Josh et Courtney dans la chambre de Blake. Ça tombe trop bien. Ça ne tient pas debout qu'il les ait mis là après la première fouille. Il s'en serait débarrassé. Je vous en prie, ne l'abandonnez pas. Il a besoin de vous.

Elle a enfoui la tête dans ses genoux.

— Je n'ai plus rien à lui donner.

J'étais tellement en colère que mes mains tremblaient.

— C'est votre fils ! Vous devez trouver un peu de compassion en vous, comme vous l'auriez fait pour Josh. C'est important, Éloïse. Vous ne pouvez pas penser sérieusement qu'il est coupable.

Elle a froncé les sourcils.

— Je ne sais pas. Je… je ne sais pas.

— Oh et puis tant pis !

J'ai tourné les talons avant de dire quelque chose que j'aurais sans doute regretté.

Comme nous étions venus avec la voiture de Blake, j'étais obligée de rentrer à pied. Je ne souhaitais pas appeler mes parents ou mes amis. Il fallait que je découvre qui avait placé ces objets dans la chambre de Blake. J'allais commencer par Aaron.

J'ai marché jusqu'à chez lui. Toutes sortes d'hypothèses tournaient dans ma tête. Blake devait être terrorisé. Il s'était fait arrêter pour un crime qu'il n'avait pas commis. D'autre part, je n'avais pas envie de croire que c'était Aaron, même s'il en aurait été capable.

Il faisait chaud et les rues étaient désertes. Quelqu'un tondait une pelouse. Il y avait une atmosphère d'été, sauf que ces vacances avant la fac étaient censées être géniales et que je n'avais jamais été aussi malheureuse.

J'ai bifurqué dans une rue perpendiculaire et il m'a semblé percevoir des pas. Je me suis arrêtée pour tendre l'oreille et j'ai regardé à gauche puis à droite. Je n'entendais que mon cœur galoper dans ma poitrine.

Tu es parano. Il n'y a personne.

J'ai repris mon chemin en accélérant l'allure.

Tout va bien. Tu vas arriver chez Aaron.

Je me suis mise à courir, puis de plus en plus vite, mes cuisses commençant à me faire mal à cause de l'effort.

Des bruits de pas ont retenti dans mon dos. *Merde.* Je me suis lancée dans un sprint. Mes poumons brûlaient, mes pieds martelaient le béton, j'avais les mollets en feu.

Continue, tu y es presque.

Quelqu'un me poursuivait.

Est-ce que cette personne voulait me faire du mal comme à Pete ?

Pete avait-il découvert des preuves ?

Vas-y, Mackenzie, fonce !

Quand j'ai vu apparaître la maison d'Aaron, j'ai eu envie de m'écrouler de soulagement. Je courais trop vite pour regarder derrière moi et vérifier qu'il y avait quelqu'un. Je n'entendais plus rien à cause de ma respiration haletante, mais je fonçais droit vers ma destination.

Vite.

Je me suis cognée contre le muret qui entourait le jardin d'Aaron et j'ai failli basculer par-dessus. J'ai hurlé de douleur quand ma hanche est entrée en contact avec la brique.

Je me suis penchée en avant, les deux mains sur le point d'impact. J'ai regardé autour de moi en ahanant. Il n'y avait qu'un chat assis sur une clôture au loin. J'ai respiré à fond, j'avais l'impression que mes poumons allaient exploser.

Calme-toi. Tu es ridicule.

Il n'y avait personne et je n'avais sans doute pas été suivie. Qu'est-ce qui m'arrivait ? Je me suis redressée et j'ai longé le muret jusqu'à la porte d'entrée de la maison.

J'ai frappé.

— Une minute ! a crié Aaron de l'intérieur.

Mon téléphone a bipé pour m'annoncer un texto. *Oh non, pitié.* Je l'ai sorti de ma poche précautionneusement, comme s'il risquait de me brûler.

C'était le fameux numéro. Les larmes me sont montées aux yeux, mais j'étais bien décidée à ne pas pleurer en lisant le message.

« Attention, le tueur rôde. »

J'ai trébuché et mon téléphone m'a échappé des mains. Est-ce que quelqu'un me suivait au bout du compte ?

Qui m'avait envoyé ça ?

Ça ne pouvait pas être Blake : il était au commissariat et il y avait peu de chances qu'ils lui aient laissé son portable. Je savais qu'il était innocent. J'en étais certaine.

Mais Aaron, Megan et Kyle ? Ou quelqu'un d'autre ?

La porte d'entrée s'est ouverte sur Aaron. J'ai glissé mon téléphone dans ma poche et j'ai caché mes mains derrière mon dos pour qu'il ne remarque pas qu'elles tremblaient.

— Salut.

Son sourire a illuminé ses yeux bleus de bébé.

— Salut.

Il s'est écarté pour me laisser passer.

— On peut se parler ?

— Bien sûr. Mes parents sont là, montons à l'étage.

J'ai grimpé l'escalier et je me suis dirigée vers sa chambre. J'étais venue accuser Aaron de meurtre, c'était une des choses les plus difficiles que j'aie jamais eu à faire. J'étais tiraillée entre l'envie qu'il avoue et l'envie qu'il nie.

— Alors quoi de neuf ? m'a-t-il demandé en s'asseyant sur sa chaise de bureau.

Je me suis installée sur son lit, face à lui. J'ai parcouru la pièce du regard, cherchant un téléphone que je n'avais jamais vu. Il n'y avait rien de plus que le bordel habituel.

— Blake s'est fait arrêter aujourd'hui.

Aaron a haussé les sourcils. Si c'était lui qui avait caché les preuves chez Blake, il jouait très bien la comédie.

— Putain. Pour les meurtres ?

— La police a trouvé des affaires de Courtney et de Josh dans sa chambre.

— Waouh… Je ne peux pas dire que ça m'étonne.

— Tu as toujours pensé qu'il était coupable.

— Et j'avais raison, visiblement.

— Non. On l'a piégé.

— Mais enfin, Mackenzie ! Combien de temps tu vas défendre ce mec ? Ouvre les yeux ! Je sais que tu ne veux pas avoir une mauvaise opinion sur qui que ce soit, mais ça en devient presque ridicule. On connaît à peine ce Blake. Le week-end où il décide comme par hasard de jouer au grand frère, deux personnes meurent.

— Je comprends l'impression que ça donne et je sais que tu ne lui fais pas confiance, mais s'il te plaît, crois-moi. Blake ne les a pas tués, je t'assure.

— C'est un lutin qui a caché les preuves dans sa chambre ?

— Non.

J'ai relevé la tête pour le fixer droit dans les yeux et j'ai attendu. Sa bouche s'est ouverte lentement. Il avait l'air sous le choc, comme si je venais de lui donner un coup de poing dans le ventre.

— Tu crois que c'est moi ?

Il s'est relevé d'un bond.

— Qu'est-ce qui te prend, Mackenzie ? Je trouve que c'est un sale type et, oui, je pense que c'est lui le coupable tout désigné, mais je n'aurais jamais piégé personne et encore moins *égorgé* nos amis !

— C'est bon, ai-je répondu en me mettant debout à mon tour, les paumes levées. Désolée, mais Wright m'a dit que tu racontais partout que tu étais convaincu que c'était Blake qui les avait tués et…

— Et tu crois ce connard de flic, plutôt que quelqu'un que tu connais depuis des années ? Je n'aurais pas imaginé ça de toi.

Mes yeux se sont remplis de larmes. Il avait raison. Je ne devais pas laisser les propos de Wright m'atteindre. J'avais touché le fond.

— Excuse-moi, Aaron. Je ne sais plus quoi penser. Je ne sais pas comment gérer tout ça. C'était déjà la merde et maintenant Blake a été arrêté.

Aaron m'a attrapé les bras et a approché son visage du mien.

— Tu dois admettre que c'est lui qui les a poignardés. Combien de preuves est-ce qu'il te faut ?

Pour croire que Blake est coupable, j'aurais juste besoin d'un aveu.

— Ce n'est pas lui, Aaron. Pourquoi aurait-il laissé la boucle d'oreille de Courtney et la chaîne de Josh là-bas ? La police avait déjà fouillé sa chambre et n'avait rien trouvé. Il les aurait rangées ailleurs et les aurait déplacées pour les cacher sous son lit ? C'est stupide. Il se serait débarrassé de ce genre de preuves, si c'était lui.

— Il pensait peut-être qu'il n'y avait plus de risque. Je ne sais pas ce qui traverse son esprit psychotique. Si tu ne crois pas que c'est Blake, alors qui est le meurtrier, Kenz ? Moi ? Kyle ? Megan ? Toi ? Nous sommes les seules autres possibilités, alors choisis-en une.

Je me suis dégagée.

— Ne me demande pas de choisir entre vous.

Parce que je choisirais Blake. C'était le seul en qui j'avais confiance, désormais.

— Pas besoin. Tu es venue me demander si j'avais piégé Blake. Si tu crois que je n'ai pas compris qui tu considères coupable…

— Aaron, je cherche juste des réponses. Tout ce que je veux, c'est savoir ce qui s'est passé.

— Moi aussi ! C'étaient mes amis autant que les tiens. Tu n'es pas la seule à avoir perdu des êtres chers. Tu n'es pas la seule à vouloir que justice soit faite.

— C'est bon. Je me suis trompée et je te demande pardon. Je n'ai pas envie de te perdre.

Une larme a roulé sur ma joue. J'étais épuisée ; je sentais mon énergie s'évaporer à un rythme alarmant.

— Non, ne pleure pas. Tu sais très bien que je ne supporte pas de te voir pleurer.

Il m'a prise dans ses bras.

— Ce que tu as dit m'a blessé profondément, mais je ne veux pas te perdre non plus. Je ne sais pas ce que je peux faire pour te convaincre de mon innocence, Kenzie.

— Je suis désolée. Je te crois. Tu me pardonnes ?

— Tu es déjà pardonnée. Megan et Kyle vont bientôt arriver. Tu veux m'aider à préparer les boissons et les snacks ?

J'avais envie de voir Blake pour m'assurer qu'il allait bien, mais Wright n'accorderait jamais de visite. C'était peut-être une bonne idée de passer du temps avec mes amis. Ça me permettrait peut-être de percer leurs secrets. C'était peu probable, mais ça ne coûtait rien d'essayer.

— Avec plaisir, ai-je répondu, mal à l'aise. Tiens, tu as toujours le jeu que j'aimais bien sur ton téléphone ? J'ai envie de me changer les idées.

Il a regardé autour de lui.

— Heu… Oui. Mon téléphone doit être en bas. Allons chercher les trucs à grignoter, tu pourras le prendre.

Il ne savait pas où était son portable… Qu'est-ce que ça voulait dire ? Était-ce vrai ou était-ce lui qui envoyait les SMS ?

J'ai souri.

— Merci, Aaron.

J'ai aidé Aaron à préparer les snacks. Ça me laissait cinq minutes avant l'arrivée de Megan et de Kyle, pour un jeu auquel je n'avais pas envie de jouer. Quand ils nous ont rejoints, nous nous sommes assis en cercle sur le sol de la chambre. Ça ressemblait à chacune de nos retrouvailles, sauf que l'atmosphère était différente. La conversation ne roulait pas et il y avait de longs silences gênants.

Mes doigts s'agitaient nerveusement. Je n'arrivais pas à déterminer si leurs expressions étaient celles d'amis en deuil qui avaient traversé trop d'épreuves ou s'ils avaient plusieurs meurtres sur la conscience. Ils avaient l'air épuisés. Blake avait raison. Je n'arriverais jamais à deviner qui était coupable.

Je me sentais plus proche de Kyle parce qu'il était transparent. J'avais toujours pensé que Megan ne me cachait rien. Aaron était l'ange aux yeux bleus, prêt à se battre pour protéger ceux qu'il aimait.

J'ai ouvert le cocktail tropical – la seule petite bouteille encore hermétiquement fermée – et j'en ai avalé une longue gorgée. C'était idiot de boire, mais je m'en fichais. J'étais à bout et j'avais envie d'oublier mes soucis.

Mes amis ne semblaient pas imaginer qu'une personne assise dans cette pièce était un assassin et nous avait drogués. Comme ils étaient persuadés que Blake était le coupable, ils n'avaient pas peur que leurs verres soient trafiqués. Peut-être qu'ils étaient tous dans le coup, sauf moi ?

— À Tilly, Gigi, Josh et Courtney, a déclaré Kyle en levant sa canette de bière.

Et à Pete.

J'ai levé ma bouteille et je l'ai cognée contre les canettes des garçons et le verre de vodka pure de Megan.

— Tu te saoules, Megan ? lui ai-je demandé.

— C'est terminé pour de bon, maintenant, Mackenzie. Blake va croupir en prison pour le crime qu'il a commis. Nous n'avons plus à craindre que la justice ne soit pas rendue. C'est une bonne raison de faire la fête, non ?

Non.

— Bien d'accord, a renchéri Aaron.

Combien de toasts allaient-ils porter ? Le vrai meurtrier n'avait pas encore été arrêté. J'avais l'impression de trinquer avec des inconnus.

Dix minutes plus tard, Megan riait pour n'importe quoi. Elle n'avait pas beaucoup bu, mais elle carburait à la vodka pure. Je ne pouvais pas lui en vouloir. Au moins, si j'avais été saoule comme elle, j'aurais pu arrêter de me tracasser. Mais je ne pouvais pas faire ça à Blake. Ça ne me semblait pas juste de m'amuser tandis qu'il était enfermé dans une cellule.

— Je n'arrive pas à croire qu'on ne soit plus que quatre, a commenté Kyle. L'an dernier, à la même époque, ma chambre était remplie de huit soiffards heureux. Vous vous souvenez, les filles, quand vous dansiez en chantant dans des bouteilles vides ?

Ce souvenir m'a fait sourire. Comme j'aurais voulu remonter le temps ! Tout était si simple à l'époque. C'était dingue de voir à quel point la situation avait changé du tout au tout en un an. Mon cercle d'amis avait été divisé par deux et j'avais une sorte de petit copain que je risquais de perdre avant qu'on ne soit vraiment ensemble, parce qu'il avait été arrêté. J'en avais vraiment marre de perdre les gens qui comptaient pour moi.

— C'est la merde, mais au moins ils ont chopé le coupable. Nous sommes tirés d'affaire, maintenant, a décrété Aaron en levant son verre dans ma direction.

J'ai crispé mes doigts sur la bouteille, mais je n'ai rien dit. S'ils étaient tous bourrés, quelqu'un se trahirait peut-être. Je n'avais pas beaucoup d'espoir, mais c'était le seul qui me restait.

— Dieu merci, a ajouté Megan. Je savais qu'on s'en sortirait. Il suffisait de se serrer les coudes.

Du coin de l'œil, j'ai vu Aaron hausser les sourcils et j'ai deviné que ce geste était pour moi. Je l'avais plus ou moins accusé d'être le meurtrier en lui demandant si c'était lui qui avait piégé Blake.

— Je reviens dans une minute, ai-je annoncé en quittant la pièce.

J'avais un coup de fil urgent à donner. Je me suis enfermée dans la salle de bains au bout du couloir.

Wright a pris mon appel presque à la seconde où il a été prévenu.

— Bonjour, mademoiselle Keaton, quelle bonne surprise.

— Blake va bien ?

— Oui.

— Comment ça se passe ?

— Je ne peux malheureusement pas en discuter avec vous.

— Arrêtez votre baratin. Vous ne faites rien dans les règles, alors ne me dites pas que vous devez garder le secret uniquement parce que ça vous arrange.

Il y a eu une seconde de silence, suivie d'un petit rire.

— Vous avez du cran, Mackenzie. Blake est en train d'être interrogé en ce moment.

— Je m'en doute. Vous voulez toujours savoir qui a vraiment tué Courtney et Josh ?

— Si vous me demandez si vous êtes toujours une suspecte potentielle, la réponse est oui.

Ouf. Il ne sautait pas comme tout le monde sur la conclusion que Blake était l'assassin.

— Parfait.

— Vous préférez rester dans le collimateur de la police ?!

— Je ne veux pas qu'un innocent aille en prison.

— Moi non plus. Les éléments trouvés dans la chambre de Blake ont été soumis à l'analyse.

— Pour les empreintes digitales ?

— Décidément, rien ne vous échappe.

— C'est juste que vous êtes un peu plus transparent que mes amis, pour le moment.

Quel gros mensonge.

— J'aimerais pouvoir en dire autant de vous. Au revoir, Mackenzie.

Quand je suis revenue dans la chambre d'Aaron, aucun des trois n'avaient bougé. J'ai repris ma place entre Megan et Kyle et j'ai soulevé la bouteille, avant de me raviser.

Le cocktail tropical était resté là pendant mon absence et je ne leur faisais plus confiance.

22

Je suis rentrée chez moi quand ils se sont mis aux shots. Il n'était que sept heures du soir et je n'étais pas obligée d'être à la maison avant vingt-trois heures, mais je n'avais pas envie de célébrer l'arrestation de Blake. Ça me rendait malade et, si Aaron portait encore un toast, j'allais le frapper.

Les deux voitures de mes parents étaient dans l'allée. C'était plutôt inhabituel en semaine, car ils ne quittaient pas leur travail aussi tôt d'habitude. Prise d'angoisse, j'ai ouvert la porte en criant :

— Youhou ?

— Nous sommes dans la cuisine, a répondu ma mère.

La dernière fois que nous avions eu une conversation dans la cuisine, c'était trois ans plus tôt, quand ils avaient décidé qu'il était temps d'avoir LA conversation, après ma rencontre avec Danny. Je me rappelle encore comme j'étais gênée pendant qu'ils m'expliquaient la contraception. Sans parler du moment où ma mère avait enfilé un préservatif sur une banane. Je serais bien disparue sous terre ! Le jour où j'ai appris que j'étais enceinte, j'ai brûlé les préservatifs qu'il restait.

— Assieds-toi, Mackenzie, m'a ordonné mon père.

Ils étaient tous les deux assis à table devant une théière remplie de thé fumant et trois tasses. J'ai obéi et je me suis mordu la lèvre. Ça ne me disait rien de bon.

— Blake a été arrêté, m'a annoncé ma mère en servant le thé.

— Je suis au courant. Il est innocent, je le sais.

— Mackenzie… a commencé mon père, mais je l'ai interrompu en levant la main.

— S'il te plaît, papa. Je sais ce que tu vas dire, mais je lui fais confiance. Nous avons passé beaucoup de temps ensemble et je sais qu'il ne ferait jamais une chose pareille.

— Tu es sûre de le connaître *vraiment* ?

Je savais que j'allais donner la réponse typique de l'ado amoureuse d'un beau mec.

— Je le connais plutôt bien. Tu dis toujours que ton instinct ne te trompe jamais.

— Et tu n'as pas idée à quel point je le regrette en ce moment, a-t-il marmonné derrière sa tasse avant d'avaler une gorgée. Nous voulons juste te protéger, ma chérie. Nous voudrions que tu restes à la maison jusqu'à ce que toute cette histoire se calme.

Il en parlait comme d'un orage passager.

— Papa, c'est bon. Je vais bien.

Il a reposé son thé en grimaçant.

— Mackenzie, je n'aurais pas dû présenter ça comme une suggestion. Tu ne sortiras plus tant que le responsable de ces meurtres n'est pas entre les mains de la police. Compris ?

— J'ai presque dix-huit ans, bientôt dix-neuf ans, vous ne pouvez pas m'interdire de sortir.

Techniquement, si, mais c'était ridicule.

— Je me fiche de l'âge que tu as. Tu es notre fille et nous ferons tout pour que tu ne coures aucun danger. Tu peux nous détester si ça te chante.

Oh super, ils essayaient de jouer les pauvres petits parents incompris.

— Je ne vous déteste pas. Je comprends l'interdiction, mais c'est exagéré et vous le savez très bien.

— Ma chérie, tu es notre fille. Nous ne nous le pardonnerions jamais s'il t'arrivait quelque chose. Si tu fais confiance à Blake, alors nous lui faisons confiance aussi. Tu as la tête sur les épaules. Mais si tu veux le voir quand il sera libéré, ce sera ici, quand un de nous deux est présent à la maison.

Ce ne sera pas gênant du tout, tiens.

J'ai pourtant cédé :

— J'ai compris. Merci de me faire confiance pour Blake.

Je ne pouvais pas vraiment protester alors qu'ils se fiaient à mon avis. Ils n'avaient rencontré Blake que quelques fois et il venait d'être arrêté pour meurtres. Mes parents auraient même été en droit de m'interdire de *penser* à lui.

— C'est sérieux entre vous deux ?

— Non, ai-je affirmé par prudence.

Nous nous étions embrassés et nous avions couché ensemble. Je ne mentais pas vraiment : pour lui, ça ne signifiait pas une relation sérieuse et engagée.

— Vous n'êtes pas un de ces couples libres, j'espère, s'est offusqué mon père. Tu mérites mieux que ça, Mackenzie.

Mes joues se sont enflammées.

— Rooh, papa ! Ce n'est pas ça du tout. On ne fait rien.

Je t'en prie, sol chéri, dérobe-toi sous mes pieds que je disparaisse.

Maman a froncé les sourcils.

— Mais vous êtes ensemble ?

— Non, maman.

— Je ne comprends pas les jeunes de nos jours. Pourquoi tout compliquer ? Si deux personnes s'aiment bien, elles devraient se le dire. C'est une telle perte de temps de tourner en rond, alors qu'on pourrait être heureux.

Mes parents s'étaient rencontrés à l'adolescence et au bout de quelques jours s'étaient avoué qu'ils s'aimaient. Ça ne marchait plus comme ça aujourd'hui. Si une fille admettait tout de suite qu'un mec lui plaisait, elle était considérée comme une hystérique, et si un type faisait pareil, il était perçu comme une femmelette. Il fallait suivre les règles du jeu. Si on sautait à pieds joints dans une relation sérieuse, c'est qu'on était désespéré et personne n'avait envie de se coltiner une sangsue.

— On pourrait ne pas en parler ?

Ma mère a posé sa tasse.

— D'accord. Tu nous préviendras quand vous tirerez ça au clair ?

J'ai bu une gorgée de thé, en espérant qu'il me brûle la gorge et que je doive filer aux urgences pour échapper à cette conversation.

— Papa, tu pourrais appeler le commissariat pour essayer de savoir ce qui se passe ? Wright refuse de me donner des infos.

— Tu t'inquiètes pour ce garçon qui n'est pas vraiment ton petit ami ?

— Si tu ne veux pas le faire…

— Non, non, je m'en occupe.

— Vous êtes vraiment cool, tous les deux. Merci beaucoup. Vous ne connaissez même pas Blake.

— Mais nous *te* connaissons. Et si tu lui fais plus confiance qu'à trois personnes que tu connais depuis toujours, ça ne peut pas être un mauvais bougre, a résumé mon père en se levant. Je vais donner le coup de fil.

C'était vrai que j'avais une confiance totale en Blake, sans pouvoir me l'expliquer. Il y avait quelque chose en lui, en *nous*, qui semblait aller de soi.

Maman m'a souri quand papa a quitté la pièce. Elle se préparait à me dire quelque chose. Sûrement à propos de Blake. J'ai soupiré.

— Vas-y, maman, accouche.

— Vous vous êtes embrassés ?

— Oui, ai-je répondu.

— Et tu l'aimes vraiment bien ?

Ma mère était une grande romantique. Mon père et elle étaient heureux et elle souhaitait la même chose pour moi.

— Oui.

— Tu fais attention ? Et je ne parle pas de contraception.

— Bon, ça suffit maintenant.

Pourquoi mes parents étaient-ils incapables de s'arrêter ? Je me suis levée.

— Je redescendrai pour le dîner.

— Tu disparais jusqu'au repas ?

— Au revoir, maman !

J'ai quitté la cuisine pour aller rôder près du canapé où s'était assis mon père pour téléphoner.

— Non, je sais… Y a-t-il quelque chose que vous puissiez me communiquer ?

J'ai deviné qu'il n'arrivait pas à obtenir d'infos, lui non plus. Je détestais attendre en sachant Blake sous les verrous. Combien de temps mettrait la police pour se rendre compte de son innocence ?

Mon père a raccroché et a secoué la tête.

— Désolé, ma chérie. Pas de nouvelles.

— Merci d'avoir essayé. Je vais monter regarder des films.

Ma chambre ne ressemblait pas à celles qu'on voit au cinéma, du genre dont on peut s'échapper par la fenêtre et se laisser glisser le long d'un tuyau. Il n'y avait qu'un mur de brique sans aspérités et, si je tentais de m'enfuir par là, je ferais une chute à la verticale sur les dalles. Ça provoquerait un bruit de fou. Et puis où irais-je, de toute façon ? Je me sentais nulle.

Réfléchis. Qu'est-ce que je peux faire ?

La maison dans laquelle nous avions passé le week-end.

La police l'avait fouillée, et Blake et moi aussi, mais je pourrais peut-être chercher mieux ? Même si je savais que c'était inutile, mon cœur m'ordonnait d'aider Blake.

Roulée en boule sur mon lit, j'ai tenté d'échafauder un plan. Mais alors que je réfléchissais au meilleur moyen de quitter ma chambre en douce pour jouer les détectives, je me suis rendu compte que c'était ridicule. Dans un film, j'aurais été la gaffeuse qui fait tout foirer.

J'étais nulle et, pour ne rien arranger, j'étais crevée. J'ai donc décidé, pour une fois, de ne rien faire et de laisser la police travailler. À bien y réfléchir, mes tentatives finissaient toujours par se retourner contre moi. Il valait mieux que je n'intervienne pas, pour éviter d'aggraver la situation. Blake n'avait pas besoin de ça. C'était tellement injuste qu'il soit en train de subir un interrogatoire, alors que le meurtrier trinquait, mais je ne pouvais rien y changer.

J'ai enfoui la tête dans mon oreiller, j'ai fermé les yeux et j'ai plongé dans un sommeil agité.

Quelqu'un m'a réveillée quelques heures plus tard, en me secouant par le bras. J'ai poussé un gémissement et j'ai regardé l'heure sur mon téléphone, posé à côté de moi. 21 h 55. Je me suis retournée pour râler contre ma mère ou mon père, mais c'étaient les magnifiques yeux bleus de Blake qui me fixaient avec un air amusé. Je me suis jetée sur lui, sans retenue. Il a hésité une seconde avant de me serrer dans ses bras, mais quand il l'a fait, il a failli m'écraser les os.

— Tu vas bien !

J'ai fermé les yeux en m'agrippant à lui comme à une bouée.

— Qu'est-ce qui s'est passé ? C'est mes parents qui t'ont ouvert ?

— Oui, et il ne s'est rien passé au poste de police. Wright m'a fait attendre une bonne heure et les flics m'ont confisqué mon téléphone jusqu'à la fin de l'interrogatoire. Comme ils avaient pris des photos lors de la première fouille de ma chambre, ils savaient que la boucle d'oreille et la chaîne n'y étaient pas. J'espère qu'ils sont convaincus qu'on m'a tendu un piège. Je ne suis pas inculpé, mais je ne suis pas tiré d'affaire non plus. Je peux être rappelé à tout moment, et ça risque de se produire. Ils m'ont malgré tout laissé partir.

— Wright sait que tu es innocent.

— Il m'a demandé si j'avais caché moi-même les objets pour faire croire que quelqu'un m'avait piégé.

— Oh…

— Ouais.

— En tout cas, le tueur a l'air de plus en plus désespéré.

— C'est vrai.

Blake s'est écarté et m'a regardée sévèrement.

— Ça veut dire qu'il est plus dangereux que jamais. Je ne veux plus que tu traînes seule avec tes amis. Je me rends compte que je parle comme si j'étais ton père, mais on ne sait pas de quoi l'assassin est capable.

— Mes parents m'ont de toute façon interdit de quitter la maison.

— C'est très bien.

Il s'est assis sur mon lit et m'a tirée par la main pour me faire venir sur ses genoux.

— Ma mère s'est rendue au commissariat, m'a-t-il informée d'une voix chargée d'émotion.

— C'est vrai ?

Peut-être que mes paroles avaient eu de l'effet.

— Oui. Et elle s'est comportée en mère, elle a gueulé comme une hystérique sur les policiers – le genre de choses que je l'aurais imaginée faire si Josh avait été à ma place.

— C'est bien.

— Ouais… C'était bizarre.

— Bizarre, mais bien ?

— Oui, a-t-il confirmé en posant le menton sur ma tête.

— Où est ton père ?

— Chez ma mère, avec elle. Il voulait s'assurer qu'elle allait bien jusqu'à mon retour. On dirait qu'ils s'entendent mieux. Ils ne se sont pas crié dessus. C'est un progrès par rapport aux douze dernières années.

— Je suis contente pour toi. Qu'est-ce qui va se passer maintenant ?

— À quel sujet ?

— Au sujet de l'enquête et de toi.

— L'enquête est toujours en cours, ce qui n'arrange pas Wright, c'est déjà ça. Et je dois empaqueter toutes mes affaires pour emménager chez ma mère.

— Ah bon ? me suis-je exclamée en essayant de ne pas paraître trop emballée.

Je devais très mal jouer la comédie parce que Blake s'est mis à rire.

— Mon père est de plus en plus souvent absent, c'est logique que je reste avec elle… et toi.

Retiens-toi d'exécuter une danse de joie.

— Tu as envie d'être avec moi ? ai-je demandé.

— Ça ne devrait pas t'étonner. Ça se voit comme le nez au milieu de la figure que je t'aime bien. J'ai envie d'être avec toi, Mackenzie.

Il l'admettait si facilement que je me demandais si ce type était vraiment le Blake que je connaissais.

Je me suis contentée de le fixer des yeux sans rien dire comme une imbécile.

— Ça ne te ressemble pas de rester sans voix.

Ses lèvres ont frôlé les miennes. J'ai eu l'impression de mourir sur place pendant une seconde. Il s'est mis à rire, puis m'a embrassée avec fougue. J'étais KO. Incapable d'articuler le moindre mot. Incapable de contrôler mon rythme cardiaque.

Embrasser Blake était un million de fois meilleur que tout ce que j'avais connu. Quand il m'a laissée reprendre mon souffle, il avait l'air aussi heureux que moi.

Il est parti à dix heures et demie du soir. Au moment où mes parents sont montés se coucher, ils m'ont rappelé de façon pas très subtile que je n'avais pas le droit d'être seule avec un garçon avant mes vingt ans révolus. Au lieu de râler d'être ainsi mis à la porte, Blake a simplement souri, m'a embrassée et m'a promis de revenir le lendemain dans la matinée.

Je me suis recouchée, épuisée de m'être fait un sang d'encre pour Blake, mais folle de bonheur qu'il se soit finalement ouvert et que nous soyons ensemble. Inutile de préciser que j'ai dormi comme un bébé.

23

JEUDI 27 AOÛT

Le matin, je me suis réveillée avec le sourire. Blake et moi avions convenu de nous retrouver, mais j'avais quelque chose à faire avant. Je voulais rendre visite à Megan. Nous avions perdu un peu le contact, elle et moi, et je me sentais coupable. Blake n'aurait pas dû être un obstacle à notre amitié. Pourtant c'était le cas.

Ma mère était dans la cuisine quand je me suis traînée jusqu'en bas.

— Salut, qu'est-ce que tu fais encore là ?

Il était neuf heures et demie, elle aurait dû être au travail. De mon côté, je ne savais pas comment j'allais m'en sortir quand je devrais me lever à sept heures pour me rendre à la fac.

— Je commence un peu plus tard. Je me suis dit qu'on pourrait prendre le petit-déjeuner toutes les deux.

J'ai tout de suite imaginé le pire.

— Qu'est-ce qui s'est passé ?

— Rien, ma chérie. Je voudrais juste m'occuper un peu de toi. Tu traverses des événements très stressants en ce moment et je voudrais que tu ne t'inquiètes pas autant.

Si elle avait une formule magique pour que j'arrête de me tracasser, j'étais preneuse.

— Ça va, tu sais. J'ai juste envie que l'enquête soit achevée.

— Ce sera bientôt le cas, j'en suis sûre. Personne ne croit que tu es responsable de ce qui s'est passé.

Ma mère n'était pas une très bonne menteuse. Tout le monde nous soupçonnait, mes amis et moi. Même si c'était horrible de savoir que des gens m'imaginaient capable de tuer, je savais au moins sur qui je pouvais compter, désormais.

— Tu es très courageuse, Mackenzie, mais tu n'as pas besoin de faire semblant de tenir le coup, pour ton père et moi.

— Je ne fais pas semblant. J'aurai bien le temps de m'effondrer plus tard, mais il *faut* que je tienne le coup jusqu'à l'issue de l'enquête.

Ma mère a préparé deux tasses de thé et du pain grillé.

— Heu… finalement, Blake et moi, on est ensemble.

— Ça ne m'étonne pas.

— C'était une simple question de temps.

— Je le sentais venir.

— Je m'en fais pour lui. Megan, Kyle et Aaron sont persuadés qu'il est coupable.

— Peu importe ce que les autres croient, Mackenzie. Ce qui compte, c'est ce que tu penses. La vérité finira par éclater.

— D'accord, mais pour le moment tout le monde change de trottoir en me voyant comme si j'avais la peste.

— Les gens tirent des conclusions hâtives sans s'appuyer sur les faits. Tu ne peux pas changer ça.

Génial, j'allais devoir vivre ainsi jusqu'à ce que la police arrête l'assassin, si elle y arrivait un jour.

— Oui, j'imagine que tu as raison.

— C'est dur, ma chérie, mais garde la tête haute et accroche-toi à ce que tu sais. Ton père et moi allons essayer de parler à Wright aujourd'hui pour tenter d'obtenir plus d'informations. Je ne pense pas qu'ils te considéreront encore longtemps comme une suspecte.

Je l'espérais.

— Tu as des projets pour la journée ?

— Je pensais aller voir Megan. On n'arrête pas de se rater. Je crois qu'elle passe du temps avec Aaron parce que Kyle rumine encore contre Courtney.

Ma mère a secoué la tête.

— On croit connaître les gens…

Tu l'as dit.

— Tu peux y aller, mais tu reviens tout de suite après. Pas d'arrêt en route, Mackenzie Lauren, je suis sérieuse.

Waouh. Elle avait utilisé mon deuxième prénom. Ça voulait dire que je n'avais pas intérêt à la décevoir. Elle ne m'appelait comme ça que quand il n'y avait aucune discussion possible.

— Promis.

Ma mère est partie travailler et je suis sortie en même temps qu'elle. Elle voulait s'assurer que je quittais la maison en toute sécurité. Je devais lui envoyer un texto à mon arrivée, et à mon départ de chez Megan, ainsi qu'à mon retour à la maison. Ça ne me dérangeait pas.

J'ai roulé jusque chez Megan, en mettant The Killers à fond dans la sono.

J'ai tourné à un carrefour et il m'a semblé apercevoir quelque chose dans mon rétroviseur, mais quand j'ai mieux regardé, il n'y avait rien. Je me suis aussitôt retrouvée en état d'alerte maximale. J'ai appuyé sur l'accélérateur scrutant dans le rétro toutes les cinq secondes. J'avais vraiment vu quelque chose. J'en étais sûre. L'explication la plus probable était que quelqu'un avait traversé la rue, et s'était caché, par exemple derrière la rangée d'arbres.

Megan n'habitait qu'à quelques minutes à pied de chez moi. Mais, depuis la mort de Courtney et de Josh, mes parents insistaient pour que je me déplace en voiture. Je leur en étais reconnaissante : je me serais sentie dix fois plus angoissée si j'avais été à pied.

Mes yeux se sont à nouveau tournés vers le rétro. C'était peut-être parce que j'étais sur les nerfs, mais j'aurais pu jurer avoir vu quelque chose bouger derrière un des arbres. Plus que deux croisements avant d'arriver chez Megan.

J'ai pris les deux virages un peu trop vite et, quand je suis arrivée, il n'y avait pas de voiture devant chez elle. Sa mère empruntait parfois la sienne, quand son père prenait celle qu'ils partageaient. Megan pouvait donc être chez elle quand même. Je n'avais pas très envie de quitter mon véhicule.

J'ai balayé les environs du regard avant de saisir la poignée de la portière. C'était bon. Personne n'allait me sauter dessus. J'étais idiote. J'ai ouvert après une dernière inspection.

Mais je ne me suis pas rendue loin, je ne suis même pas arrivée dans son allée. Un objet dur s'est abattu sur ma tête et la douleur m'a vrillé le crâne. Je suis tombée en avant et j'ai atterri sur les genoux. On m'agressait ! Je me suis tenu la tête et je me suis préparée à encaisser un deuxième coup. Mon cœur battait à tout rompre. Par-dessus le bourdonnement de mes oreilles, je percevais une respiration. La mienne ou celle de mon agresseur ?

J'avais mal au crâne, mais ce n'était pas insupportable. Sous l'effet de l'adrénaline, je ne sentais presque plus rien. J'avais envie de me lever et de m'enfuir en courant, mais la peur me tétanisait.

Je ne savais pas ce qui m'avait frappée, mais c'était comme une batte. J'ai tout de suite pensé à Pete. Ça devait être la même personne. Derrière moi, mon agresseur ne bougeait pas. Je sentais sa présence. J'avais la chair de poule et les mains tremblantes. Je regardais droit devant moi. J'avais beaucoup trop peur pour me retourner, même si je savais que, si je le faisais, je serais face à l'assassin de Courtney et de Josh. J'étais lâche. Je désirais plus que tout savoir qui c'était, mais je n'arrivais pas à m'obliger à regarder derrière moi. Mon instinct de survie était plus puissant que je ne l'avais imaginé.

Mon souffle était court. Les secondes s'écoulaient et aucun de nous deux ne bougeait. La maison de Megan était assez isolée mais un promeneur allait sûrement bientôt approcher. Je voulais juste que quelqu'un passe et effraye mon agresseur.

Celui-ci a fait un pas… Vers moi ou pour s'éloigner ? Je n'en savais rien. Le bruit était sourd, comme si ses chaussures avaient des talons en bois. Peut-être des bottines ou des chaussures de ville. Ça ne m'aidait pas à deviner si cette personne était un homme ou une femme.

Je n'avais qu'une idée en tête : mes parents allaient recevoir la visite de la police qui leur annoncerait que je venais d'être assassinée. L'idée de la tristesse qu'ils ressentiraient m'a mis les larmes aux yeux.

Ne pas pouvoir me retourner et regarder mon agresseur rendait l'épreuve dix fois plus terrifiante. Je ne savais pas ce qu'il faisait, s'il avait la main levée, prête à frapper à nouveau.

J'ai encore entendu un pas, puis un autre. Mon cœur battait si fort qu'il faisait plus de bruit que les chaussures de mon agresseur sur le bitume. Peu à peu, les pas se sont éloignés et je n'ai plus rien entendu. Il m'a fallu beaucoup de temps pour oser bouger. Des petites demi-lunes s'étaient formées dans mes paumes là où mes ongles s'étaient enfoncés dans ma peau. Le sang pulsait dans mes tempes, j'avais une migraine terrible.

Quelques minutes se sont écoulées, je suis restée à genoux, même si je savais que la personne qui m'avait frappée était partie depuis longtemps. J'ai sorti mon téléphone de ma poche pour appeler Blake.

— Je te manque ?

J'étais incapable de parler. Blake a compris tout de suite que quelque chose ne tournait pas rond.

— Mackenzie, qu'est-ce qui ne va pas ? Où es-tu ?

— Je…

J'ai respiré à fond pour essayer de me calmer.

— Mackenzie ! a crié Blake, inquiet. Tu es allée chez Megan ?

Un sanglot s'est échappé de ma gorge. *Je t'en prie, dépêche-toi.*

— J'arrive. Ne raccroche pas.

J'ai entendu un cliquetis quand il a empoigné ses clés, puis des portes s'ouvrir et se fermer. Un moteur a grondé et j'ai à nouveau sangloté. Il était en route.

— Il faut que tu respires lentement, Mackenzie. Tu peux faire ça pour moi ?

Non.

— J'arrive, je te le jure. Tout va bien maintenant. Concentre-toi sur ma voix et essaie de ralentir ta respiration. Tout va bien.

J'ai fermé les yeux et écouté sa voix.

— Ça va, ai-je balbutié.

— Chhh. Ne parle pas, mon bébé. Respire calmement.

J'ai obéi, mais ça ne m'a pas apaisée. Rien ne marcherait tant qu'il ne serait pas près de moi. La personne qui m'avait agressée pouvait très bien revenir. J'étais encore devant chez Megan, agenouillée. Je n'osais toujours pas me retourner. Quelques secondes plus tard, un crissement de pneus m'a annoncé l'arrivée de Blake et mes épaules se sont détendues. *Ouf, il est là.*

Il avait à peine coupé le contact que sa portière s'est ouverte et qu'il a sauté sur le trottoir.

— Bon sang, Mackenzie, qu'est-ce qui s'est passé ?

Il s'est laissé tomber par terre devant moi et a pris mon visage entre ses mains. Je me sentais enfin en sécurité.

Je me suis effondrée dans ses bras. Je ne pleurerais pas. Ça ne me mènerait à rien.

Blake m'a serrée contre lui. Il m'a embrassée jusqu'à ce que je m'apaise et que ma respiration ressemble moins à celle de Dark Vador.

— Ça va, ai-je chuchoté, mais quelqu'un m'a agressée.

— Raconte-moi.

Maintenant que j'étais moins sous le choc, je me suis rendu compte que je tremblais de la tête aux pieds.

— J'ai eu l'impression d'être suivie. Quand je suis arrivée ici et que je suis sortie de ma voiture, on m'a frappée par-derrière, assez fort pour me faire tomber. Voilà, c'est tout.

Je n'avais jamais vu Blake aussi furieux.

— Frappée où ?

Je l'ai lâché pour palper l'arrière de mon crâne. Blake a inspecté chaque centimètre de ma tête et de mon visage. Un examen médical n'aurait pas été plus approfondi.

— Blake, je vais bien, je t'assure. Le coup n'était pas si violent. J'ai surtout eu la peur de ma vie.

— J'aurais dû t'accompagner.

— Non, tu ne dois pas t'en vouloir.

— Je te ramène chez toi. Je ne veux pas que tu restes ici.

— D'accord, mais il faut que je trouve Megan.

— Elle n'est pas là ?

J'ai fait non de la tête et mon téléphone a bipé au même instant.

Blake m'a aidée à me relever et j'ai regardé mon portable en frissonnant.

— Je dois reprendre ma voiture.

— Je peux revenir la chercher pour toi.

— Non, je ne peux pas la laisser ici. Si Megan la voit, elle va se poser des questions, et en plus je ne veux pas que mes parents apprennent ce qui est arrivé.

Il s'est immobilisé.

— Je n'ai pas le choix, lui ai-je assuré en lui tendant mon téléphone.

— Mackenzie, nous devons aller au commissariat.

Puis il a baissé les yeux vers l'écran de mon portable et a pâli.

Le message disait :

« Si tu racontes ce qui s'est passé, je finirai le travail. Arrête de fouiner, Mackenzie. »

— Putain !

Nous étions complètement dépassés. Nous avions besoin d'aide. Mais nous ne pouvions pas en parler à la police, les menaces étaient claires sur ce point.

— Nous ne pouvons le dire à personne, ai-je tranché.

Il m'a regardée en évaluant les possibilités qui s'offraient à nous. Nous n'en avions pas beaucoup et aucune n'était rassurante.

— Je ne sais pas comment garantir ta sécurité.

— Personne n'est en sécurité, Blake. Plus maintenant. Pas tant que le tueur n'est pas sous les verrous.

— Si je comprends bien, ça veut dire qu'on ne fait plus rien ?

— Non, nous devrons juste nous montrer beaucoup plus prudents pendant la suite de notre enquête.

— T'es pas sérieuse ! Non seulement tu refuses de parler de ces menaces à la police, mais tu veux continuer à fouiner ? Mackenzie, tu es cinglée. Tu as envie de mourir ou quoi ?

J'ai croisé les bras.

— Je n'abandonne pas quand quelqu'un compte sur moi.

— Il va vraiment falloir que tu changes.

— Ce n'est pas un défaut, Blake.

— C'en est un si tu te fais assassiner à cause de ça.

— Tu es incroyable !

Il m'a décoché un sourire charmeur.

— Avoue que ça te fait craquer.

— Pas certaine.

— Quelle est la prochaine étape, alors, inspectrice Keaton ?

— Je ne sais pas. Je voulais interroger discrètement Megan, Kyle et Aaron, mais pour l'instant, la seule personne en laquelle j'ai confiance, c'est toi.

— Attention, Kenzie, on dirait que tu es en train de tomber amoureuse de moi.

Je l'étais déjà, en réalité. Ça ne faisait aucun doute. J'ai préféré ignorer son commentaire.

— Tu veux bien me suivre jusque chez moi ?

J'ai envoyé un texto à ma mère pour la prévenir que, comme Megan n'était pas là, je rentrais directement. Je ne lui ai pas raconté ce qui s'était passé ni précisé que Blake était avec moi. Une fois à la maison, j'ai appelé Megan qui m'a appris qu'elle était partie en famille pour la journée. Blake est resté jusqu'au retour de mes parents.

Je me suis couchée tôt ce soir-là parce que je détestais mentir à mon père et ma mère. Après les événements de la journée, j'avais l'impression que j'allais m'écrouler. Heureusement, mes parents ont décidé d'aller dormir tôt aussi ; nous étions tous au lit à dix heures.

En fermant les yeux, j'ai repensé à la veille de notre départ en week-end. Nous avions réuni chez Josh, qui voulait tout régenter, la nourriture et les boissons que nous emportions pour commencer à charger dans la voiture de Kyle. Si le lendemain nous voulions apporter des boissons en plus, nous n'avions qu'à les mettre dans nos sacs.

Chez Josh, Megan et moi étions dans un coin du salon, un peu agacées par le maître des lieux. Aaron et Kyle aidaient celui-ci à coincer les bouteilles d'alcool entre les paquets de nourriture et les boîtes de conserve pour qu'elles soient protégées des chocs.

Je me souvenais vaguement de la conversation : on parlait de faire nos valises et de se péter la tronche tout le week-end. Si on mettait de côté le fait que, de temps en temps, un doigt d'honneur à l'intention de Josh se dressait dès qu'il avait le dos tourné.

J'ai revu en mémoire les mecs porter les sacs les plus lourds jusqu'à la voiture de Kyle, suivis par les filles. Il y avait eu un moment de malaise quand Josh avait plaisanté en disant qu'il y avait assez d'alcool pour nous tuer.

J'ai alors pris mon téléphone pour regarder la vidéo que Kyle avait prise ce jour-là. Je lui avais demandé de me l'envoyer il n'y a pas longtemps. J'ai appuyé sur *Play* avec un peu d'appréhension. Kyle avait filmé l'expression de quelques visages agacés par Josh, des grimaces stupides qu'on lui avait adressées quand il ne regardait pas et une grande partie de la maison.

Josh ordonnait de l'aider à rapporter ce qui se trouvait à l'intérieur et Kyle faisait pivoter la caméra de son portable pour nous filmer en train de marcher. Mes oreilles ont commencé à bourdonner quand j'ai reconnu un son familier. Les pas. Je les avais entendus plus tôt dans la journée quand j'avais été agressée. Mon cœur s'est mis à battre la chamade. Mon téléphone a sonné juste à ce moment-là.

— Allô, ai-je dit en décrochant mécaniquement sans regarder qui m'appelait.

— Salut.

J'ai immédiatement reconnu la voix. Les mots prononcés ensuite m'ont glacé le sang.

— Mackenzie, c'est moi qui les ai tués.

Je sais.

24

J'avais reçu pour instruction de venir seule si je voulais connaître la vérité. J'ai posé le téléphone et je me suis mise à pleurer en réalisant ce que je venais d'apprendre. Oui, un de mes amis *était* un assassin. Je suis sortie de chez moi sans faire de bruit. Ce ne serait pas long d'y aller à pied. J'ai pensé à appeler Blake, mais je ne voulais pas le mettre en danger. J'avançais sur pilote automatique. J'avais l'impression de vivre la vie de quelqu'un d'autre.

Je suis arrivée à destination. La porte n'était pas fermée à clé, je suis entrée sans frapper. Les yeux bleu clair qui se sont posés sur moi étaient ceux que j'aimais tant, inchangés, sauf qu'ils semblaient avoir vieilli : ils avaient perdu leur innocence.

— Aaron…

Je me suis tue, ne sachant pas comment continuer. J'avais dû sauter le chapitre sur les assassins dans *L'Amitié pour les nuls*. Aaron n'a pas bougé du canapé où il était assis.

— Pourquoi ? ai-je chuchoté, en faisant quelques pas hésitants vers lui.

— Les autres sont en route, m'a-t-il annoncé d'une voix monocorde qui ne lui ressemblait pas.

Plus je m'approchais, plus je sentais son haleine imprégnée de whisky.

— Tu as bu beaucoup ?

— Pas assez.

— Tu as donc demandé à Kyle et Megan de venir ?

J'étais étonnée par mon calme.

— Et aussi à Blake. Je ne veux m'expliquer qu'une seule fois.

Il allait devoir l'expliquer encore quelques fois pour Wright. À moins qu'Aaron n'ait pas l'intention de se rendre. J'ai réalisé que, pendant tout ce temps, il nous avait laissés subir des interrogatoires sans lever le petit doigt. Je ne pourrais jamais infliger un truc pareil à quelqu'un que j'aime.

— Pourquoi Blake ?

Je pouvais très bien lui répéter moi-même ensuite les propos d'Aaron. L'idée que Blake soit mêlé à tout ça me rendait malade. Aaron le détestait et Blake devait être furieux contre lui.

Aaron a serré les lèvres.

— Tu le sauras quand tout le monde sera là.

— Aaron…

— Ne me regarde pas comme ça, Mackenzie.

Il avait poignardé ma meilleure amie, il ne s'attendait quand même pas à ce que rien n'ait changé entre nous ? Il était cinglé.

— Comment voudrais-tu que je te regarde ?

— Je ne sais pas. Mais pas comme si tu me détestais.

J'avais presque envie de rire. Il était incroyable.

— Mackenzie ? a crié Blake en débarquant en courant comme s'il jouait dans *Mission impossible*. Ça va ? m'a-t-il demandé en m'examinant de la tête aux pieds pour s'en assurer lui-même.

— Oui, ça va.

Ça n'allait pas du tout, mais je me sentais plus forte maintenant qu'il était là.

Les traits de Blake se sont durcis quand il s'est tourné vers Aaron. Même si Blake n'était pas très proche de Josh, c'était tout de même son frère, qui avait été assassiné. Blake avait l'air près d'arracher les yeux d'Aaron.

Je me suis interposée entre eux et j'ai supplié Blake de se calmer. Il n'a pas bougé et n'a pas dit un mot, mais son regard glacé ne lâchait pas Aaron.

Megan et Kyle sont arrivés ensemble quelques minutes plus tard. Ils se sont arrêtés juste après avoir franchi la porte, blancs comme des linges.

— Qu'est-ce qui se passe, mon vieux ? a lancé Kyle. Dis-moi que c'est juste une blague débile.

Aaron s'est levé et nous a dévisagés avec une expression terrifiante.

— Ce n'est pas une blague, Kyle.

Megan a étouffé un sanglot :

— Mais pourquoi ?

— Parce qu'ils n'en avaient rien à foutre de ce qui était arrivé à Tilly et Gigi.

— Hein ? me suis-je exclamée. Ils étaient effondrés.

Courtney avait pleuré pendant des semaines, elle n'avait jamais repris le volant par la suite et elle me parlait sans cesse de la culpabilité qui la rongeait. Josh s'en voulait aussi, même s'il avait tenu des propos horribles.

Aaron a haussé ses sourcils pâles.

— Ah oui ? Ils ont tourné la page si vite qu'on aurait pu croire que Tilly et Gigi n'avaient jamais existé.

— Qu'est-ce que tu racontes, Aaron ? est intervenu Kyle, abasourdi. Tu dis n'importe quoi, tu réinventes tout. Qu'est-ce qui t'arrive ?

J'ai fouillé ma mémoire à toute vitesse pour trouver un détail qui m'aurait échappé. Un événement, n'importe quoi, qui puisse expliquer ce qui avait pu faire basculer Aaron ce soir-là.

— Il ne m'arrive rien du tout, Kyle. Tu ne comprends pas. *Vous* ne comprenez pas. Vous ne vous rendiez absolument pas compte de ce qu'ils étaient en réalité. Ils se fichaient de Tilly, de Gigi et du reste du monde. Tout ce qui comptait pour eux, c'était de ne pas être morts.

Sa voix ne me semblait pas naturelle, comme s'il répétait un texte préparé.

— Ce n'est pas vrai ! ai-je protesté.

Courtney aimait Tilly et Gigi autant que Megan et moi. Nous étions plus des sœurs que des amies. Quoi qu'Aaron en dise, Courtney ne considérait pas que sa vie valait plus que la leur.

— Voilà ce qu'on va faire, a-t-il annoncé en sortant un couteau de sa poche. Je vais poignarder Blake.

J'avais l'impression d'halluciner. Aaron devait être encore plus saoul que je ne l'imaginais.

Il avait déclaré ça d'un ton posé, comme s'il avait dit *je vais proposer une bière à Blake.*

— Et nous quatre…

Il a pointé un doigt vers lui-même, puis vers Kyle, Megan et moi.

— … nous allons appeler Wright pour lui dire que Blake a tenté de nous tuer, mais que nous avons réussi à le maîtriser. Ce sera de la légitime défense.

J'avais envie de vomir. Kyle et Megan ne seraient jamais d'accord. Ce n'était pas possible.

— Aaron, non.

— Arrête tes conneries, Mackenzie, a-t-il hurlé en postillonnant. J'en ai marre que tu te ranges tout le temps dans le camp Blake. C'est *nous*, tes amis, et comme tu l'as dit toi-même mille fois, nous devons nous serrer les coudes.

Kyle avait l'air complètement abasourdi :

— Aaron, mon vieux, on ne peut pas faire ça. Je comprends ce que tu ressens, je t'assure. Moi aussi je suis encore triste et en colère, mais ce n'est pas en faisant ça que tu vas changer quoi que ce soit.

Aaron a levé le couteau plus haut.

— Tais-toi ! Tu ne sais rien, Kyle. Il ne nous reste qu'une dernière chose à faire, puis on pourra oublier tout ça. Tout va bien se passer.

Il pète un câble.

Les réactions d'Aaron étaient imprévisibles, c'était super flippant. Mon ami attentionné aux cheveux blonds et aux yeux bleus d'ange était un tueur. Je ne pouvais pas le laisser poignarder Blake ni qui que ce soit d'autre.

Megan s'est avancée vers lui en levant les mains.

— Aaron, ça va aller, il faut juste que tu ranges ce couteau. On peut en discuter et chercher une solution. À nous cinq, on trouvera bien un moyen d'arranger les choses. Pas vrai, vous autres ?

Elle nous a jeté un regard suppliant.

— Évidemment, ai-je renchéri.

Je n'avais qu'une idée en tête : protéger Blake. Si seulement j'arrivais à désarmer Aaron, je pourrais à nouveau respirer normalement et réfléchir.

Blake a acquiescé d'un signe de tête et Kyle a répondu :

— Oui. Tout ce que tu veux.

Aaron a éclaté de rire en renversant la tête en arrière.

— Vous me prenez pour un débile ? Dès que Blake aura mis le pied dehors, il filera droit chez Wright.

— Non, je t'assure que non, ai-je répliqué. Hein, Blake ?

On voyait très bien à l'attitude de Blake qu'il n'avait aucune envie d'aider Aaron, mais il a approuvé quand même.

— Tu vois ? Tout va bien se passer. On te couvrira tous et l'affaire finira par être classée.

— Mackenzie a raison, Aaron, a insisté Megan. Si on garde le secret, ça finira par se tasser. Les flics n'ont absolument rien de compromettant sur toi.

— Non ! a-t-il hurlé en agitant le couteau. La seule façon de mettre un terme à tout ça, c'est de tuer Blake.

— Calme-toi ! lui a ordonné celui-ci. Tu ne poignarderas plus personne, espèce de malade. Maintenant, pose ce couteau.

J'ai fusillé Blake du regard :

— Qu'est-ce que tu fiches ?

Nous devions avancer prudemment.

— Il ne le pensait pas, Aaron, suis-je intervenue.

— Oh, tu vas arrêter de le défendre ? Je te poignarderai aussi si tu continues comme ça.

Il s'est rendu compte de ce qu'il venait de dire et a eu l'air choqué par ses propres paroles.

— Pardonne-moi, Mackenzie. Je ne voulais pas dire ça.

— Qu'est-ce qui se passe ?

Ça ne ressemblait pas à Aaron. Il était si protecteur d'habitude.

Quelque chose ne tournait pas rond et sonnait faux, pas seulement parce que Aaron menaçait Blake avec un couteau et avait avoué le meurtre. Mon instinct me hurlait qu'une partie de l'histoire nous échappait encore.

— Si tu la touches, c'est moi qui te tue, l'a prévenu Blake.

Son ton posé m'a glacé le sang. Blake était menaçant et ça me faisait peur, je redoutais qu'il ne se blesse s'ils en venaient aux mains.

Aaron s'est avancé vers lui et Blake n'a pas bougé d'un pouce.

— Dégage, lui a ordonné Aaron. Je te préviens, Harper.

J'ai levé les mains.

— Arrêtez !

Ce qui est arrivé ensuite m'a semblé se dérouler au ralenti. J'avais l'impression de rêver. Blake a crié à Aaron qu'il lui manquait une case. Ce dernier s'est jeté sur Blake, qui lui a décoché un crochet en pleine face, lui fendant la lèvre. Je pensais que ça s'arrêterait là, mais Aaron a bondi à nouveau, le visage cramoisi.

J'étais clouée sur place. Ils m'ont heurtée dans la mêlée et m'ont fait trébucher. J'ai réussi à ne pas tomber.

Le couteau. Attrape le couteau, Mackenzie. Mais avant que je ne puisse agir, Megan a poussé un cri aigu. Kyle a lâché une série de jurons. Il m'a fallu une seconde pour comprendre qu'Aaron s'était servi de son arme. La lame était recouverte d'un film rouge. Il a lâché le couteau et a reculé, les yeux exorbités.

Il regrettait son geste.

Qui est-ce qu'il avait poignardé ? Moi ? Je ne sentais rien. Rien du tout. Blake a baissé les yeux et porté la main à sa taille.

Des taches sombres se sont mises à danser devant mes yeux, j'étais sûre que j'allais m'évanouir.

Aaron avait poignardé Blake.

— Non, non, non, non, non.

J'ai posé une main tremblante contre la sienne pour contenir la blessure.

— Ça va aller. Ça va aller.

Je répétais cette phrase en boucle pour essayer de nous convaincre tous les deux. Je pouvais envisager de perdre Aaron comme ami, mais pas Blake.

Le sang de Blake sourdait entre ses doigts et s'écoulait sur les miens. Il me regardait fixement, mais il n'avait pas l'air aussi terrifié que moi. *Je ne veux pas te perdre*. À l'arrière-plan, j'entendais des cris et des bruits de lutte, mais j'étais incapable de quitter Blake des yeux. Megan était au téléphone avec les urgences.

— Putain, ça fait mal, a gémi Blake en tombant à genoux.

J'ai attrapé ses bras et je l'ai aidé à s'asseoir. Il avait des chances de s'en sortir. Il respirait encore. Je me sentais inutile, je ne savais pas quoi faire d'autre qu'appuyer sur la plaie.

Blake s'est adossé au mur. Il avait la mâchoire crispée et tentait de ne pas montrer à quel point il souffrait.

— Ça va aller, ai-je répété une fois de plus en ravalant mes larmes. Les secours vont arriver. Comment tu te sens ?

Il m'a adressé son sourire moqueur :

— J'ai l'impression d'avoir été poignardé.

— T'es bête ! l'ai-je grondé en pleurant malgré moi.

S'il arrivait encore à plaisanter, c'est que ce n'était pas si grave. J'étais dingue de lui !

Kyle avait plaqué Aaron au sol. Ça ne semblait pas nécessaire. Aaron ne bougeait plus. La seule chose qui lui donnait l'air vivant, c'était la façon dont il fixait Megan.

— Je t'avais dit que c'était lui, m'a chuchoté Blake.

J'avais envie de le frapper et, s'il ne souffrait pas déjà autant, je ne me serais pas gênée.

— La ferme !

J'ai collé mon front contre le sien et j'ai articulé en silence *Je t'aime*.

Au bout de quelques minutes qui m'ont semblé des heures, on a entendu des sirènes qui se rapprochaient en hurlant. Blake était immobile et sa respiration rapide. Il m'a souri malgré la douleur, et j'ai compris qu'il allait s'en tirer parce qu'il ne m'abandonnerait jamais.

— Tu vas t'en sortir.

— Je le sais bien. Tu t'inquiètes pour un rien.

Les infirmiers et un médecin ont débarqué, suivis de quatre policiers. Je pensais qu'ils me demanderaient de m'écarter, mais ils ont vu que j'aidais à stopper l'hémorragie.

— Bonjour, je m'appelle Jerry, a déclaré le médecin. Comment vous sentez-vous ?

Blake a dégluti péniblement.

— Ça va.

Jerry lui a souri. Il avait l'air de comprendre que Blake minimisait sa douleur.

— C'est arrivé… heu, ai-je bafouillé, il n'y a pas longtemps. Je ne sais pas quand exactement. Ça saigne en continu. Il faut que vous arrêtiez l'hémorragie.

— D'accord, a fait Jerry.

Il restait parfaitement calme alors que j'avais l'impression de me noyer.

— Bon, heu…

— Il s'appelle Blake, ai-je répondu à sa place. Et moi, c'est Mackenzie. Je dois retirer ma main ?

— Non, Mackenzie, pas tout de suite. Restez où vous êtes et continuez à presser. Vous vous en sortez très bien. Où est le couteau ?

— Par terre, a dit Blake. Je fais pas mal de sport, mais je ne suis pas assez fort pour briser une lame.

Jerry a ri, Blake a eu un ricanement. Pas moi. Je ne pouvais pas.

— C'est bien. Mackenzie, je vais vous demander de lâcher. On prend le relais à partir de maintenant.

J'ai enlevé ma main doucement. Blake a grimacé.

— Bien. Blake, on va vous placer sur la civière et vous installer dans l'ambulance.

Il s'est retourné vers une infirmière, qui parlait à quelqu'un dans la radio à voix basse.

Je ne voulais pas lâcher Blake. J'avais peur. Je suis restée près de lui, refusant d'aller par mes propres moyens à l'hôpital. Personne ne pourrait m'obliger à l'abandonner.

J'ai aperçu une dernière fois Aaron. Il montait dans une voiture de police pendant que nous nous dirigions vers l'ambulance.

Blake était rentré chez lui après avoir passé moins de dix heures à l'hôpital. J'ai tapoté ses oreillers pour que son lit soit plus confortable.

— Tu ne devrais pas être ici. Tu devrais être en observation.

Sa mère avait dit la même chose.

Blake avait décidé de quitter l'hôpital vers neuf heures du matin. J'étais éveillée depuis beaucoup trop longtemps et j'étais crevée. Je n'avais pas réussi à fermer l'œil : j'avais trop peur qu'il arrive quelque chose à Blake.

— Ils ne peuvent rien faire de plus pour moi. Je préfère être chez moi plutôt que de dormir à côté de mecs chelous qui ronflent ou de risquer d'attraper un staphylocoque.

J'ai souri.

— Waouh, dit comme ça, ça donne envie. Allonge-toi !

Il a obtempéré en grimaçant de douleur.

— Tu as mal ? Tu dois encore attendre une demi-heure avant de prendre un nouvel antidouleur.

— Une demi-heure, tu parles. Tu veux bien m'en donner un ?

J'ai froncé les sourcils.

— Non ! Pas maintenant. Le docteur a dit que c'était important que tu les prennes au bon moment.

— Il voulait aussi que je sois hospitalisé une journée entière de plus.

— Tu ne me convaincras pas. La plupart des hommes s'obstinent à ne pas prendre des analgésiques et toi tu en réclames alors que c'est trop tôt.

— Je ne suis pas la plupart des hommes.

Ça, je n'en doutais pas.

Il a poussé un soupir agacé.

— Bon, tu as gagné. Mais si tu refuses de me droguer, tu viendras t'allonger près de moi, au moins ?

Comment dire non ? Je me suis couchée à côté de lui et je me suis blottie contre son flanc, du côté indemne. C'était fini. Aaron était en garde à vue. Kyle, Megan, Blake et moi n'étions plus suspects. Nous étions libres de reprendre le cours de nos vies.

C'est terminé.

J'étais en proie à une myriade d'émotions contradictoires. Un gros sanglot s'est échappé de ma gorge. Je me suis serrée contre Blake. C'était trop d'un coup.

Je n'étais pas censée m'effondrer devant lui, surtout pas maintenant. Mais je ne pouvais plus me retenir. Je craquais et il n'y avait plus moyen de fermer les vannes.

J'avais le cœur laminé.

— Chhhh, a murmuré Blake, incapable de trouver les mots justes.

Il n'était pas nécessaire qu'il parle. Tout ce dont j'avais besoin, c'était qu'il me serre contre lui.

— Chhhh, tout va bien. Je suis là. Je ne bouge pas. Je te le promets.

25

MARDI 7 FÉVRIER

— Je n'arrive pas à croire que dix-huit mois ont passé, ai-je déclaré, une main posée sur la pierre tombale de Courtney.

Cela faisait un an et demi aujourd'hui que Josh et Courtney avaient été assassinés. Le temps s'était écoulé trop lentement, et trop vite à la fois. Même si Courtney me manquait tous les jours, j'avais fini par accepter l'idée que je ne la reverrais plus jamais.

Blake s'est assis à côté de moi, ne sachant pas trop quoi dire. Ça n'avait pas changé. Nous avions beau être pratiquement devenus siamois, il était toujours peu doué pour exprimer ses sentiments. Heureusement, un seul de ses regards suffisait pour que je me sente unique.

Il m'a serré le genou.

— Je sais, mon bébé.

Je me suis tournée vers lui et je lui ai pris la main.

— J'ai perdu beaucoup trop d'amis. J'ai failli te perdre aussi…

Ma gorge s'est nouée. C'était impossible de repenser à ce jour-là, sans revivre toute cette angoisse.

— Non, ça ne serait jamais arrivé. Aaron vise trop mal.

Blake était capable de plaisanter là-dessus ; moi pas encore.

— Désolé, c'était indélicat. Après tout ce temps, je devrais avoir appris à me retenir de débiter des blagues stupides. Excuse-moi, Mackenzie.

Je n'ai pas pu m'empêcher de sourire. Il lâchait souvent des commentaires déplacés, mais au moins il me faisait sourire.

— Tu n'es pas aussi nul que ça… Parfois, tu t'en sors.

— Tu dis ça juste parce que tu as envie de moi.

J'ai levé les yeux au ciel, amusée, puis j'ai tourné la tête vers la pierre tombale.

— Toi aussi, Courtney, tu aurais été du côté de Blake depuis le début.

J'étais certaine qu'elle aurait apprécié Blake une fois qu'elle aurait vraiment appris à le connaître. Nous aurions été assises sur mon lit, toutes les deux, et elle m'aurait répété que Blake et moi finirions par être ensemble, que c'était évident.

— Elle avait du goût, a conclu celui-ci.

Ce n'était pas tout à fait vrai, mais je ne voulais pas dire du mal de Josh.

— Vas-y, lâche le morceau, m'a lancé Blake d'un ton impassible. Dis ce que tu penses de mon frère.

J'ai serré sa main.

— Non. Tu sais très bien ce que je pense. Inutile de le répéter. Plus maintenant.

À présent qu'il n'était plus là, ça ne se faisait pas.

— Quelle gentille fille.

Blake était du genre à rester fidèle à ses convictions, en toutes circonstances, alors que pour moi il n'était pas question de dire du mal d'un mort. Pas à haute voix, du moins.

— Josh est décédé. Je ne pisse pas sur…

Blake m'a interrompue d'un gros éclat de rire. Il adorait quand j'étais vulgaire parce que ça n'arrivait pas souvent.

— Tu as vraiment un problème, mon vieux.

— Ah, Kenz, ma vie serait bien plate sans toi.

Non, c'est l'inverse.

— Je ne sais jamais quoi dire quand je viens sur la tombe de Josh ou de Pete, a-t-il poursuivi. Les autres papotent et moi je reste là sans prononcer un mot, comme un débile.

— Tu n'es pas obligé de parler. C'est déjà bien de leur rendre visite.

— Tu sais très bien que Josh est là-haut et qu'il est en train de se fiche de ma gueule.

Sans doute. Au début, quand je me rendais sur les sépultures de Tilly et de Gigi, je restais assise en silence pendant des heures. Il m'avait fallu un mois pour commencer à discuter des choses dont nous aurions parlé si elles étaient encore en vie, à leur raconter ce que je faisais, à évoquer mes plans pour l'avenir.

— J'ai l'impression que c'était hier qu'on se disputait pendant le trajet pour ce fameux week-end.

J'ai caressé du plat de la main l'herbe qui avait repoussé sur le monticule de terre.

— Je n'arrive pas à croire que ça se soit terminé de cette façon, ai-je ajouté.

Blake m'a serré le poignet et s'est penché pour embrasser ma tempe.

— Tu veux qu'on s'en aille ? Ça te rend triste de venir ici.

— D'accord.

Je me suis levée en même temps que lui. Je serais bien restée plus longuement si j'avais été seule, mais Blake détestait me voir pleurer. Et je ne voulais pas passer ma matinée à sangloter au cimetière.

Nous sommes repartis main dans la main. Être en couple avec lui n'était pas facile, mais nous avions surmonté tant d'épreuves ensemble qu'aucun de nous deux ne comptait laisser tomber au premier obstacle. Nous devions encore affronter les regards désapprobateurs. Les gens jugeaient notre relation. Tout ça nous rendait plus forts.

— Où allons-nous maintenant, mademoiselle Keaton ?

— Chez Megan, puis chez Kyle, puis nous irons voir ta mère.

— Et quand tu auras fini de vérifier que tout le monde va bien, tu te soucieras un peu de toi ?

— Je vais bien. Je pleurerai plus tard, quand je serai seule à la maison.

— D'abord, je dors avec toi ce soir. Ensuite, tu n'as pas besoin de retenir tes larmes pour moi. Je commence à m'habituer à ces tarées débordantes d'émotions que sont les femmes.

J'ai ri des mots qu'il avait choisis. Ils étaient pour le moins intéressants.

— Merci. Grâce à toi, je vais vraiment bien aujourd'hui.

Après seize mois de thérapie intensive, j'allais beaucoup mieux. Je ne faisais toujours confiance qu'à trois personnes au monde : ma mère, mon père et Blake. Mais je m'en étais sortie et j'étais en vie. J'avais appris que les gens étaient capables de faire les choses les plus horribles, mais aussi que je n'étais pas très douée pour les juger.

J'avais encore des progrès à faire, mais j'étais en train de guérir.

Je n'étais plus aussi en colère contre Aaron qu'avant. Je pensais vraiment qu'il avait un problème mental. Megan m'avait dit qu'il recevait l'aide dont il avait besoin. Si nous nous étions rendu compte plus tôt de ce qu'il traversait, peut-être que Courtney et Josh seraient encore en vie.

Depuis le jour où il avait agressé Blake, je n'avais revu Aaron qu'une fois, en prison. Il s'était expliqué et j'étais partie juste après. C'était dur de le voir si perdu et effrayé, mais il avait commis des actes horribles et il avait des comptes à rendre. Il n'y a pas longtemps, j'avais envisagé de retourner lui rendre visite. Je commençais *tout doucement* à lui pardonner. Si une chose positive pouvait ressortir de tout ça, ce serait qu'Aaron aille mieux.

Personne, à part ses parents, Kyle et Megan, ne se souciait de lui. Je ne voulais pas faire partie des gens qui lui avaient tourné le dos, s'il y avait une chance qu'il change. J'aurais tellement voulu retrouver l'Aaron que j'avais connu. Blake me rappelait constamment de ne pas me faire la moindre illusion. L'Aaron que j'aimais tant ne reviendrait peut-être jamais.

Avec le temps, je commençais aussi à lui pardonner d'avoir essayé de piéger Blake et de l'avoir poignardé. Je n'y étais pas encore tout à fait parvenue, mais je ne voulais pas nourrir de rancune et de haine. C'était trop épuisant.

Blake ne parlait pas de pardon, mais il m'avait assuré qu'il ne m'en voudrait pas si je voulais être à nouveau amie avec Aaron.

— Tu réagirais comment si je te disais que je voulais rendre une nouvelle visite à Aaron ? ai-je demandé à Blake en levant les yeux vers lui pour voir sa réaction.

Son regard s'est assombri et il m'a serré la main plus fort.

— Je dirais que tu es folle. Mais je sais que tu as toujours besoin d'aider les autres et c'est quelque chose que j'apprécie chez toi. Je savais que tu voudrais le revoir, Mackenzie. Je l'ai accepté depuis un moment, j'attendais que tu te décides. Je t'aime plus que je ne le déteste et rien ne changera ça.

Ses mots m'ont fait fondre. Blake n'était pas très romantique en général et n'était pas du genre à me dire *je t'aime* dix fois par jour. Les moments où il avouait qu'il tenait à moi étaient précieux.

Parfois, les circonstances dans lesquelles nous nous étions rencontrés me rendaient malade. Je me demandais si Blake s'interdisait de rompre avec moi à cause de ça. Lorsque je lui faisais part de ce questionnement, il me répondait que je me tracassais pour rien et qu'il fallait que j'en discute avec ma psy, lors de la prochaine séance.

— Je t'aime tellement, Blake.

Son regard s'est adouci et il m'a adressé un sourire goguenard.

— Évidemment.

— Tu crois que tu grandiras un jour ?

— Seulement si j'y suis obligé.

Tant mieux. Je l'aimais tel qu'il était. Nous avions des années devant nous avant de devoir grandir. J'apprenais enfin à redevenir une adolescente insouciante et j'étais bien décidée à en profiter.

Quand nous sommes arrivés devant la maison de Megan, j'ai su au premier coup d'œil qu'elle était seule chez elle. Quand ses parents étaient présents, il y avait toujours une fenêtre ouverte, une lumière allumée, de la musique, de l'énergie.

— Je parie qu'elle est triste.

Je devinais à la tête de Blake qu'il mourait d'envie de faire demi-tour. Mais au lieu de bredouiller une excuse et de s'en aller, il a étreint ma main plus fort. Nous sommes entrés sans frapper.

— Megan !

Nous l'avons trouvée dans la cuisine, assise à la grande table en pin. Elle portait son manteau, son écharpe et ses gants : elle venait de rentrer ou s'apprêtait à sortir. Un revolver était posé sur la table. Son père en possédait plusieurs et je les avais déjà vus, mais jamais en son absence.

— Salut, lui ai-je lancé, un peu inquiète. Ça va, Megan ?

Elle n'a pas bougé.

— C'est à qui ? a demandé Blake en soulevant l'arme pour l'admirer.

— À son père. Repose ça.

Je n'ai jamais aimé les armes à feu, elles m'effraient.

Blake s'est exécuté. Un sourire s'est profilé sur le visage de Megan.

— Sérieux, Megan, tu me fais peur. Tu es sûre que ça va ? Il s'est passé un truc ?

Tu as parlé à Aaron ? Il va bien ?

Dix-huit mois plus tôt, il avait sorti sa vodka trafiquée au Rohypnol et vérifié où étaient rangés les couteaux de cuisine dans la maison où nous devions passer le week-end. Est-ce qu'il repensait à cette date aujourd'hui ?

— Megan, réponds à Mackenzie, a insisté Blake en agitant la main devant son visage. Hé, ça va ?

J'avais envie de lui donner un coup de pied pour qu'il arrête. Si je n'avais pas été aussi préoccupée par Megan, je l'aurais fait. Elle avait le regard vide et les yeux cernés, comme si elle n'avait pas dormi depuis des jours. C'était peut-être le cas. Blake, Kyle et moi étions allés au cinéma la veille, mais Megan avait annulé à la dernière minute. Elle avait encore beaucoup de mal à retrouver un rythme de vie normal.

Blake a soupiré.

— Kenzie est inquiète, Megan. Qu'est-ce qui s'est passé ?

— Ils ont tué Tilly et Gigi. Tous les deux, a chuchoté Megan.

Ses yeux écarquillés étaient toujours fixés sur la table.

Blake et moi, on s'est regardés. Il avait l'air complètement perdu. Tout autant que moi.

— Megan, de qui tu parles ?

— Tu sais très bien de qui je parle.

Oui, je le sais.

— Ce n'était pas la faute de Courtney et Josh, Megan. Tu le sais bien.

J'avais l'impression d'avoir été catapultée un an et demi en arrière. Toute la thérapie que j'avais suivie commençait à s'effondrer. Je ne pouvais pas revivre tout ça.

— Megan, je t'en prie. Ne te laisse pas influencer par Aaron.

Elle a secoué lentement la tête d'un côté à l'autre en souriant.

— Ce n'était pas Aaron, Mackenzie. C'était moi.

26

J'ai pâli.

— De quoi tu parles ? ai-je demandé d'une voix étranglée.

La réponse était évidente, mais j'avais besoin de l'entendre de la bouche de Megan.

Pour la première fois depuis notre arrivée, elle a levé les yeux et les a plongés dans les miens. Son regard était totalement impassible.

— C'est moi qui ai tué Courtney, Josh et Pete. Aaron est aussi innocent que toi. Il a avoué pour me couvrir, mais il ne le supporte plus. Il va révéler la vérité.

Je suis restée bouche bée quand elle a confirmé mes pires craintes.

— Mais enfin… pourquoi ?

Elle avait non seulement assassiné trois personnes, mais elle avait laissé Aaron croupir dans une cellule à sa place ! J'étais atterrée.

C'est pas possible, je rêve.

— Je ne peux pas aller en prison, Mackenzie. Je ne suis pas aussi forte que vous tous. Je mourrais là-dedans.

J'ai fermé les yeux une seconde, puis j'ai levé la main.

— Attends, je ne… Comment est-ce qu'Aaron était au courant ? Et pourquoi, à la fin… ?

Je ne comprenais rien.

Blake était figé à côté de moi, comme s'il était toujours en train de digérer ce que Megan venait de dire. D'habitude, il réagissait au quart de tour et balançait une réflexion ironique, mais là il était aussi immobile qu'une statue.

Un tas de questions se bousculaient à toute allure dans ma tête. La situation était dingue. Megan et Aaron étaient complètement cinglés. J'étais à la fois en colère, triste et perdue.

Les yeux de Megan se sont remplis de larmes. Elle était d'un calme impressionnant, que je lui enviais presque.

— Tu as une idée de ce que c'est que de se réveiller à l'hôpital et d'apprendre que la femme qu'on aime est morte ?

Encore Gigi. J'avais envie de hurler sur Megan, mais je me suis retenue parce que je voulais connaître la vérité. Pauvre Aaron ! Je croyais qu'il était coupable. Et les familles de Josh et de Courtney pensaient comme moi.

— Megan, Josh et Courtney n'ont tué ni Gigi ni Tilly. Personne ne les a tuées. C'était un accident.

Voilà pourquoi les aveux d'Aaron semblaient si artificiels. C'étaient les mots de Megan, pas les siens.

— C'est l'enfer, a-t-elle repris, comme si elle n'avait pas entendu ce que j'avais dit. Je ne pouvais même pas faire mon deuil correctement parce que personne n'était au courant pour nous. Elle me manquait à chaque seconde.

J'avais l'impression de me noyer et il n'y avait aucune issue. Je ne pouvais rien faire pour aller mieux et personne n'allait payer pour ce qui s'était passé. Justice ne serait pas rendue. Ils méritaient tous les deux de mourir.

Elle a empoigné le revolver.

Qu'est-ce qu'elle fiche ?

— Megan, a déclaré Blake calmement en lui adressant un sourire apaisant, comme un policier parlant à quelqu'un qui s'apprête à se jeter du haut d'un immeuble.

Je flippais, mon cœur battait à cent à l'heure.

— Tout va bien se passer, Megan, mais il faut que tu me donnes ce flingue.

— Non, a-t-elle répondu en serrant ses doigts autour de la crosse.

J'ai eu l'impression que le temps s'était arrêté.

— Les horreurs que Josh a lâchées me rongeaient. Il était content que ce soient elles qui soient mortes et pas lui. Comment pouvait-il penser ça ?

Je ne l'avais pas compris non plus, mais je ne l'aurais pas tué pour autant.

— Je ne sais pas, ai-je répondu, au cas où la question n'était pas simplement rhétorique.

Mon regard allait de Megan à l'arme.

— Je n'arrêtais pas d'imaginer Gigi et Tilly en train de pourrir sous terre alors que Josh s'amusait avec Courtney. Je n'en pouvais plus. C'était leur faute et ils s'en fichaient complètement. Nous avons tous assumé notre part de responsabilités, nous nous sentions coupables, mais pas eux.

— Courtney ne s'en fichait pas.

Je défendais mon amie, désormais incapable de le faire. Courtney n'était pas parfaite, mais elle aimait ses amies.

Ça m'énervait que Megan mette Courtney et Josh dans le même panier.

La mâchoire de Megan était crispée par la colère.

— Je lui en ai parlé le lendemain du jour où Josh a dit ces atrocités. Courtney a confirmé qu'elle était soulagée de ne pas être morte. Tu te rends compte ?

— Ça ne veut pas dire qu'elle voulait que Tilly et Gigi meurent !

J'étais contente de m'être sortie vivante de cet accident, même si je savais que c'était égoïste. En revanche, si on m'avait laissé le choix, je n'aurais pas hésité à prendre leur place.

— Elle s'est rangée dans le camp de Josh et pas de ses amis.

— Et ça veut dire que Courtney et Josh méritaient d'être poignardés à mort ? est intervenu Blake avec une moue de dégoût.

Je lui ai serré la main pour essayer de dissiper un peu sa colère. Je ne voulais pas que la scène horrible de chez Aaron se répète. Nous devions à tout prix garder notre calme – Megan avait un flingue.

— Oui. Il y avait un lien entre Tilly, Gigi, Courtney et Josh…

La fille que je connaissais, mon amie, n'était plus là.

— Courtney et Josh étaient responsables de leur mort et la justice n'aurait jamais été rendue.

— Alors tu as pris les choses en main. Megan, ce n'est pas cela, la justice, ai-je protesté, les yeux brûlants de larmes. Qu'est-ce que tu as fait ? Raconte-moi tout. J'ai besoin de savoir. Tu me dois au moins ça.

— Quand j'ai décidé de régler leur compte moi-même, tout est devenu limpide. Comme si un brouillard s'était dissipé. Je me suis sentie mieux dès que j'ai eu la certitude que quelqu'un allait payer, même si je savais que ça ne ramènerait pas Gigi et Tilly à la vie. Au début, je comptais juste aller chez Josh à un moment où Éloïse ne serait pas là. Ça aurait été facile – il adorait se vanter qu'il avait la maison pour lui tout seul.

C'était en effet bien le genre de Josh.

— Quand il nous a proposé de partir en week-end, j'ai changé mes plans. C'était beaucoup mieux. Plus simple. Je savais que je risquais de vous rendre suspects aussi, mais j'ai réfléchi longtemps et j'ai eu la certitude qu'aucun de vous ne serait arrêté. J'ai un peu flippé quand Blake s'est imposé à la dernière minute, mais ça n'avait pas d'importance. J'avais assez de Rohypnol.

J'ai émis un petit rire sardonique. Ouf, elle en avait eu assez pour tout le monde !

— Tu te l'es procuré où ?

L'idée que Megan puisse acheter du Rohypnol me semblait absurde.

— Tu te souviens de Richard, le mec du lycée qui passait ses journées à fumer ?

— Oui.

Rich avait été renvoyé plusieurs fois pour avoir consommé de l'herbe. Il était mignon et plutôt intelligent, mais sa vie de famille était pénible et il s'évadait en fumant.

— Il est passé à des trucs plus durs. Il se vantait de pouvoir trouver n'importe quoi. Bref, j'avais prévu de tous vous droguer, juste assez pour que vous soyez KO jusqu'au lendemain matin. Je ne voulais pas vous faire de mal. J'ai versé du Rohypnol dans l'alcool et j'ai emporté une deuxième bouteille, que j'ai cachée dans ma valise, pour l'échanger par la suite avec celle qui avait été trafiquée.

— Pourquoi ? me suis-je étonnée.

— Pour que les flics ne trouvent rien quand ils analyseraient les bouteilles, a répondu Blake.

Megan a confirmé d'un signe de tête.

— Et j'avais des vêtements de rechange identiques à ceux que je portais ce soir-là. J'ai mis les fringues et la bouteille dans un sac que j'ai lesté avec des pierres et j'ai couru à la rivière le plus loin possible dans la forêt. Je l'ai jeté dans l'eau. Après, j'ai pris une douche, j'ai enfilé les habits propres et je suis allée me coucher.

— Tu as sauté la partie où tu as poignardé nos amis, ai-je ironisé.

Elle a baissé la tête.

— Tu sais ce qui s'est passé.

— Tu as tué qui en premier ? Comment tu as fait ? Ils se sont débattus ? Ils sont morts rapidement ? Pourquoi est-ce que tu les as poignardés autant de fois ?

J'avais du mal à rester calme. J'avais envie de la frapper, de lui hurler dessus, de l'étrangler. Comment avait-elle pu ?

— Tu veux vraiment que je te réponde, Mackenzie ?

— Oui, ai-je répondu sèchement.

Elle avait l'air étonnée – comme si j'allais la laisser partir sans qu'elle m'explique ce qui s'était passé pendant les heures où nous étions endormis chimiquement.

— J'ai servi plus d'alcool au Rohypnol à Blake, Aaron, Kyle et toi qu'aux autres. Quand vous avez commencé à avoir les paupières lourdes, j'ai avalé un demi-shot et j'en ai donné quelques-uns à Josh et Courtney. Il fallait qu'ils tiennent encore debout quand vous seriez KO. Je voulais qu'ils aient conscience de ce qui leur arrivait, mais qu'ils ne soient pas capables de se défendre. Ça a marché. J'ai attendu une heure dans ma chambre après vous avoir entendus monter, Blake et toi, pour être sûre que vous soyez *out*. Je savais que vous alliez vous écrouler.

Elle nous avait entendus monter ! Elle n'avait jamais parlé du fait que Blake et moi avions couché ensemble cette nuit-là. Je me suis sentie rougir, mais j'ai vite oublié ma gêne face à l'énormité de l'acte qu'elle avait commis.

— Quand je suis descendue, Josh et Courtney étaient dans la cuisine, en train de nettoyer. Ça faisait un moment qu'ils étaient occupés. Courtney disait qu'elle était épuisée, mais Josh voulait absolument qu'ils finissent la vaisselle. Je leur ai dit que je m'étais levée pour venir boire un verre d'eau et je leur ai proposé mon aide.

Le regard de Megan était perdu dans le vide.

— Courtney s'est cognée au plan de travail en jetant les boîtes d'enchiladas dans la poubelle. Elle a éclaté de rire comme si tout allait pour le mieux.

J'avais envie de la secouer. On avait tous ri depuis la mort de Tilly et Gigi. La Terre n'avait pas cessé de tourner, la vie continuait. C'était comme ça, et Tilly et Gigi n'auraient pas souhaité qu'on soit malheureux jusqu'à la fin de nos jours.

— Josh et Courtney étaient tous les deux groggy, ils avançaient lentement et ne savaient pas très bien ce qui se passait. Pendant que Josh rangeait dans l'armoire les bouteilles qui n'étaient pas vides, j'ai… j'ai poignardé Courtney. C'était trop facile. Le couteau a glissé comme dans du beurre. Au début, elle n'a pas fait de bruit. Elle avait les yeux écarquillés et la bouche ouverte, mais elle n'émettait pas le moindre son. J'ai réussi à la poignarder encore une fois avant que Josh ne se retourne. Je l'ai poignardé aussi.

— Et puis tu as encore plongé ton couteau dans leurs corps pour le plaisir ?

— Ne dis pas ça, Mackenzie. Je devais m'assurer qu'ils étaient bien morts. Quand je les ai vus étendus sur le sol, j'ai été prise de rage en repensant à ce qu'ils avaient fait à Gigi. Je me suis laissé emporter.

Je me suis pris le visage dans les mains et j'ai fermé les yeux pour tenter de chasser l'image de mon esprit. Elle s'était laissé emporter en poignardant nos amis ! C'était trop.

— Et Pete ? a demandé Blake d'un ton calme et mesuré. Qu'est-ce qu'il a fait ?

— Je n'avais pas l'intention de le tuer. Pete a découvert la vérité. Je l'ai rencontré en ville environ deux semaines plus tard et il a deviné. Il savait que c'était moi. On s'est engueulés et il a déclaré qu'il irait voir la police. Je l'ai suivi jusque chez lui et…

Non seulement elle avait poignardé Courtney et Josh, mais elle avait aussi assassiné Pete. Et elle avait drogué ses amis pour perpétrer son crime en toute quiétude.

— Comment tu as pu nous faire ça ? Je croyais qu'on était amis !

— On est amis.

— Non. Tu nous as piégés pour te tirer d'affaire.

— J'avais tout prévu, Mackenzie. Personne n'était censé se faire arrêter.

— Alors, pourquoi cacher les bijoux de Josh et de Courtney dans la chambre de Blake ?

— Blake avait un mobile. Il s'est réveillé. Ça n'avait pas d'importance pour nous s'il finissait en taule ; ça n'avait d'importance pour personne.

Blake a serré les poings. C'était un coup bas, même venant de Megan. Je n'ai pas relevé sa remarque parce que je voulais rester concentrée.

— Et Aaron ?

Elle a haussé les épaules.

— Quand c'est devenu trop dur à gérer seule, je me suis confiée à lui. J'étais dans un sale état et il a proposé de purger ma peine à ma place.

Menteuse. Elle venait de débiter son explication d'un ton artificiel, comme si elle répétait une réplique apprise par cœur. Pour convaincre Aaron, elle avait dû se montrer complètement hystérique et suicidaire. Il savait sans doute qu'elle disposait d'armes et il devait avoir peur qu'elle se tire une balle.

— Comment tu as pu le laisser se sacrifier ?

— Je ne peux pas aller en prison, Mackenzie.

Blake était en rage. Il avait du mal à garder son sang-froid et, la dernière fois qu'il avait explosé, il s'était fait poignarder. Je lui ai adressé un regard suppliant, l'implorant de ne pas répéter la même erreur. Blake a grincé des dents en cherchant à se maîtriser.

— Aaron était prêt à endosser la responsabilité et je l'ai laissé faire. Aucun prisonnier ne purge sa peine jusqu'au bout. Je pensais qu'il sortirait au bout de quelques années.

— Il sortira beaucoup plus tôt que ça, ai-je affirmé. Tu vas dire la vérité à la police.

— Tu as oublié qu'Aaron a poignardé Blake.

— Comment est-ce que je pourrais l'oublier ?

Mon cœur se serrait à chaque fois que j'apercevais sa cicatrice. J'avais vraiment failli le perdre.

— Le crime qu'a réellement commis Aaron n'est pas un meurtre, Megan. Il n'est pas question qu'il reste derrière les barreaux à ta place. C'est fini. Toi, par contre, tu vas croupir en prison pour très longtemps.

Elle a secoué la tête :

— Pas question.

— Tu es folle, Megan, a décrété Blake.

Elle l'a regardé droit dans les yeux avec un sourire qui m'a glacé le sang.

— Attends, tu n'as pas encore entendu le meilleur. J'ai toujours le sweat à capuche.

— Quel sweat à capuche ?

— Celui que je portais quand je les ai poignardés. Par pure coïncidence, il est à peu près à la taille de Blake…

J'ai eu l'impression que le monde s'écroulait autour de moi.

— Megan… Qu'est-ce que tu as fait ?

— J'étais sérieuse quand je t'ai dit que je n'irais pas en prison. Aaron ne supporte plus d'être enfermé et je ne veux pas que mes parents apprennent la vérité. La police va trouver un sweat à capuche noir imbibé du sang de Courtney et de Josh dans une remise chez le père de Blake. Wright va aussi recevoir un message vocal paniqué dans lequel j'expliquerai que Blake m'a menacée et que je suis morte de trouille. Il saura que je n'ai pas osé t'en parler de peur que Blake te fasse du mal. Je finirai en disant que ne vois pas comment m'en sortir.

Blake et moi avons écouté avec horreur son plan machiavélique.

— Nous avons tous reçu des SMS flippants d'un téléphone portable prépayé, qu'ils trouveront… quelque part avec les affaires de Blake. N'aie pas peur, Mackenzie. Il ne vous arrivera rien, à Aaron, Kyle et toi.

Blake a ricané.

— Tu ne t'en tireras pas comme ça, Megan. Tu es cinglée si tu crois ça. Aaron va tout avouer.

Elle a incliné la tête sur le côté.

— Tu n'as aucune idée de ce dont je suis capable. Il aurait effectivement avoué si je n'étais pas arrivée à régler le problème, et je l'ai réglé. Dans ma version, Aaron a confessé les meurtres uniquement parce que tu avais menacé de tuer sa famille, Blake. Maintenant, Aaron et moi avons tous les deux une porte de sortie. Quand les policiers trouveront les preuves accablantes que j'ai amassées contre toi, Aaron n'aura aucun mal à les convaincre.

— Arrête ! ai-je crié. Putain, Megan, qu'est-ce qui t'est arrivé ? Comment est-ce que tu peux être aussi injuste et dégueulasse ?

— Tu ne comprendras jamais ce que j'ai traversé. N'essaie même pas. Tu imagines ce que les gens vont penser de moi quand ils apprendront que j'ai perdu l'amour de ma vie et que j'ai été menacée pendant des semaines par un assassin ? J'étais tellement effondrée d'avoir perdu la seule personne que j'aimais vraiment et tellement prête à tout pour me libérer de la souffrance et des mauvais traitements que me faisait subir Blake… que je me suis suicidée. On va pleurer, planter des arbres, donner mon nom à des bâtiments. Je serai adulée et Blake croupira en prison.

— Megan…

Elle s'est levée brusquement et sa chaise est tombée sur le sol avec fracas.

— Non, Mackenzie ! Ne dis rien.

Le revolver tremblait dans son poing quand elle l'a pointé vers moi. Blake s'est immobilisé, l'air terrorisé. J'ai levé les mains, le cœur battant à tout rompre.

— Pardon. Megan, s'il te plaît, pose ton arme. On va trouver une solution, je te le jure. Tu n'es pas obligée de faire ça.

Je m'adressais à elle d'un ton rassurant, pour essayer de la calmer. Megan avait toujours besoin qu'on la réconforte.

— Je n'ai pas le choix, m'a-t-elle lancé, le regard fou.

Le revolver était toujours braqué sur mon visage.

— Mackenzie a raison, Megan. On a toujours le choix. S'il te plaît, je t'en prie, pose ce flingue et laisse-moi t'aider.

Megan a esquissé un sourire :

— Personne ne peut m'aider, même pas toi, Mademoiselle Répare-Tout. Et tu ne pourras rien faire pour ton mec non plus.

Elle a baissé le revolver dans son poing toujours serré, à hauteur de sa hanche. J'ai laissé échapper un soupir de soulagement. *Reste calme et montre-lui qu'il y a un moyen de s'en sortir*. Si quelqu'un pouvait la raisonner, c'était moi. La pression de cette responsabilité me donnait mal à la tête.

L'avenir de Blake était en jeu et je devais essayer.

— Mackenzie a raison, Megan, tu peux arrêter ça et nous trouverons un moyen de t'aider, a insisté Blake en se rapprochant discrètement de moi, les yeux rivés sur l'arme.

— Ne dis pas n'importe quoi. Je ne pourrai jamais échapper à la taule et mon plan me plaît.

— Ton plan ne tient pas la route, a répliqué Blake.

— Ah oui ? Tu as touché le revolver. Tes empreintes sont dessus. Que tu le laisses dans ma main ou pas, la police croira que tu l'as placé là. Je suis désolée, Mackenzie.

Elle a mis le canon dans sa bouche et, avant même que mon cerveau ne comprenne ce qui se passait, elle a appuyé sur la détente.

Bang ! Mes oreilles ont sifflé et Megan s'est écroulée par terre comme une poupée de chiffon.

Un cri s'est élevé de ma gorge, mais je n'entendais rien. Blake m'a rattrapée au moment où mes jambes allaient céder et je me suis agrippée à son bras. Je n'arrivais pas à quitter Megan des yeux.

Du sang. Encore du sang.

— Mon Dieu, Megan. Megan ! Blake, elle est morte. Megan est morte ! Elle s'est suicidée. Il y a du sang partout.

J'ai baissé le regard vers mes vêtements, mais je n'avais pas été éclaboussée.

— Mackenzie…

Blake m'a saisie par le bras pour me forcer à le regarder.

— Mackenzie, j'ai besoin de toi tout de suite. Calme-toi, mon bébé, je t'en prie.

Il avait raison. Il avait besoin de moi : il allait être condamné pour les crimes que Megan avait commis, alors qu'elle serait traitée en martyre. Je ne pouvais pas laisser faire ça. Comment Megan et Aaron avaient-ils pu élaborer un plan aussi diabolique ?

— Je suis désolée, ai-je chuchoté en tentant de calmer ma respiration haletante.

Blake a posé une main sur ma joue et s'est penché pour m'embrasser. Je ne supporterais pas qu'il lui arrive quoi que ce soit. J'aurais fait n'importe quoi pour l'aider.

Il n'y avait qu'un moyen de l'empêcher de se retrouver en prison. Je me suis écartée et j'ai plongé le regard dans ces beaux yeux bleus qui me faisaient tant craquer – Blake était tout pour moi.

— Tire-toi, le plus vite possible.

REMERCIEMENTS

Ce livre a été très amusant à écrire – deux fois de suite, d'ailleurs. Mais sans quelques personnes formidables, *Le Week-end* ne serait jamais devenu réalité. Merci à mon mari d'avoir accepté que sa femme se transforme en accro à la caféine et aux mots à l'approche de la date de remise du manuscrit.

Merci à l'équipe de Sourcebooks, qui a travaillé sur *Le Week-end* pour en faire le roman qu'il est aujourd'hui. J'adore la couverture !

Enfin et surtout, merci beaucoup à mes lecteurs. Vous m'épatez.

Édité par la Librairie Générale Française – LPJ
(58, rue Jean-Bleuzen, 92170 Vanves)

Composition PCA
Achevé d'imprimer en Espagne par Liberdúplex
Dépôt légal 1re publication : mars 2019
56.0396.8 / 03 – ISBN : 978-2-01-786831-6
Loi n° 49-956 du 16 juillet 1949 sur les publications destinées à la jeunesse
Dépôt légal : mars 2022